소프라노가
사랑한
노래

소프라노
어은정의
음악여행

소프라노가
사랑한
노래

빈에서 만난 불멸의 음악가들

Wien

어은정 지음

모요사

　내가 유럽을 처음 방문한 것은 약 15년 전이다. 참으로 오랜 기다림 끝에 성사된 여행이었다. 기억할 수 없는 어린 시절부터 내 마음 한쪽은 늘 그곳에 머무르고 있었다. 음악을 공부하면서 유럽을 향한 열망은 더욱 커졌다.

　유럽을 그토록 가보고 싶어 한 이유는 어떤 유행에 편승하려는 것이 아니었다. 서양에 기반을 둔 음악을 하는 사람으로서 내가 하고 있는 일의 뿌리를 직접 찾아가보고 싶었다. 단지 가서 길을 걷고 일상적인 하루를 보내기만 해도 내가 찾아야 할 소리가 들릴 것만 같았다.

　힘들게 기회를 얻은 첫 유럽 여행에서는 그저 평범한 여행자로 이곳저곳을 돌아다녔다. 그것만으로도 왜 내가 이곳에 와야 했는지를 뼈저리게 느낄 수 있었다. 백문이 불여일견이라는 말이 그대로 가슴을 때렸다. 그들의 역사가 온몸으로 스며들었고, 그들이 탄생시킨 예술의 생생한 맥락이 가슴 깊이 박혔다. 내가 해온 음악이 비로소 삶의 형태를 띠고 살아 숨 쉬기 시작했다.

　유럽의 여러 도시 중에서도 빈의 첫 모습을 잊을 수 없다. 하나같이 간결하고 세련된 도시의 건물은 '궁극의 미란 이런 거야'라고 외치는 듯 당당함이 느껴졌다. 음악회장에서도 박물관에서도 예술은 넘치지도 모자라지도 않는 찬란함으로 빛나고 있었다. 그러나 곧 이삼 일의 일정으로 이 도시를 두루 살펴본다는 것은 불가능하다는 걸 깨닫게 되었다. 그래서 다음에 방문할 때는 한 달을 머물렀다. 그제야 수백 년 동안 수많은 작곡가들이 활동한 제국의 대도시이자 유럽의 중심, 빈의 역사적인 장소들을 충분히 탐험할 수 있었다.

이후에도 기회가 닿기만 하면 빈을 방문했다. 음악가로서 궁금했던 장소들을 빈틈없이 찾아다녔다. 내 여행의 목표는 점점 확고해졌다. 바로 작곡가들의 삶이 대도시 빈과 만나면서 어떻게 '노래'로 탄생했는지를 탐구하는 것이었다.

방향을 잡고 여행을 하다 보니, 천재 작곡가들이 감히 범접하기 어려운 인물들만은 아니었다. 같은 인간으로서 비슷한 고민을 안고 사는 이웃으로 느껴졌다. 친숙한 이웃으로서 그들의 음악을 다시 바라보자, 공감의 폭은 더욱 커졌다. 이해하면 사랑하게 된다는 말이 이토록 맞아떨어질 수 있을까. 존경하는 작곡가들이 경탄의 대상일 뿐만 아니라 사랑스러운 존재로 다가왔다. 그들 각자의 사연은 다양했다. 빈이라는 도시와의 연관성 또한 제각각이었다. 때로는 둘의 관계가 최악으로 떨어져, 작곡가와 음악의 도시가 서로 맞서서 대결하는 듯한 아이러니와 마주치기도 했다.

그럼에도 그들이 어느 특정한 시기에 이 도시를 만났기에 '노래'가 탄생했다. 그 노래가 당대에 인정을 받았는지 인정받지 못했는지는 중요하지 않다. 여러 시대를 거쳐 결국 우리와 만났고, 앞으로도 만남은 계속될 것이다. 그들의 노래는 영원한 가치를 지닌다. 작곡가들은 이 세상을 떠나 영원한 별이 되었다. 우리는 그들이 존재했던 자리에서 그들이 낳아놓고 떠난 소중한 생명을 만난다.

개인적인 궁금증을 해소하려고 시작한 발품이 어느덧 수많은 자료로 쌓였다. 부끄럽지만 이제 세상에 내놓을 결심을 한다. 해외여행이 한참 성황을 이루던 21세기 초반, 나 역시 좋은 기회로 이런 여행을 할 수 있었던 것에 감사한다.

특별한 여행을 꿈꾸는 이들에게 '빈'에서 노래가 탄생한 자리를 직접 찾아가보는 여행을 추천하고자 이 책을 썼다. 빈은 18세기 중반 이래로 음악사에 굵직한 획을 그은 이들이 왕성한 활동을 한 도시이기에 그 음악가들의 면면이 매우 화려하다. 고전시대를 대표하는 하이든과 모차르트와 베토벤, 낭만시대의 큰 줄기인 슈베르트와 브람스, 왈츠의 대가 요한 슈트라우스 2세, 후기 낭만시대의 두 기둥인 볼프와 말러, 그리고 현대음악의 시작이라고 해도 과언이 아닌 쇤베르크와 제2빈악파까지…… 그들의 성악곡이 싹을 틔우고 쑥쑥 자라난 장소와 공간을 작곡가별로 나누고 시대순으로 정렬해 각 장을 구성했다.

그들은 서로에게 영향을 끼치며 같은 도시에서 활동한 만큼 그들을 좇는 나의 여행길은 때로 동선이 겹치기도 했다. 그래도 최대한 한 사람의 작곡가가 걸어간 시대적 맥락에 집중해 여정을 정리했다. 그럼으로써 그들이 남긴 노래가 탄생한 배경과 노래의 숨결을 생생하게 만날 수 있도록 했다.

또한 각 장이 끝날 때마다 그 장에서 주요하게 소개된 곡들을 쉽게 들을 수 있도록 유튜브에 소개된 대표적인 음원을 QR 코드로 만들어

정리해두었다. 책에서 언급한 성악곡이 탄생한 실제 장소와 당시 상황을 떠올리며 듣다 보면, 마치 시공을 초월한 듯 새로운 마음으로 곡에 빠져들 수 있을 것이다. 많은 독자들이 이들의 음악을 더욱 생생하게 느낄 수만 있다면, 저자로서 더 바랄 게 없을 것이다.

책을 쓰는 내내 사진과 당시의 기록들을 보며 다시금 새로이 여행하는 느낌을 받았다. 사진 속 그 자리에 또다시 서 있는 것만 같았다. 이 기록이 이 책을 읽는 모든 이들의 마음을 그 자리로 훌쩍 옮겨다놓을 수 있는 마법 같은 힘을 발휘하기를 기도한다. 그리하여 빈의 '노래'가 귓가에 새로이 울려 퍼지기를, 그렇게 우리 모두 행복하게 그곳에 다다를 수 있기를 간절히 바란다.

2023년 2월
어은정

빈의 23개 구역Bezirke

1 인네레 슈타트Innere Stadt 제1구
2 레오폴트슈타트Leopoldstadt 제2구
3 란트슈트라세Landstraße 제3구
4 비덴Wieden 제4구
5 마르가레텐Margareten 제5구
6 마리아힐프Mariahilf 제6구
7 노이바우Neubau 제7구
8 요제프슈타트Josefstadt 제8구
9 알저그룬트Alsergrund 제9구
10 파보리텐Favoriten 제10구
11 짐머링Simmering 제11구
12 마이틀링Meidling 제12구

13 히칭Hietzing 제13구
14 펜칭Penzing 제14구
15 루돌프스하임퓐프하우스Rudolfsheim-Fünfhaus
    제15구
16 오타크링Ottakring 제16구
17 헤르날스Hernals 제17구
18 베링Währing 제18구
19 되블링Döbling 제19구
20 브리기테나우Brigittenau 제20구
21 플로리즈도르프Floridsdorf 제21구
22 도나우슈타트Donaustadt 제22구
23 리징Liesing 제23구

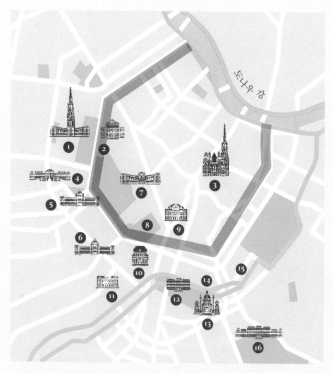

빈 시내 지도. 붉은색으로 표시한 구간이 반지 모양의 '링슈트라세'다.

빈 시내의 주요 건물

1 시청	7 왕궁(호프부르크)	13 카를 성당
2 국립극장(부르크 극장)	8 부르크가르텐	14 무지크페라인
3 슈테판 대성당	9 국립오페라극장	15 콘체르트하우스
4 오스트리아 국회	10 제체시온	16 벨베데레 궁전
5 자연사 박물관	11 안 데어 빈 극장	
6 예술사 박물관	12 빈 공과대학	

삶의 끝에서
세상의 시작을 노래하다

Franz
Joseph
Haydn

프란츠 요제프 하이든

슈테판 대성당.

'노래'로 시작한 음악 인생 슈테판 대성당

빈을 방문할 때마다 가장 자주 들르는 장소는 슈테판 대성당이다. 도시 한가운데에 있기 때문이다. 여기저기 정신없이 돌아다니다 보면 그냥 지나쳐버리는 경우도 있다. 하지만 이 성당은 천 년 동안 이 자리를 지켜왔다. 사람의 마음을 환히 깨우는 종소리와 도시 어디서나 뚜렷이 보이는 첨탑의 위용을 뽐내며. 슈테판 대성당은 빈과 언제나 함께였다. 긴 세월 동안 도시를 지나쳐간 수많은 사람들을 보듬어온 심장이었다. 그들을 지켜본 눈이었고, 그들의 소리를 들어온 귀였다.

슈테판 대성당과 관련해 잊을 수 없는 기억이 하나 있다. 나는 이곳에 들를 때마다 다른 여행자들처럼 성당을 천천히 둘러보기도 하지만, 개인적으로 기도나 미사를 드리기도 한다. 그날도 그랬다. 구름이 가득한 2월의 하늘 아래 스산한 날씨를 뚫고 미사를 드리러 성당으로 향했다.

마침 주일이라 오전에 중요한 미사곡이 올라갔다. 특별히 이날은 하이든의 〈성 니콜라이 미사곡〉을 연주한다고 했다! 하이든이 1772년에 작곡해 1802년 빈에서 개작한 곡이다. 슈테판 대성당의 주일 미사에서는 이 도시를 대표하는 작곡가들이 쓴 미사곡이 종종 올라온다. 그래도 여행자가 그런 날을 딱 맞춰 들을 수 있는 게 쉬운 일은 아니기에 특별한 순간으로 다가왔다.

프란츠 요제프 하이든, 고전시대를 이끈 제1빈악파 중 가장 먼저 출발한 선배이다. 나는 주로 그의 음악을 무언가를 '시작'할 때 듣는 편이다. 그러면 너무 무겁지도, 너무 가볍지도 않은 삶의 중심을 찾게 된다. 운 좋게 오늘도 그와 함께 이 여정을 시작하게 되는구나! 진지하면서도

요한 치테러, 〈요제프 하이든의 초상〉, 1795년경.

위트 있고 보편적인 설득력을 지닌 하이든의 음악은, 누구에게나 존경을 받았으며 가슴이 따뜻했던 그 주인을 꼭 닮아 있다.

　보안요원에게 미사를 드릴 수 있는 허락을 받고, 평소에는 막아놓는 중앙 안쪽으로 들어섰다. 절실히 찾고 있는 무언가에 조금 더 다가간 느낌이었다. 빈의 성당들은 워낙 오래돼서 편리한 난방 시스템이 갖춰져 있지 않다. 양손에 입김을 불어 넣으며 딱딱한 나무의자에 조심스레 자리를 잡는다. 나도 모르게 정자세를 취하며, 그동안 흐트러졌던 마음 또한 붙잡기 위해 두 손을 모은다. 그 순간 오르간 연주와 함께 미사가 시작되었고, 곧이어 하이든의 미사곡이 차분히 울려 퍼졌다.

　독창자들이 정화된 멜로디를 교차해 가며 부르는 사이, 나는 조용히 눈을 감고 어린 하이든이 그 자리에 서서 노래하는 모습을 상상해본다. 바로 이곳이 하이든이 소년 성가대원으로서 본격적인 음악 생활을 시

슈테판 대성당 내부의 오른쪽 통로. 정면에 보이는 오르간은 2009년 하이든 서거 2백 주년을 기념해 리거 오르간 회사가 제작한 것이다.

작한 자리다. 미사의 엄숙함이나 작품의 신성함보다 어쩌면 까불거리는 마음을 간신히 다독이며 자리를 지키기에 급급했을 꼬맹이의 고운 노랫소리가 들려오는 듯하다. 소년은 그때 알았을까. 훗날 세계의 수많은 후손들이 자신의 작품을 이 자리에서 부르게 되리라는 것을.

하이든은 빈에서 동쪽으로 약 45킬로미터 떨어진 작은 시골 마을 로라우에서 태어났다. 수레바퀴 장인인 아버지의 첫째 아들이었다. 그의 부모는 가난했지만 아마추어로서 음악을 즐기는 사람들이었다. 언제나 흥얼거리는 소리가 넘치는 가정 환경에서 성장한 소년 하이든은 두 동생 미하엘, 요한과 함께 자연스레 음악가의 길을 걷게 된다.

하이든은 일찍부터 아름다운 목소리와 타고난 음악적 재능을 보였다. 1740년 여덟 살 때 슈테판 대성당 부속 합창단 학교에 입학해 이후 약 십 년 동안 성당 전례에서 노래를 불렀다. 학생으로서 익혀야 하는 일반 과목과 노래, 하프시코드, 바이올린 등도 배웠다. 미사를 통해 이전 시대 대가들의 합창곡을 직접 부르는 일상이 그의 어린 시절을 온통 차지했다. 이보다 더 자연스런 음악 교육과 노래 훈련이 어디 있을까. 그의 성악 작품이 그토록 노래하기에 자연스럽고, 특히 말년에 쓴 종교 작품이 광채를 발하게 된 데에는 다 이유가 있었다.

도약의 시대　　　　　　　　　　　　　　미하엘 광장

'소년' 하이든을 추억하게 해준 아름다운 미사가 끝나고 슈테판 대성당을 빠져 나왔다. 내친김에 근처에 남아 있는 하이든의 다른 흔적을 찾아보기로 했다. 이곳에서 걸어서 갈 수 있는 구역 안에 빈의 주요한 관광명소가 밀집해 있다. 그중 호프부르크 궁전 초입에 위치한 미하엘 광장으로 걸음을 옮겼다. 많은 이들의 발길이 머무는 이곳에 '청년' 하이든의 흔적이 조용히 숨어 있다.

하이든의 청년기는 시련으로 시작되었다. 그의 음악이 영원불멸의 유산으로 남아 지금껏 슈테판 대성당을 지키고 있지만, 그도 언제까지나 소년 합창단원으로 이곳에 머물 수는 없었다. 상급생이 된 하이든은 후배들에게 음악을 가르치는 일까지 맡을 정도로 인정을 받았다. 하지만 장난이 심해서 음악감독이자 선생님인 게오르크 로이터Georg Reuter의 화를 돋우는 일이 잦았다. 게다가 변성기를 지나면서 어린 시절의 고운 목소리를 잃게 되자 독창자 자리도 내놓게 되었다. 그리고 1749년 11월, 합창단 학교를 졸업했다. 이제 실업자 신세가 된 거나 매한가지였고, 그의 앞날은 불투명했다. 고향으로는 다시 돌아가지 않기로 결심한 하이든에게는 그야말로 가시밭길만 놓여 있는 듯했다.

그러나 미래의 시점에서 보면 이는 새로운 출발의 발판이기도 했다. 그의 옆집에 살고 있던 테너 슈팡글러Johann Michael Spangler 가족이 좁은 집 한 칸을 하이든에게 기꺼이 내준 것이다. 또 다른 행운도 찾아왔다. 당대 유럽을 대표하는 가극 대본 작가인 메타스타시오Pietro Metastasio가 마침 1층에 살고 있었던 것이다. 고전시대 최고의 대본 작가와 곧 최고의 작곡가가 될 사람이 이렇듯 우연인 듯 필연적으로 만나다니!

메타스타시오는 하이든의 진가를 단박에 알아보았다. 그는 하이든을 돕기 위해 레슨 자리를 주선해 오페라 작곡가인 포르포라Nicola Porpora를 소개해주었다. 포르포라는 당시 유럽에서 명성을 떨치던 카스트라

성 미하엘 교회. 교회 왼편에 살짝 보이는 건물이 하이든이 살던 집이다.

토 성악가 파리넬리를 가르치기도 한 유명한 성악 교사였다. 그는 성정이 다소 거칠긴 했지만, 하이든은 그의 레슨에서 반주를 맡거나 시종 노릇을 하면서 노래, 작곡, 이탈리아어 등 많은 것을 배웠다.

위기는 또 다른 기회라는 말을 떠올리게 하는 이 청년의 고단한 시절을 생각하며 미하엘 광장으로 걸어갔다. 슈테판 대성당에서 십 분이 채 걸리지 않는 거리인데도, 스산한 겨울바람이 온몸에 스며들어 나 역시 고단함을 느꼈다.

빈에서 가장 번화한 이 광장에는 성 미하엘 교회가 우뚝 서 있는데, 교회 옆 한쪽 구석에 하이든이 기거한 집이 자리하고 있다. '요제프 하이든이 1750년부터 여기 살았다'라고 씌어 있는 오래된 현판에 눈길이 머문다. 1층에 유명 상점들이 늘어서 있어서 부러 찾지 않으면 알아채

기 쉽지 않다.

　이곳은 호프부르크 궁전 근처여서 많은 여행객이 오고 가는 길목이다. 나 또한 빈에 들를 때마다 자주 지나치던 장소다. 화려하고 웅장한 권력의 상징 바로 옆에서 한 젊은 음악가가 인생에서 가장 불안하고 가난한 시절을 보냈다고 생각하니 마음 한쪽이 시큰해진다. 내일을 기약할 수 없는 암울한 시절이었지만 한편으로는 그에게 최고의 교육 환경이 준비되어 있었으니, 인생은 참으로 오묘하다는 생각이 들기도 한다.

　화려한 미하엘 광장은 안중에도 없이 하이든이 살던 집만 열심히 찍고 있자니 지나가던 사람들이 무슨 일인가 싶어 어리둥절한 표정으로 나를 쳐다본다. 슬며시 웃음이 났지만, 이내 소란스러운 광장도 사진기에 담는다. 관광객이 아닌, 젊은 하이든의 시선으로.

빈에 스며 있는 하이든의 흔적은 초년 시절과 노년 시절로 크게 나눌 수 있다. 중년 시절에 해당하는 삼십여 년 동안은 빈에 있지 않고, 오스트리아 부르겐란트 주의 아이젠슈타트에 머물렀기 때문이다. 그곳에서 하이든은 헝가리의 명망 높은 가문인 에스테르하지^{Esterházy} 가의 여름 궁전에 고용되어 음악가로서 실로 다양한 업적을 쌓는다. 그는 장르를 가리지 않고 수많은 음악을 작곡하고 음악회를 기획했으며, 여러 음악가들과 악기들을 관리하며 리더의 면모를 보여주기도 했다. 이 시절의 경험을 바탕으로, 하이든은 고전시대를 이끄는 대표 작곡가로 훌륭히 성장한다.

그러나 오늘은 빈에 남아 있는 하이든의 자취를 따라갈 작정이다. 그가 생의 마지막 12년을 보낸 하이든 하우스로 향했다. 이곳은 현재 시립 박물관이기도 하다. 빈은 음악의 도시라는 별칭답게 도시를 대표하는 중요 작곡가인 하이든, 모차르트, 베토벤, 슈베르트, 요한 슈트라우스 2세가 살았던 집을 알찬 전시와 함께 공개하고 있다. 그중 하이든의 집은 그가 살던 당시에는 빈 외곽의 굼펜도르프 지역에 속했지만, 현재는 빈 시로 통합되어 6구 지역에 위치한다.

하이든 하우스는 그가 삶의 마지막 시절을 보낸 만큼 뜻깊은 장소다. 에스테르하지 집안의 니콜라우스는 하이든을 비롯해 여러 음악가들을 후원하는 등 오스트리아 예술계에 큰 영향을 끼친 인물이다. 그가 사망하자 하이든은 마침내 그의 영향에서 벗어나 자유로운 음악 활동을 시작한다. 영국으로 두 차례 연주 여행을 떠나고, 작곡가로서 국제적인 위상도 확인한다. 연주 여행을 마치고 돌아와 생을 마감할 때까지 하이든은 이 집에서 지냈다. 반평생을 변방에서 한 집안의 일꾼으로 일하다가, 런던이라는 대도시에서 영예로운 지위를 획득한 후 돌아와, 노년의 마지막을 보낸 중요한 장소다.

도심으로 진입해 곧장 하이든 하우스로 발걸음을 옮긴다. 빈에서 가장 복잡한 쇼핑가 중 하나인 마리아힐프 거리를 뚫고 가야 한다. 그런데 마침 거리 한복판에서 하이든의 동상이 나를 맞아준다. 노년의 하이든이 미사에 참석하기도 한 마리아힐프 성당 앞에 한 손에 악보를 들고 위엄 있게 우뚝 서 있다. 1887년에 세워진 이 동상은 높은 곳에 설치되었기 때문에 멀리서도 쉽게 발견할 수 있다. 순간, 살아 있는 그를 만난 듯 반가워 손을 흔들 뻔했다. 내가 맞게 가고 있구나.

마리아힐프 성당을 등지고 서쪽으로 십 분쯤 더 들어가니, 그의 사후에 '하이든가세'로 불리게 된 골목에 당도했다. 건물 입구에 꽂혀 있는, 붉은색과 하얀색 줄이 겹친 오스트리아 국기가 눈에 들어온다. 멀리서 봐도 문화유적이라는 것을 알려주는 지표다. 제대로 찾아온 것이다.

회색 벽에 하얀색 창틀, 소박하면서도 과하지 않은 고급스러움이 느껴지는 외관을 바라보며 나도 모르게 '아!' 하고 탄성을 질렀다. 지붕 위에 소복이 쌓인 하얀 눈마저 인자함과 중용, 유머러스함까지 겸비한 노년의 하이든을 떠올리게 하는 이미지와 너무나 잘 어울렸기 때문이다. 이런 날에 오려고 그동안 이곳에 오는 걸 그리 아껴 두었나 봐, 속으로 되뇌었다.

입구에 들어서니 바로 눈앞에 소담스런 정원이 반긴다. 정원으로 가는 유리문에는 재미있는 기록이 적혀 있다. 당시 하이든이 런던에서 들

마리아힐프 성당 앞에 세워진 하이든 동상.

위 왼쪽　하이든 하우스 외관.

위 오른쪽　하이든 하우스의 정원.

아래 왼쪽　정원으로 가는 유리문. '파파 하이든'의 일화가 씌어 있다.

아래 오른쪽　하이든 하우스 입구의 현판.

여와 키운 앵무새가 그를 '파파 하이든'이라 불렀다는 것이다. 얼마나 많은 이들이 그를 '파파'라고 불렀으면 그랬을까. 슬하에 자식이 없었던 하이든이기에 더욱 애틋하게 다가오는 호칭이다.

　겨울이라 꽃이 없는 그의 정원으로 발을 들여놓는다. 담쟁이만이 이 집의 생명력을 보여주려는 듯 한쪽 담벼락에 피어올라 있다.

　이 나라를 찾는 많은 방문객들은 주로 빈에서 머물며 웅장하고 화려한 건물들 위주로 관광할 것이다. 하지만 화합과 겸손의 미덕으로 남아 있는 파파 하이든의 음악을 기억하는 누군가는 이곳 하이든 하우스로 진중한 발걸음을 옮길 것이다. 그들의 족적에 나의 발자국 하나를 더하듯, 또박또박 그의 소박한 정원을 거닌다. 이곳에서 쓴 그의 음악을 마음속으로 불러들인다.

정원을 나와 다시 마주한 입구에서 또 다른 현판을 만난다. 이 집에서 하이든이 오라토리오 〈천지창조〉와 〈사계〉를 썼다는 기록이 큼지막하게 새겨져 있다. 오라토리오 〈천지창조〉는 성경에서 밝힌 세상 창조에 대한 찬미와 기쁨을 표현한 역작이다. 하이든이 신심과 음악의 열정을 고스란히 담아 3년에 걸쳐 완성했다. 사실 '교향곡의 아버지', '현악 사중주의 어머니'라는 별칭 때문에 자칫 그를 기악에만 집중한 작곡가로 오해하기 쉽다. 하이든이 인생 후반기에 이렇듯 독창과 합창, 관현악이 어우러지는 대작 오라토리오를 남겼다는 사실에 다시금 주목할 필요가 있다.

이제 집 안으로 천천히 발을 들여놓는다. 아래층에는 하이든의 삶의 궤적을 돌아볼 수 있는 자료가 많이 전시되어 있다. 당시의 빈과 굼펜도르프의 시대 상황, 그리고 하이든이 이 집을 구입해 입주하게 된 경위 등을 상세하게 소개하고 있다.

현재 이 집은 빈에서 가장 붐비는 지역에 위치하지만, 하이든이 살던 당시에는 들판에 꽃과 과일나무가 가득한 근교의 시골이었다. 하이든의 부인 마리아 안나의 제안으로 이 집을 구입하게 되었는데, 그전까지 부부는 절망적인 사이였고 자식도 낳지 않았다. 하이든 부부에 대한 자료가 거의 남아 있지 않은 것만 봐도 둘의 관계를 짐작할 수 있다. 그러

마리아 안나와 하이든의 초상, 그리고 하이든 하우스를 묘사한 그림.

나 말년에 이르러 두 사람은 결국 한집에 살게 되었고, 다행히 관계도 점차 회복한 것으로 보인다. 마리아 안나는 이 집에서 남편보다 9년 먼저인 1800년에 세상을 떠났다.

아래층의 전시 자료 중에서 가장 눈에 띈 것은 하이든이 이 집에서 작업한 소소한 노래들이었다. 하이든 하우스는 주로 그가 말년에 쓴 두 편의 오라토리오와 관련해서만 주목하는 경우가 많다. 하지만 그가 이 집에 사는 동안 기력이 점점 떨어지면서도 끝까지 작곡을 이어갈 수 있었던 것은, 한마디로 '노래'를 손에서 놓지 않았기 때문이다.

특히 이 집에서 작업한 노래 중에서 가장 주목할 작품은 1797년에 완성한 〈신이시여, 프란츠 황제를 보호하소서(황제 찬가)〉이다. 당시는 신성로마제국의 황제를 겸하고 있던 오스트리아의 황제 프란츠 2세가 황제 자리를 내려놓으라는 압박에 시달리면서 국가적 위기에 봉착한 시기였다. 이때 나폴레옹이 빈을 두 번이나 침략했다. 이 위협에 맞서 하이든은 시인 하쉬카$^{Lorenz Leopold Haschka}$와 함께 이 노래를 작곡해 프란츠 황제의 생일에 초연을 올렸다.

이후 이 선율은 제2차 세계대전 전까지 오스트리아의 국가國歌로 사용되었고, 하이든의 〈현악사중주, Op.76, No.3〉의 2악장에도 차용되었다. 이는 그가 더욱더 국가의 상징적인 음악가로 올라서는 계기가 되었다. 크로아티아 민요의 영향을 받아 소박하면서도, 하이든의 손을 거쳐 장중하고 우아한 선율로 탈바꿈한 이 노래는 현재 독일의 국가가 되어 세계인의 마음에 더욱 친숙하게 각인되고 있다.

아, 이 집에서 얼마나 많은 선율이 하이든의 심장을 타고 흘렀을까. 당시에 작업한 악보들을 가만히 보고 있자니, 그가 힘을 빼고 그려낸 자연스러운 이 음표들을 통해 노년에 얻은 자유와 삶의 안정을 속삭이고 있는 듯하다.

허나 이곳에 흘러넘친 것은 아름다운 선율만이 아니었다. 평화로운 삶도 충만했다. 부인이 세상을 떠난 후 하이든에게 남은 가족은 없었지만, 그는 그 어느 때보다 사랑과 우정이 가득한 생활을 이어갔다. 위층과 연결된 계단 아래쪽에는 이 집에서 하이든과 진짜 '가족'처럼 함께 살았던 여섯 명의 하인들이 소개되어 있다.

또한 계단을 올라가다 보면 오른쪽 벽에 나란히 걸린, 노년의 하이든을 방문한 수많은 이들의 얼굴이 담긴 액자들을 볼 수 있다. 이들 중에는 하이든의 삶을 기록으로 남긴 여러 전기 작가들과 더불어 작곡가 요한 프리드리히 라이하르트와 카를 마리아 폰 베버, 한때 하이든의 제자였던 베토벤, 하이든과 좋은 친분을 유지했던 모차르트의 부인 콘스탄체, 그리고 하이든 작품의 대본 작업에 참여한 슈비텐^{Gottfried van Swieten} 남작 등 수많은 명사들이 있다.

게다가 여전히 하이든의 고용주이긴 하지만 이제는 좀 더 평등한 관계가 된, 그가 존경의 마음으로 마지막 미사곡의 대부분을 헌정한 헤르메네길데 에스테르하지 공비의 방문도 기록되어 있다. 당시 하이든의 위상이 얼마나 높았는지가 그대로 드러나는 대목이다.

실질적인 생활이 이루어진 위층은 '부지런한' 이 음악가의 흔적을 엿볼 수 있는 공간이다. 계단을 올라가자마자 왼편 벽면에 따뜻한 조명이 비추고 있어 눈길을 끄는 장소가 나타난다. 이곳은 침실로 사용된 좁은 공간인데, 작은 클라비코드 한 대가 벽 한쪽에 기대어 서 있다. 침대에 누웠다가도 언제든 착상이 떠오르면 곧바로 악기 앞에 앉아 작곡에 몰입했을 하이든의 모습이 눈에 선하다. 이 클라비코드는 한때 브람스가 소유하기도 했다고 한다.

그 위로는 바로 이 자리에서 작곡했으나 출판하기는 원치 않았던 캐논 악보들이 담긴 액자가 빼곡하다. 사방이 어두워진 시간, 홀로 침대 곁에 앉아 건반을 두드리며 그 누구를 위해서가 아니라 자기 자신을 위해 일기를 쓰듯 종이 위에 음악을 기록해간 노 작곡가의 그림자가 여전히 어른거린다.

위층에서 더 깊은 안쪽으로 걸음을 옮기니 드디어 〈천지창조〉와 관련한 전시가 눈에 들어온다. 하이든은 1790년대에 런던에서 연주 여행을 하던 중 헨델의 오라토리오 〈메시아〉를 듣고 크게 감명을 받았다. 이

한때 브람스가 소유하고 있었던 하이든의 클라비코드. 뒤쪽 벽면에는 하이든이 노년에 쓴 캐논 악보들이 빼곡히 전시되어 있다.

를 알아챈 흥행사 요한 페터 잘로몬Johann Peter Salomon이 〈메시아〉에 필적할 만한 오라토리오 대본을 그에게 넘겨주면서 〈천지창조〉의 역사가 시작된다.

하이든은 성경의 창세기와 시편, 그리고 존 밀턴의 『실낙원』에서 발췌한 내용을 기초로 쓴 영어 대본을 손에 쥐고 고국으로 돌아왔다. 그리고 이미 자신의 작품 〈십자가상의 일곱 말씀〉의 대본 작업을 했던 슈비텐 남작에게 이 대본의 독일어 번역을 요청한다. 이후 1798년, 여기에 곡을 붙인 완성작이 세상에 나오게 되었다.

다른 어떤 작품보다 〈천지창조〉를 쓸 때 가장 경건한 자세로 작업했다고 고백한 하이든. 매일 무릎을 꿇고 작곡했다는 이 곡은 첫 소절부터 마지막까지 경탄과 감동을 불러일으킨다. 〈메시아〉에 이어 오라토리오를 대표하는 작품으로 역사에 남은 〈천지창조〉의 첫 1, 2부에서는 라파엘, 우리엘, 가브리엘 세 천사의 독창과 중창, 그리고 합창이 서로 주고받으며 여섯 날에 걸친 천지창조와 이에 대한 찬탄의 내용을 순서대로 노래한다. 그리고 마지막 3부에서는 아담과 이브가 중심이 되어 첫 인간에 대한 찬양과 첫 부부의 사랑을 표현한다.

오라토리오로 쓴 〈천지창조〉는 외적으로는 성악이 스토리를 이끌어가는 장르로 보인다. 하지만 사실 이 작품의 주인공은, 적어도 1, 2부에서만큼은 오케스트라다. 엿새 동안 이루어진 창조의 과정을 표현하는 동안, 오케스트라가 피조물인 '자연'의 역할을 맡고 있기 때문이다. 이를 통해 지금껏 세계를 사로잡은 수많은 관현악 작품을 남긴 거장의 솜씨가 유감없이 발휘된다. 존재하지 않던 세상이 탄생하는 신비와 각 동식물에 대한 세세한 묘사가 작품 전반에 명징하게 흐르고 있다.

〈천지창조〉는 서곡에서부터 관현악으로 혼돈을 표현하는 오묘한 묘사가 압권이다. 이 시작은 '태초에 하느님이 천지를 창조하셨다'라는 창세기 첫 장의 내용을 베이스 목소리의 천사 라파엘이 읊으며 이어진다. 이 부분을 합창이 받아 '빛이 생겼다'로 나아가고 오케스트라가 꽉 찬 사운드로 받아주기까지, 아주 작은 소리에서부터 시작해 충격적으로 음량이 커지며 청자에게 묵직한 감동을 선사한다.

이러한 감동은 이 작품의 창조자를 닮아 마지막까지 성실하게 이어진다. 3부에 이르러서는 드디어 첫 인간 아담과 이브가 사랑의 주인공이 되어 낭만성이 극대화된 선율을 노래한다. 이 작품은 첫 인간이 죄악을 저지르기 이전의 상황만을 담았지만, 이로써 음악적인 아름다움은 더욱 배가된다.

〈천지창조〉의 감동을 되새기며 다시 걸음을 옮긴다. 1799년 3월 19일, 〈천지창조〉 초연 당시의 궁정 극장을 그린 그림이 보인다. 약 180명의 연주자가 고용된 이 대규모 공연에는 시작하기 세 시간 전부터 군중들이 몰려들어 일대 소동이 벌어졌다고 한다. 엄청난 성공은 이미 예견된 일이었다.

그림 옆에는 하이든 서거 백 주년을 기념하기 위해 제작한 아름다운 문구文具 상자가 전시되어 있다. 상자의 뚜껑에는 그림이 새겨져 있다. 〈천지창조〉를 통해 빈에서 더욱 존경받는 작곡가로 자리매김한 하이든의 76세 생일을 축하하기 위해 빈 대학의 대회의장에서 열린 공연을 묘사한 그림이다. 이 공연에는 빈의 수많은 고위직 인사들과 음악인들을 포함한 시민들이 함께했고, 하이든은 1부의 연주를 들으며 눈물로 감동을 표현했다. 이것이 그가 공적으로 대중 앞에 모습을 보인 마지막 공연이었다.

상자 옆의 탁 트인 공간에는 하이든의 보배로운 그랜드피아노와 마치 살아 있는 듯 자연스레 웃고 있는 흉상과 초상화, 그리고 여러 악보들이 전시되어 있다. 그를 더욱 가까이 느낄 수 있게 해주는 유품 중에서 특히 그가 말년에 제작한 '명함'이 내 마음에 쏙 들어왔다.

발타자르 비간트, 〈1808년의 천지창조 공연〉.
하이든의 76세 생일을 축하하기 위해 열린 공연을 묘사하고 있다.

〈천지창조〉의 성공 이후 곧바로 돌입한 오라토리오 〈사계〉의 작곡 작업은 노쇠한 그를 더욱 지치게 만들었다. 거의 집 밖을 나가지 못할 정도로 점점 몸이 허약해졌다. 그의 명성에 걸맞게 툭하면 초대장이 날아들었지만, 그는 응할 수 없었다. 그래서 초대에 직접 가지 못하고 이 명함을 대신 보냈다고 한다. 명함 윗면에는 그가 1790년에 작곡한 노래 한 편의 가사가 찍혀 있다.

내 모든 힘은 사라지고, 나는 약하다.

이토록 솔직한 표현을 선율에 담아 명함에 새기다니……. 위트가 넘

위 하이든의 악보들.

가운데 그랜드피아노와 하이든의 흉상.

아래 하이든의 특별한 명함.

하이든의 데스마스크.

치는 그의 글에 슬며시 미소가 지어진다. 그러나 한편으로는 평생 바쁘게만 지내다가 마지막을 향해 천천히 사그라지는 거장의 쓸쓸한 뒷모습이 느껴져 마음이 찡하다. 죽음으로 나아가는 길은 누구에게나 공평하면서도 서글프지 않을 수 없다. 하이든은 1809년 5월 31일, 77세의 나이로 세상을 떠났다. 위층의 계단 오른쪽에 있는 그가 사망한 방에는, 그의 데스마스크가 놓여 2백 년 후의 방문객을 여전히 평안한 모습으로 맞이하고 있다.

그러나 말년의 정세는 그의 개인사와는 무관하게 매우 불안정하고 위험했다. 나폴레옹이 이 마을을 침략한 때가 바로 그가 죽기 3주 전이었다. 집 전체가 지진이 난 듯 심하게 흔들렸다. 노인이 받은 충격은 이루 말할 수 없었다.

전쟁의 와중에도 하이든은 생의 마지막 방문객을 따뜻하게 맞이했다. 그가 사망하기 약 일주일 전, 침략군인 프랑스 군대의 장교 하나가 작곡가에게 존경을 표하러 이 집을 찾아왔다. 두 사람은 〈천지창조〉에 대해 두런두런 이야기를 나누었다. 장교는 인간이 창조된 후 천사 우리엘이 인간의 고귀한 아름다움을 찬탄하며 부르는 아리아인 '고귀한 위엄을 지니고'를 불렀다. 이에 감동한 하이든은 누군가의 노래를 통해 이토록 진정한 기쁨을 느낀 적은 없었노라 화답했다고 전해진다.

소소하지만 감격적인 이 장면을 떠올리며 하이든의 데스마스크를 다시 바라본다. 그 노래가 자연스레 귓가에 맴돈다. 전심을 다해 펜 끝으로 써내려간 선율이 이렇듯 큰 위로와 찬양으로 되돌아온 생의 마지막 시간……. 신은 작곡가 하이든에게 최고의 선물을 허락했다. 그건 누구에게나 주어지는 기회가 아니었다.

그를 떠나보내며 쇼텐 성당과 하이든 공원

하이든 하우스를 방문하고 나오니, 마치 내가 파파 하이든의 마지막을 눈앞에서 직접 목격한 듯 뭉클하고 뿌듯했다. 그로부터 며칠이 지난 추운 어느 날, 빈의 중심가를 정처 없이 거닐고 있었다. 얼어붙은 손과 발을 잠깐 녹일 요량으로 눈에 띄는 노란빛의 성당에 들어갔다. 그런데 입구에 다가가니 너무나 익숙한 '쇼텐 성당Schottenkirche'(스코틀랜드인의 교회라는 뜻)이라는 명판이 보이는 게 아닌가. 바로 하이든의 장례식이 치러진 곳이다.

흰색과 핑크색의 대리석이 화사한 성당 안에서 잠시 머물렀다. 아무

쇼텐 성당.

도 없는 성전에서 마침 오르가니스트가 연습을 하고 있었다. 추위를 잊
게 하는 따뜻한 울림을 느끼며 슬며시 눈을 감고 하이든의 장례식 장면
을 떠올려보았다. 생전에 그와 두터운 우정을 나누었던 모차르트의 레
퀴엠이 그의 마지막 길을 밝게 비추는 가운데, 적군인 프랑스 장교와 빈
의 고관대작들이 어울려 그를 배웅하는 진풍경이 펼쳐진다. 이렇듯 음
악의 힘은 언뜻 불가능해 보이는, 아군과 적군이 함께 어우러지는 화합
의 자리도 가능하게 할 수 있다는 것을 하이든은 마지막 순간까지 우리
에게 증명해 보여주었다.

현재 하이든의 유해는 아이젠슈타트에 모셔져 있지만, 그의 첫 장지는 하이든 공원이었다. 그곳으로 홀린 듯 발길을 돌린다. 유치원 아이들이 한 줄로 서서 선생님을 졸졸 따라다니는 천진한 풍경 앞에 하이든이 묻혔던 곳이 나를 기다리고 있다. 이곳을 지키고 있는 기념비에 새겨진 호라티우스의 문장을 마주한 순간, 나는 절로 고개가 끄덕여졌다. 하이든은 삶의 끝에서 세상의 시작을 노래한 음악으로 여전히 우리 곁에 머물고 있으므로.

Non omnis moriar.(나는 완전히 죽지는 않으리라.)

〈성 니콜라이 미사곡, Hob. XXII:6〉 중 '자비송'

Rudolf Resch, Alois Buchbauer,
Josef Boehm,
Hermann Furthmoser(솔리스트)
빈 소년 합창단
비엔넨시스 합창단
빈 대성당 오케스트라
Ferdinand Grossmann(지휘)

〈신이시여, 프란츠 황제를 보호하소서(황제 찬가), Hob. XXVIA:43〉

Elly Ameling(소프라노)
Jörg Demus(피아노)

〈현악사중주, Op.76, No.3 in C Major, '황제'〉 중 제2악장

에머슨 현악사중주단

오라토리오 〈천지창조, Hob. XXI:2〉 제1부 중 No.1 '서곡: 혼돈의 표현'

오라토리오 〈천지창조, Hob. XXI:2〉 제1부 중 No.2 '태초에 하느님이 천지를 창조하시니라'

오라토리오 〈천지창조, Hob. XXI:2〉 제3부 중 No.30 '오 내 사랑 그대'

Kurt Moll(베이스, 라파엘 역)
Thomas Moser(테너, 우리엘 역)
Kurt Ollmann(바리톤, 아담 역)
Lucia Popp(소프라노, 에바 역)
바이에른 방송합창단
바이에른 방송교향악단
Leonard Bernstein(지휘)

오라토리오 〈천지창조, Hob. XXI:2〉 제2부 중 No.24 '고귀한 위엄을 지니고'

Thomas Moser(테너, 우리엘 역)
바이에른 방송교향악단
Leonard Bernstein(지휘)

천상을 노래한 음악극의 천재

Wolfgang Amadeus Mozart

볼프강 아마데우스 모차르트

모차르트를 알현하다 부르크가르텐

빈을 대표하는 길이라고 해도 과언이 아닌 '링슈트라세'는 내가 이 도시를 방문할 때마다 맨 처음 만나는 길이다. 반지 모양의 이 길을 한 바퀴 산책하는 것만으로도 빈의 많은 것을 볼 수 있다. 그 옛날 도시를 지키기 위해 둘러싸 쌓은 성벽을 19세기 중반 무렵에 무너뜨려 둥글게 길을 닦고, 그 위로 국회나 시청사 같은 정부 건물부터 극장과 박물관, 대학교 등 도시를 대표하는 수많은 건물들이 세워졌다.

어제까지 내 삶의 흐름을 잠시 잊고 빈과 마음을 겹치기 위해 시계를 풀어놓고서 숙소를 나왔다. 빈 국립오페라극장부터 시작해 링슈트라세를 시계 방향으로 돌기 시작했다. 한 블록을 크게 돌다 보니 어느새 오른편에 부르크가르텐(왕궁 정원)이 보이고, 멀리서도 눈길을 사로잡는 희고 역동적인 동상도 눈에 띄었다. 앞쪽의 넓은 잔디밭에는 예쁜 높은음자리표 모양으로 꽃들이 심어져 있다.

수많은 예술인들이 거쳐 간 예술의 도시 빈에는 이곳에 족적을 남긴 이들의 동상이 사방에 널려 있다. 하지만 이 음악가만큼 대우받는 인물도 없는 것 같다. 마치 왕족인 양 왕궁 앞에 당당히 버티고 서 있으니 말이다. 어디서나 누구에게나 잘 보이는 자리에서 하늘을 향해 턱을 들고 있는 그 주인공은, 바로 볼프강 아마데우스 모차르트다. 그의 중간 이름 아마데우스는 '신을 사랑한다'는 뜻이다. 이 동상 앞에는 그를 알현하러 오는 이들의 발걸음이 끊이지 않으며, 그는 여전히 사랑과 존경을 한 몸에 받고 있다.

빈을 단 하루만 여행한다고 하더라도, 보지 않고 지나치는 게 더 어

부르크가르텐에 세워진 모차르트 동상.

려울 만큼 그의 흔적을 도처에서 마주치게 된다. 연주회장과 극장의 매 시즌 연주 목록이나 음반 매장뿐만이 아니다. 카페나 디저트 가게, 선 물 가게에서 끝없이 팔려 나가는 그의 기념품들을 보면 입이 떡 벌어질 정도다.

모차르트는 빈에서 왜 이토록 사랑받는 존재가 된 것일까. 35년밖에 살지 못한 모차르트의 짧은 생애는 그가 거주한 지역을 기준으로 크게 두 시기로 나뉜다. 첫 번째는 잘츠부르크에서 태어나 아버지와 함께 유럽을 돌며 연주 여행을 하던 시기다. 그는 열일곱 살에 이미 잘츠부르크의 궁정 음악가가 된다.

두 번째는 스물다섯 살 무렵 빈을 방문한 뒤로 죽 이곳에서 머물며 마지막 십 년을 보낸 시기다. 모차르트는 세상을 떠나기 전까지 빈에서 살며 대부분의 대표작을 작곡했다. 영화 〈아마데우스〉에서도 주로 빈 시절의 이야기가 중심을 이룬다. 사실 빈에서 사는 동안 모차르트는 생각만큼 자신의 꿈을 펼치지 못한 채 세상을 떠났을 수도 있다. 궁정 음악가의 직위도 잃어버렸고, 명성은 얻었으나 재정적으로는 늘 불안정했기 때문이다. 그러나 자신이 선택하지 않은 고향 '잘츠부르크'에 비해, 스스로 선택한 두 번째 고향 '빈'은 그의 자유의지가 발현된 곳이기에 더없이 중요하다.

쫓겨난 모차르트 독일 기사단의 집

궁정 앞 동상에서 느꼈던 청년 모차르트의 자유롭고 위풍당당한 모습을 찾아보기 위해 그와 관련된 장소들을 돌아보기로 했다. 우선 그가 빈에서 생활하기 시작한 출발점이라 할 수 있는 '독일 기사단의 집'으로 방향을 잡았다. 모차르트 동상을 뒤로하고 슈테판 대성당 쪽으로 1킬로미터 정도 걸어가면 바로 근처에서 찾을 수 있는 곳이다.

모차르트가 빈으로 오기 전에 잘츠부르크에 집도 직장도 있었지만, 그곳에서만 생활했다고 보기는 어렵다. 일찍부터 집을 떠나 유럽 각지로 연주 여행을 다녀야 했기 때문이다. 여섯 살이 된 1762년부터 1766년

루이 카로지(카르몽텔), 〈아버지 레오폴트와 누이 마리아 안나(난네를)와 함께 파리에서 연주하는 모차르트〉, 1763년.

작자 미상, 〈13세에 베로나에서 연주하는 모차르트〉, 1770년경.

까지 뮌헨, 빈, 프라하를 시작으로 파리, 런던, 암스테르담, 취리히 등으로 가족과 함께 '신동'의 연주 여행을 떠났고, 1769년부터 1772년 사이엔 어머니와 누나는 잘츠부르크에 남겨두고 아버지하고만 이탈리아로 세 차례 연주 여행을 떠났다.(처음에는 베로나, 피렌체, 로마, 나폴리, 볼로냐, 베네치아, 밀라노로, 이후에는 두 차례 더 밀라노를 방문했다.) 또 잘츠부르크 궁정 음악가의 직위를 사임한 1777년부터 2년간은 일자리를 찾아 만하임, 파리, 뮌헨 등으로 구직 여행을 하느라 떠돌아 다녀야 했다.

이 모든 여행은 처음에는 아들의 특별한 재능을 알아본 아버지 레오폴트의 철저한 계획 아래 이루어졌다. 하지만 구직 여행만큼은 달랐다.

잘츠부르크 '탈출 시도'라고 해야 할 만큼, 고향을 떠나고 싶어 한 모차르트의 의지가 강렬하게 표출된 여행이었다. 1772년부터 잘츠부르크를 통치한 콜로레도 대주교와의 갈등이 주된 원인이었다. 대주교는 아주 권위적인 인물이었고, 음악가에 대한 처우도 상당히 인색했다. 당연히 모차르트 부자의 잦은 해외 연주 여행도 탐탁지 않게 여겼다. 게다가 모차르트로서도 오페라를 올릴 수 있는 큰 극장이 없는 잘츠부르크가 성에 차지 않았다. 이미 세계적인 음악가가 된 그에게 잘츠부르크는 너무 작은 곳이었다.

모차르트의 꿈은 오페라에 있었다. 그는 십대 초반에 오페라의 종주국인 이탈리아에서 작품을 올려 큰 성공을 거둔 바 있었다. 이미 어린 시절부터 극음악과 성악에 대한 높은 이해와 천재적 감각을 지녔던 것이다. 모차르트는 꿈을 실현할 수 있는 도시를 찾아 끊임없이 구직 활동을 했지만, 탁월한 실력을 인정받았음에도 급여가 맞지 않거나 타이밍이 어긋나 실패를 거듭했다. 설상가상으로 파리에 머물 때는 함께 지내던 어머니가 갑자기 세상을 떠나는 바람에 상황이 더욱 어려워졌다. 결국 그는 끌려가듯 잘츠부르크의 궁정 오르가니스트로 다시 취임해야 했다.

그러던 1780년, 뮌헨 궁정이 모차르트에게 오페라 작품을 위촉했다. 이때 탄생한 오페라 〈이도메네오 Idomeneo〉는 이듬해 1월 뮌헨에서 초연되며 의미 있는 성공을 일궜다. 그러나 잘츠부르크 궁정은 일개 하인에 불과한 음악가가 다른 도시에서 활약하며 인정받는 것을 곱게 보지 않았다. 그래서 뮌헨에 머물고 있던 모차르트를 급히 호출해 3월에 요제프 2세의 왕위 계승 축하 행사차 빈을 방문하는 콜로레도 대주교의 여

요한 네포무크 델라 크로체, 〈모차르트 가족〉, 1780년경.
누이 마리아 안나와 모차르트가 피아노를 연주하고 아버지 레오폴트가 바이올린을 잡고
있다. 벽에는 사망한 어머니 안나 마리아의 초상화가 걸려 있다.

정에 동행하도록 명령했다.

동행 기간 내내 대주교는 모차르트를 무시하고 사사건건 간섭했다. 그는 모차르트를 시종과 다름없이 대우했으며, 심지어 모차르트가 황제 앞에서 연주하는 것조차 반대했다. 빈에 온 모차르트는 자신이 잘츠부르크에서보다 이곳에서 프리랜서로서 활동하면 더 나은 대우를 받을 수 있으리라는 걸 직감했다. 게다가 대주교의 처우에 자존심까지 상한 모차르트는 더 이상 참을 수 없어 사직서를 던져버린다. 하지만 사직서조차 단번에 수리되지 않았다. 대주교의 비서 아르코 백작이 사직서를 중간에서 보류해버린 것이다. 그는 이런 일은 아버지와 상의해야 한다며 잘츠부르크로 함께 돌아가자고 모차르트를 설득했다. 하지만

독일 기사단의 집 외부와 내부.

이미 결심을 굳힌 모차르트는 새로 작성한 사직서를 대주교에게 전달했고, 결국 아르코 백작에게 '엉덩이를 걷어차이며' 굴욕적인 방식으로 쫓겨나게 된다. 이것이 바로 음악사에서 전례가 없는, 작곡가가 궁정이나 귀족의 후원을 벗어나 프리랜서의 길로 나아가게 된 결정적 사건이다.

　클래식 음악을 대표하는 최고의 작곡가가 엉덩이를 걷어차여 쫓겨나다니……. 이 어이없는 사건이 벌어진 곳이 바로 대주교 일행과 함께 모차르트가 머물렀던 '독일 기사단의 집'이다. 이 집을 찾는 것은 그리 어렵지 않았다. 집 바로 앞에서 모차르트의 작품으로 연주회를 한다는 큰 광고판을 세워놓고 모객하고 있는 모습이 멀리서도 눈에 들어왔기 때문이다. 순간, 웃음이 터져 나왔다. 이 무슨 아이러니란 말인가.

　결국 모차르트는 시대를 이겼다.

독일 기사단의 집에서 방향을 틀어 슈테판 대성당을 조금 더 지나면 그라벤 거리가 나온다. 이곳에는 모차르트가 빈에 터를 잡은 초창기 시절의 흔적이 남아 있다. 그가 콘스탄체와 결혼해 신혼살림을 차린 집이 이곳에 있었다. 북적거리는 광장 한구석에 서서 17세기 말에 세워진 페스트 기념비와 그 주변을 가득 메운 상점들을 바라본다. 자신을 억누르던 고향과, 음악가로서 자신의 모든 것을 기획해주던 아버지를 떠나 처음으로 완전히 독립한 스물다섯 살의 청년 모차르트. 그에게 대도시 빈의 활기찬 분위기는 자유 그 자체가 아니었을까.

빈에 홀로 떨어진 모차르트는 조금도 기죽지 않았고, 미래에 대한 걱정도 없었던 것으로 보인다. 그에게는 자타공인 실력과 열정이 두둑했다. 18세기의 빈은 신성로마제국의 수도로서 주변 지역의 재능 있는 이들을 재빨리 빨아들였다. 여러 문화가 집결해 다양성을 지니면서도 이를 통합해나간 특수한 도시였다. 그렇기에 어린 시절부터 수많은 여행을 통해 다양한 음악 양식을 흡수하며 성장한 모차르트에게는 자신의 기량을 마음껏 펼칠 수 있는 최적의 무대였다.

게다가 빈은 '어린' 모차르트에게 특별한 기억을 선사해준 도시였다. 여섯 살 때 쇤브룬 궁에서 합스부르크 공국의 여제 마리아 테레지아와 황실 가족 앞에서 연주도 하고 응원도 받았으며, 여왕의 무릎 위에 올라 볼에 키스도 해드렸기 때문이다. 합스부르크 왕가의 여름 궁전이었던 쇤브룬 궁은 오늘날 빈을 관광할 때 빼놓을 수 없는 고풍스런 명소다. 궁전 측에서는 지금도 이 어린 천재의 역사적인 한순간을 관광객들

쇤브룬 궁전 앞. 쇤브룬 궁과 관련한 어린 모차르트의 일화를 홍보하고 있다.

에게 크게 부각시켜 홍보하고 있다.

독일 기사단의 집을 나온 모차르트는 마침 만하임에서 깊은 인연을 맺은 베버Weber 가족이 빈으로 이사와 살고 있다는 것을 알게 되었다. 사실 이 가족과의 관계는 일찍부터 아버지 레오폴트의 심기를 불편하게 했다. 순진한 아들이 베버 가의 둘째 딸 알로이지아에게 깊은 연정을 품으면서, 파리로 떠나는 구직 여행을 하염없이 늦추고 있다고 믿었기 때문이다.

베버 가는 음악가 집안이기도 했다. 아버지 프리돌린은 베이스 주자이자 악보 필사가였고, 딸 넷은 모두 성악가로 훈련받았다. 그중 요제파와 알로이지아는 활발하게 활동한 실력파 소프라노들로, 모차르트의 난곡들을 자주 부르기도 했다. 또한 독일 초기 낭만주의의 대표 작곡가인 카를 마리아 폰 베버가 이들 자매의 사촌으로 유명했다. 모차르

트 또한 아버지가 바이올리니스트이고, 난네를^{Nannerl}이라 불린 누나도 어릴 때부터 '신동 연주 여행'을 함께할 정도로 영재 음악가로 인정받았기에, 베버 가와 더욱 친밀감을 느꼈을지 모른다.

비록 알로이지아와의 사랑은 실패하고 그녀가 배우 요제프 랑게와 결혼해버렸지만, 모차르트와 베버 가의 돈독한 유대감은 끊기지 않고 지속되었다. 모차르트가 빈에 머물기 시작한 시점에는 알로이지아가 빈에 취직하게 되면서 베버 가도 다 같이 이곳으로 이사한 상태였다. 아버지 프리돌린은 그사이 사망했고, 어머니는 나머지 딸들과 함께 그라벤 근처에 있는 '신의 눈$^{Zum Augen Gottes}$'이라는 특이한 이름을 가진 집에서 하숙을 치며 생활하고 있었다.

모차르트는 빈에 정착하기 전에 이 집에 잠깐 신세를 진다. 그는 이곳

〈후궁 탈출〉의 초연 포스터. 1782년 7월 16일, 부르크 극장에서 황제 요제프 2세가 참관한 가운데 열렸다.

에서 새로운 마음으로 모국어인 독일어 대본으로 오페라 〈후궁 탈출〉을 쓴다. 그 과정에서 이번에는 베버 가의 셋째 딸 콘스탄체와 사랑에 빠지게 된다.

〈후궁 탈출〉은 모차르트 생전에 가장 많이 공연된 오페라이자, 현재까지도 큰 인기를 끌고 있는 성공작이다. 이 작품을 '징슈필Singspiel'이라는 장르로 분류하기도 하는데, 이는 글자 그대로 '노래 연극'이라는 뜻의 독일어 오페라를 말한다. 이탈리아어 중심인 당대의 주류 오페라 스타일과 가장 크게 다른 것은, 대사 부분을 노래가 아니라 말로 처리한다는 점이다. 〈후궁 탈출〉에서 가장 비중 있는 배역의 하나인 튀르키예의 태수 젤림은 아예 노래 없이 대사만 하는 역할이다.

사실 모차르트가 징슈필을 쓰게 된 배경에는 오스트리아의 황제 요제프 2세가 있었다. 황제는 모든 면에서 단출한 것을 선호하는 취향이어서 오페라에서도 너무 복잡하거나 화려한 것을 좋아하지 않았다. 모차르트 이전만 해도 징슈필에 나오는 노래는 관객들에게 이미 익숙한 선율이거나 쉽게 익숙해질 수 있는 단순한 선율을 사용한 경우가 대부분이었다.

그러나 모차르트가 〈후궁 탈출〉의 대본을 처음 만났을 때는 이 장르의 단순성을 잊어버린 것으로 보인다. 여전히 오페라 시장은 이탈리아어가 중심이었지만, 모차르트는 독일어로 최고의 오페라를 만들겠다는 기대와 흥분으로 이 작품에 돌입했다. 노래하는 모든 캐릭터가 각자의 성격과 상황에 맞게끔 때로는 담백하고, 때로는 장난스러우며, 때로는 격정으로 치닫는 등 다채롭게 표현되었다. 이 작품은 이전에도 당대에도 다른 작곡가들의 작품에서는 찾아보기 힘들 만큼 대단히 높은 수준에 도달했다.

〈후궁 탈출〉은 항해 중에 튀르키예인들에게 납치당한 젊은 귀족 여인 콘스탄체를 약혼자인 벨몬테가 구출하러 간다는 내용이다. 특히 여주인공은 공교롭게도 당시 모차르트가 사랑에 빠진 콘스탄체와 이름이 같다. 그렇다 보니 남주인공 벨몬테가 '나의 콘스탄체!'라고 부르며 시작하는 첫 장면부터 마치 모차르트의 목소리를 듣는 듯하다. 그러니 현실의 연인 콘스탄체는 얼마나 전율했을까.

그라벤 지역을 벗어나 바로 근처에 있는 슈테판 대성당을 다시 들러보았다. 이 성당은 특별히 모차르트의 삶에서 가장 중요한 추억을 간직하고 있다. 아버지의 동의 없이 콘스탄체 베버와 1782년 8월 4일 이곳에서 결혼식을 올린 것이다. 말하자면 성인으로서 완전한 독립을 선언함과 동시에 빈에 정착하겠다는 뜻을 분명히 한 것이다. 게다가 이후 장례식마저 이곳에서 치르게 되면서, 슈테판 대성당은 모차르트의 결혼식과 생의 마지막을 모두 지켜본 장소가 되었다.

그라벤의 활기, 슈테판 대성당의 웅장함, 오페라 〈후궁 탈출〉의 패기 넘치는 에너지, 이 세 가지를 같이 떠올려 보니 당시 모차르트가 자신만만한 작곡가로서, 사랑이 충만한 젊은이로서 얼마나 신나게 이 작품에 몰입했을지가 여실히 느껴진다. "난 이전의 그 누구와도 달라. 난 나야. 그러니까 새로운 도시에서 내 힘으로 잘해 나갈 수 있어. 사랑하는 사람과 함께!" 이렇게 당당히 외치는 모차르트의 목소리가 〈후궁 탈출〉이라는 작품에 고스란히 남아 지금까지 기운차게 전해지는 듯하다.

빈 생활의 절정기 모차르트 하우스

슈테판 대성당을 나와 바로 근처에 있는 '모차르트 하우스'로 향했다. 성당 뒤쪽으로 걸어가면 반대편으로 뚫려 있는 골목이 보이는데, 이름 자체가 '대성당의 길'을 뜻하는 '돔가세'의 초입이다. 그곳을 통과하자마자 왼편에 보이는 큰 건물이 바로 모차르트 하우스다. 이곳에서 모차르트는 1784년부터 1787년까지 살았다.

이 집은 모차르트가 대표작 오페라 〈피가로의 결혼〉을 작곡한 곳으로, 과거에는 작품의 이름을 따서 '피가로 하우스'로 불렸다. 그러다가 지난 2006년, 모차르트 탄생 250주년을 기념해 기존의 전시를 보강하

위 모차르트 하우스.

아래 모차르트 하우스 내부.

고 확장해 '모차르트 하우스'로 새롭게 거듭나게 되었다.

모차르트 하우스는 빈에서 모차르트가 살았던 아파트를 그때 그대로의 모습으로 유지하고 있는 유일한 건물이다. 그가 생활한 집 중에서 가장 비싸고 화려한 곳으로도 알려져 있다. 원래 1층만 모차르트가 살았던 공간이지만, 현재는 건물 전체를 박물관으로 꾸며 그의 삶과 음악을 조명하고 있다. 그가 살았던 1층은 큰 방 네 개와 작은 방 두 개, 그리고 부엌으로 이루어져 있는데, 당시의 인테리어가 남아 있지 않은데도 각각의 용도를 추측해 그럴듯하게 꾸며놓았다.

이 집에서 모차르트는 빈 생활의 절정기를 보냈다. 가족들과 행복하게 생활하며 학생들을 가르치고, 리허설을 진행하고, 대본가와 논쟁하고, 〈피가로의 결혼〉 외에 수많은 실내악곡과 피아노 협주곡을 작곡했다. 하우스 콘서트를 열기도 하고, 잘츠부르크에서 방문한 아버지와 함께 지내기도 했으며, 친구들을 초대해 당구와 파티를 즐기기도 했다. 입구에 들어서자마자 그의 호탕한 웃음소리가 귓가에 맴도는 것 같아 기분이 좋아진다.

이곳의 전시는 3층부터 시작해 아래로 내려가도록 기획되어 있다. 우선 3층으로 올라가니 모차르트가 살았던 당시의 빈과 주요 장소들의 그림, 그가 교류한 사람들의 초상화와 그들과 나눈 편지 등이 빼곡하다. 빛바랜 흔적들을 바라보자니, 모차르트가 겪은 여러 사회적 상황과 인물들과의 관계가 파노라마처럼 펼쳐지는 듯하다.

그중에서 모차르트의 주요 후원자였던 툰-호엔슈타인Thun-Hohenstein 백작부인과 두 딸의 초상화가 눈에 들어온다. 그림에서 여신처럼 묘사된 이들 모녀는 고상하고 아름다운 외모를 한껏 뽐내고 있다. 당시 모차

프리드리히 하인리히 퓌거, 〈툰-호엔슈타인 백작부인과 두 딸〉,
1778년 혹은 1788년.

르트는 피아니스트이자 작곡가로 계속 활동하기 위해서라도 귀족들과
좋은 관계를 맺어야 했다. 유력 가문들이 주최하는 살롱 연주회는 인맥
을 넓히는 기회임과 동시에 신곡을 선보이는 통로였다. 특히 툰-호엔슈
타인 백작부인의 살롱은 빈의 사교계에서 누구나 알아주는 중요한 음
악회장이자 교류의 장소였다. 백작부인은 모차르트와 그의 작품에 대
해 토론을 벌일 정도로 음악적인 식견이 남달랐을 뿐 아니라 그에게 두
딸의 음악 교육을 맡기는 등 깊고 오랜 인연을 이어갔다.

당시 귀족의 살롱은 사회 고위층만이 아니라 음악에 관심 있는 지식인과 애호가에게도 문이 열려 있어서, 음악을 접할 기회가 점점 다양한 계층으로 확대되고 있었다. 모차르트가 황실이나 귀족 가문에 소속되지 않고서도 음악가로 당당하게 활동할 수 있었던 것은, 문화를 향유하는 계층이 이처럼 다양해졌기 때문이다. 특히 빈에서는 악보 출판 붐이 이제 막 일기 시작해 모차르트의 활동과 업적이 여러 지역으로 뻗어나가는 계기가 되었다.

여기서 한 가지 짚고 넘어가야 할 점은 이러한 상황에서도 모차르트가 황실을 위해 지속적으로 일을 했다는 것이다. 궁정과 관련해 모차르트가 맡은 가장 큰 직책은 1787년 12월에 요제프 2세가 임명한 '궁정 실내 음악가'라는 타이틀이다. 황실을 위한 공적인 자리라기보다 황제 직속 음악인이라는 의미가 더 크지만, 모차르트는 같은 직책의 다른 음악인들보다 높은 급여를 받으며 황실을 위한 작곡에 참여했다. 어찌 보면 수많은 행정 업무를 도맡아 해야 하는 높은 직책의 음악감독보다 훨씬 자유로울 수 있는, 모차르트에게는 적격인 자리였을지도 모른다.

다 폰테와 함께 탄생시킨 세 편의 오페라

빈에서 펼친 모차르트의 활약상을 상상하다가 슬슬 2층으로 내려가 보았다. 드디어 빈에서 탄생한 작품에 중점을 둔 전시가 펼쳐졌다. 특히 대표적인 오페라들의 초판 사본, 주요 공연에서 사용한 소품이나 세트의 모습, 그리고 공연 영상들의 비교 상연이 눈길을 끌었다.

위   모차르트 하우스 2층 내부.
아래   〈피가로의 결혼〉의 다양한 프로덕션을 비교 상영하고 있는
멀티미디어 영상.

〈후궁 탈출〉의 큰 성공으로 모차르트는 다시 독일어로 된 오페라를
쓰고 싶었지만, 당시 음악계는 이탈리아어가 음악의 언어로 더 적합하
다는 의견이 지배적이었다. 지금의 우리는 왜 이해하기 편한 모국어가
아니라 외국어로 굳이 오페라를 써야 하는지 납득하기 어려울 수도 있
다. 그러나 오페라 장르는 이탈리아에서 탄생해 그 언어에 적합하게 발
전하며 유행을 선도했기에, 당시에는 독일인이라도 이탈리아어로 오페
라를 쓰는 것이 자연스러운 현상이었다. 물론 이러한 편견을 충분히 극

복할 수 있다는 것을 모차르트 같은 작곡가들이 서서히 증명하고 있었지만 말이다.

이러한 상황은 결론적으로 모차르트가 베네치아 출신의 극작가 로렌초 다 폰테Lorenzo da Ponte와 협업할 수 있는 절호의 기회를 제공했다. 좋은 오페라를 쓰기 위해서는 좋은 대본이 필요하고, 특히 대본을 새로 쓸 경우에는 대본가와 작곡가의 합이 무엇보다 중요했다. 다 폰테는 원래 가톨릭 성직자이자 작가로 활동한 인물이다. 그런데 1781년 황제 요제프 2세가 이탈리아 오페라를 다시 궁정에 올리는 것에 동의하면서 그를 빈으로 불러들여 궁정 전속 대본가로 임명한 것이다.

다 폰테와 모차르트는 1785년부터 1789년까지 세 편의 오페라, 즉 〈피가로의 결혼〉, 〈돈 조반니〉, 〈코지 판 투테(여자는 다 그래)〉를 함께 작업했다. 후세 사람들은 이를 '다 폰테 삼부작'이라고 부른다. 이 세 곡은 모두 이탈리아 희극 오페라 장르에서 혁혁한 공을 세운 작품으로 평가받으며, 현재까지도 세계 오페라 극장에서 가장 사랑받는 레퍼토리에 올라 있다. 여기에는 음악뿐만 아니라 연기나 극의 장면을 계속해서 새롭게 해석할 수 있는 가능성이 무궁무진하다는 점도 한몫했다. 그 덕분에 시공을 초월해 인기를 끌 수 있었던 것이다.

다 폰테 삼부작 중 첫 작품이 바로 이 집 모차르트 하우스에서 작곡한 〈피가로의 결혼〉이다. 당대 프랑스에서 큰 반향을 일으킨 피에르 드 보마르셰의 연작 희곡 '피가로 삼부작' 중 두 번째 작품 『미친 하루 혹은 피가로의 결혼』이 원작이다. 봉건적 사회와 귀족에 대한 신랄한 풍자가 바탕에 깔려 있는 이 연극은 이미 빈에서 상연이 금지된 문제작이었다. 황제의 위촉을 받아 쓰는 오페라에 이런 내용의 원작을 선택하다

빈 국립오페라극장의 〈피가로의 결혼〉 무대 장면.

니, 다 폰테와 모차르트의 호기로움이 놀랍다. 그러나 '피가로 삼부작' 중 첫 번째 희곡을 원작으로 한 조반니 파이시엘로의 오페라 〈세비야의 이발사〉가 빈에서 먼저 공연되어 인기를 끌었던 터라,『피가로의 결혼』역시 오페라로 만들 수 있는 분위기는 무르익고 있었다. 다 폰테와 모차르트는 이 작품에서 사회적으로 문제가 될 만한 이슈를 언어적으로나 음악적으로 훨씬 순화함으로써 공연을 허락받았다.

〈세비야의 이발사〉에서 사랑하는 로지나와 결혼하며 봉건주의의 폐단 중 하나인 초야권*을 폐지한 알마비바 백작은, 〈피가로의 결혼〉에 이르면 부인이 된 로지나와 권태기에 빠진 모습으로 등장한다. 이번에 백작은 시녀인 수잔나를 짝사랑하며 유혹한다. 수잔나는 알마비바 백작이 로지나와 결혼하는 데 큰 역할을 한 하인 피가로와 사랑하는 사이다. 백작은 피가로와 결혼하는 그녀를 상대로 슬그머니 초야권을 부활시키려다 부인과 하인들 모두에게 복수를 당한다. 물론 이 모든 상황은 우스꽝스러운 소동처럼 벌어지고 마지막에는 결국 용서로 끝나지만, 오페라의 굵은 줄기를 이루는 귀족의 타락, 남성의 부적절한 행동에 대한 여성의 복수 등은 지금의 기준으로 보아도 충분히 현대적이다.

그러나 모차르트와 다 폰테의 오페라는 원작처럼 당대의 사회나 계급주의를 통렬하게 비판했다기보다 각각의 캐릭터가 처한 상황과 감정 자체를 예술적으로 충실히 표현하는 데 집중한 것으로 보인다. 이후의 합작품 〈돈 조반니〉나 〈코지 판 투테〉에서도 여러 계층의 캐릭터가 등장하지만, 절대적인 악인이나 선인이 존재하지 않고 인간의 본성을 더욱 깊이 파고드는 경향이 강하다. 어쩌면 그래서 21세기에도 얼마든지 재해석될 수 있는 여지가 남아 있는 것이 아닐까.

● 자신의 영지에 소속된 하인이 결혼할 경우, 첫날밤을 영주가 갖는 권리.

무엇보다 〈피가로의 결혼〉은 재밌다. 세 시간 반이나 되는 긴 러닝 타임에도 현대의 관객들에게 여전히 즐거움과 통쾌함을 선사한다. 모차르트는 확실히 작품을 감상하는 우리에게 과도하게 진지할 것을 요구하지 않는다. 그러나 뒤돌아서면 계속 생각나게 하고, 찬찬히 분석해볼수록 혀를 내두르게 하는 묘미가 있다. 모차르트는 멜로디, 리듬, 화성 등을 통해서 대사가 지닌 뉘앙스뿐만 아니라 캐릭터들의 속마음과 그들이 처한 상황까지 디테일하게 표현하며 천재적인 오페라 작법을 보여준다. 또 재기 넘치는 빠른 템포부터 가장 우아한 멜로디까지 다채롭게 표현해 관객들을 숨 돌릴 틈 없이 극에 몰입하게 만든다.

마지막 오페라 〈마술피리〉 그리고 프리메이슨

모차르트 하우스에서 가장 눈길을 끄는 작품은 바로 모차르트가 삶의 마지막 해인 1791년에 작곡한 오페라 〈마술피리〉다. 이 작품은 기획자이자 극작가, 배우, 가수, 작곡가이기도 한 팔방미인 에마누엘 쉬카네더Emanuel Schikaneder가 친구 모차르트에게 자신이 직접 쓴 대본으로 작곡을 부탁하면서 탄생하게 되었다. 쉬카네더는 바이에른 출신으로 1780년에 그의 극단이 잘츠부르크에서 장기 체류하며 공연할 때 모차르트 가족과 친분을 맺은 바 있다. 그 역시 빈으로 건너와 빈 교외에 '비덴Wieden 극장'을 열고 상주 극단을 운영하고 있던 터였다. 〈마술피리〉는 이 극장에서 공연할 목적으로 의뢰했던 것이다.

〈마술피리〉도 〈후궁 탈출〉처럼 징슈필, 즉 독일어 대본을 기본으로

하여 대사를 노래가 아닌 말로 표현하는 형태를 갖추고 있다. 여기에 빈의 민속 희극, 전통적인 비극 오페라, 프리메이슨의 상징, 대형 앙상블의 삽입 등 다양한 요소가 더해져 더 이상 과거의 징슈필이라는 장르에 국한해서 설명하기는 어렵다. 또한 내용이 풍부해진 만큼 환상적이고 다채로운 연출이 가능해지면서 무대 역시 전에 없이 화려한 볼거리를 제공한다.

특히 이 작품은 프리메이슨과 연관되면서 사람들의 이목을 끌었다. 프리메이슨은 18세기 초 영국에서 탄생한 조직으로, 점차 자유, 평등, 박애라는 계몽주의 사상을 가진 비밀결사 단체로 성장했다. 사상은 이상적이지만, 신비주의나 초자연적인 오컬트 문화와 연결되어 그리스도교와 충돌을 빚었다. 그럼에도 수많은 지식인, 예술인, 정치인들이 이 조직에 몸담는 경우가 많았는데, 황제 요제프 2세도 호의적인 태도를 취하고 있었다. 모차르트는 빈에서 지내던 1784년에 프리메이슨에 가입했지만, 이미 잘츠부르크 시절부터 이 단체에 크게 경도되어 있었다. 이는 모차르트가 1772년부터 그들을 위한 작품을 꾸준히 남겨왔다는 사실에서도 분명히 알 수 있다.

〈마술피리〉의 대본가 쉬카네더 역시 단체의 일원으로 이 작품에 프리메이슨의 사상을 면면히 심어놓았다. 작품의 주요 내용은 이러하다. 왕자 타미노는 밤의 여왕이 준 마술피리를 들고 그녀의 딸 파미나가 붙잡혀 있는 자라스트로의 신전에 가서 파미나를 구해오는 임무를 수행하게 된다. 그런데 막상 가보니, 자라스트로는 악인이 아니라 오히려 지혜로운 철학자임을 알게 된다. 그리하여 그 세계의 일원이 되기 위해 함께 간 파파게노와 침묵 수행을 하게 되고, 이후 파미나와 함께 물과 불

을 통과하는 시련을 거친다. 여기에서 자라스트로의 신전과 그들이 행
하는 의식은 프리메이슨의 활동 지부인 로지Lodge를 직접적으로 묘사
한 것이라고 해도 과언이 아니다.

　모차르트는 이 작품에서 무엇을 말하고 싶었던 것일까. 이 작품은 단
지 프리메이슨을 전파하기 위한 상징적 수단이었을까? 주인공들은 자
라스트로의 시험을 통과하는 동안 마술피리를 손에 들고 있다. 그것은
파미나의 아버지가 천년 묵은 떡갈나무로 만든 것으로, 그들이 슬기롭
게 시련을 통과할 수 있도록 도와준다. 프리메이슨의 이상은 자라스트
로의 세계만으로 완성되는 것이 아니라, 피리가 선사해주는 아름다운
음악 역시 필요하다는 점을 암시하고 있다.

위 　카를 프리드리히 쉰켈의 〈마술피리〉 중 '자라스트로의 신전' 무대 디자인, 1815년.

아래 　카를 프리드리히 쉰켈의 〈마술피리〉 중 '밤의 여왕의 등장' 무대 디자인, 1815년.

안 데어 빈 극장의 〈마술피리〉 공연 장면, 2017년.

또한 이 작품에서는 이상적인 커플인 타미노와 파미나와 더불어 현실적이고 유쾌한 파파게노와 파파게나도 등장한다. 남과 여, 흑과 백, 부와 빈, 선과 악의 이분법을 극복하려는 의지가 묻어나는 대목이다. 이 작품을 통해 모차르트가 얼마나 균형 잡힌 세계관을 가지고 있었는지가 잘 드러난다.

빈에서 〈마술피리〉를 만나는 것은 어렵지 않다. 빈 국립오페라극장의 단골 레퍼토리이거니와, 내용을 축약해 어린이용 오페라로도 자주 무대에 오르는 것을 볼 수 있다. 또한 이 작품을 초연한 쉬카네더의 비덴 극장은 현재 빈의 또 다른 주요 오페라극장인 '안 데어 빈 극장'의 전신이기도 한데, 이 극장에서도 〈마술피리〉를 꾸준히 공연하고 있다. 빈

모차르트 광장에 세워진 〈마술피리〉 동상.

국립오페라극장이 전통적인 무대를 주로 올린다면, 더 작은 규모의 안데어 빈 극장은 현대적이고 실험적인 무대를 자주 올리기 때문에 더욱 신선하게 다가온다.

〈피가로의 결혼〉이 탄생한 자리에서 모차르트가 빈에서 보낸 십 년을 파노라마처럼 훑어보고 나오니 이미 늦은 오후였다. 한층 낮아진 햇살을 받으며 마치 내가 물과 불의 시련을 통과한 듯 상기된 마음으로 빈 4구 비덴 지역에 위치한 '모차르트 광장'을 찾았다. 바로 이 근방에 비덴 극장이 있었기에 이를 기념하기 위해 조성한 공간이다.

광장 중앙에 있는 분수는 〈마술피리〉의 주인공 타미노와 파미나가 피리를 불고 있는 모습으로 조각했다. 어스름한 광장은 더없이 고요한 가운데, 분수에서 떨어지는 물소리만 주변을 울리고 있었다. 그 소리가 마치 진짜 피리 소리인 듯 오묘한 선율로 귓가에 맴돌아 오소소 소름이 돋았다. 아, 이것이 〈마술피리〉의 마법인가. 모차르트가 우리에게 선사하고자 했던 건 결국, 이 세계가 옳고 그름을 놓고 싸우는 와중에 들려오는 한 가락의 환상적이고 아름다운 선율인지도 모르겠다.

〈레퀴엠〉을 읊조리며　　　　　　　　　　　성 마르크스 묘지

　모차르트로 가득 채운 이날의 감상을 잘 마무리하기 위해 날이 저물기 직전에 71번 전차를 탔다. 그가 사망 직후에 묻힌 '성 마르크스 묘지'를 찾아가볼 참이다. 1791년 12월 5일, 여전히 젊었던 작곡가는 너무나 급작스럽게 마지막을 맞았다. 서른다섯, 그의 마지막 해에는 두 편의 오페라와 〈레퀴엠〉을 작곡하느라 분주했는데, 아마도 무리한 일정이 건강을 악화시킨 듯하다. 부종과 고열, 구토 증세가 있었다고 알려져 있으나, 정확한 사인은 알 수 없다. 다만 그가 숨을 거둔 마지막 모습에 관해서는 처제인 조피의 증언이 남아 있다. "당시 작업하고 있던 〈레퀴엠〉의 한 구절을 힘겹게 읊으며" 숨을 거두었다는 것이다.
　〈레퀴엠〉은 전통적으로 가톨릭에서 세상을 떠난 사람을 위한 위령 미사 혹은 이때 연주하는 전례음악을 지칭하는 용어다. 의뢰를 받아 시작한 것이 스스로의 영면을 위해 작곡한 것처럼 되어버리다니……. 결국 미완성으로 남은 〈레퀴엠〉이 그의 죽음을 앞당긴 작품이 되어버렸다는 것도 참 아이러니한 일이다.
　그러나 이 작품은 우리에게 많은 것을 생각하게 한다. 모차르트는 모든 장르에서 다작을 했지만 항상 오페라가 중심에 있었다. 따라서 그의 대표작이 쏟아져 나온 빈 시기에는 종교 음악이 다소 적게 남아 있다. 그래서인지, 나는 오랜 시간 그의 종교성을 한쪽에 젖혀둔 채 잊고 지냈다. 그러나 이제는 확실하게 인정할 수 있다. 모차르트는 천국의 소리를 아는 사람이었다는 것을⋯⋯.

해가 뉘엿뉘엿 지는 초저녁, 넓지만 인적은 드문 성 마르크스 묘지에 이제는 뚜렷이 눈에 띄게 조성된 모차르트의 가묘 앞에 섰다. 그의 유작 〈레퀴엠〉의 한 부분인 '라크리모사(눈물의 날)'가 입에서 절로 흘러나온다. 영화나 드라마를 통해 수차례 소개되기도 한 가장 유명하고 아름다운 악장이다. 특히 모차르트가 앞 8마디의 성악 부분만 완성했을 뿐임에도, 여리게 시작해 음량이 증폭되는 전개는 이 곡의 정수를 이미 온전히 표현하고 있다.

눈물의 날, 심판 받을 죄인들이 부활하면, 주님 자비 베푸소서!

이 얼마나 아름다운 슬픔인가. 땅거미가 내리는 이 시간처럼, 망자를 위한 그의 음악은 땅과 하늘을 연결한다. 모차르트의 기념비는 화려한 조각과 글씨로 치장된 다른 어떤 저명인사의 기념비보다 내 마음을 사로잡았다. 타다 만 양초 같은 묘비의 생김새와 그 옆에 머리를 괴고 서 있는 천사의 의아해하는 얼굴 표정.

모차르트는 사후 이곳에 묻혔지만, 당시 빈에서는 화려한 장례식이 엄격하게 금지되었으므로 많은 사람들이 따라오지는 않았다. 또 중산층의 장례 풍습대로 관도 없이 여러 사람과 함께 묻혔고, 그 위치를 간

모차르트의 가묘.

단하게 나무 십자가로만 표시했다. 따라서 모차르트가 묻힌 정확한 위치는 금세 잊혀질 수밖에 없었다. 지금 남아 있는 이 기념비는 원래 이 자리에 세웠던 나무 십자가를 중앙 묘지로 옮기고 나서 1950년에 새로 만든 것이다. 그러니 그의 기념비는 너무나 적절하지 않은가. 타다 만 양초는 그의 짧은 생을 상징하고, 천사는 이 모든 게 이상하다고 의아해하는 표정이니.

모차르트의 죽음에 대해서는 관련 기록이 충분치 않을뿐더러 그의 유골마저 사라졌기 때문에 후대에 여러 가지 상상력이 덧대진 이야기들이 양산되기도 했다. 그러나 나는 모차르트의 마지막 순간을 비밀스럽게 기억하고 싶지는 않다. 자유로운 작곡가로 활동하느라 불안정한 마지막을 보내기는 했지만, 그는 주어진 삶의 시간 동안 그 누구보다 자신의 재능을 마음껏 펼친 작곡가였다. 비록 시대를 너무 앞서 가느라 당시의 모두가 그의 음악을 잘 이해한 건 아닐지라도…….

그러니 이제 그의 〈레퀴엠〉은 어떤 수상한 이야깃거리가 숨어 있는 곡이 아니라 그가 전하고자 했던 삶과 죽음의 숭고한 의미 그대로 부르고 싶다. 어둠이 더욱 짙어가는 가운데 '라크리모사'의 마지막 구절을 소리 내어 천천히 불러보았다.

오페라 〈후궁 탈출, K.384〉 중
제1막, 벨몬테의 아리아
'나의 콘스탄체, 여기서 그대를
다시 만나리'

Francisco Araiza(테너, 벨몬테 역)
뮌헨 방송교향악단
Heinz Wallberg(지휘)

오페라 〈후궁 탈출〉 중 제2막,
콘스탄체의 아리아
'어떤 고문이 닥친다 해도'

Edita Gruberova(소프라노, 콘스탄체 역)
뮌헨 방송교향악단
Heinz Wallberg(지휘)

오페라 〈피가로의 결혼, K.492〉
중 제1부

오페라 〈피가로의 결혼〉 중
제2부

빈 필하모닉 오케스트라
Karl Böhm(지휘)
Jean-Pierre Ponnelle(연출)
Hermann Prey(바리톤, 피가로 역)
Mirella Freni(소프라노, 수잔나 역)
Dietrich Fischer-Dieskau(바리톤, 알마비바 백작 역)
Kiri Te Kanawa(소프라노, 알마비바 백작부인 역)
Maria Ewing(메조소프라노, 케루비노 역)

오페라 〈마술피리, K.620〉

라 스칼라 극장 합창단 및 오케스트라
Riccardo Muti(지휘)
Roberto Gabbiani(합창지휘)
Roberto de Simone(연출)
Paul Groves(테너, 타미노 역)
Andrea Rost(소프라노, 파미나 역)
Victoria Loukianetz(소프라노, 밤의 여왕 역)
Matthias Hölle(베이스, 자라스트로 역)
Simon Keenlyside(바리톤, 파파게노 역)

〈레퀴엠, K.626〉 중 '라크리모사'

빈 징페라인 합창단
빈 필하모닉 오케스트라
Herbert von Karajan(지휘)

노래로 삶을 구원하다

Ludwig
van
Beethoven

루트비히 판 베토벤

21세기 베토벤의 자취

빈 하면 누구나 '음악의 도시'라는 말을 연상하듯이, 고전음악을 사랑하는 이들에게 빈은 특별한 성지다. 나 역시 홀린 듯이 이곳을 수없이 여행하면서 여러 작곡가들의 발자취를 따라다녔다. 그중 가장 많이, 또 강렬하게 각인된 단 한 명의 작곡가를 꼽으라면 단연 루트비히 판 베토벤이다.

베토벤은 독일의 본 출신이지만, 1792년에 빈을 방문한 이후 이곳에 머물며 맹렬히 음악 활동을 하다가 세상을 떠났다. 빈에서 사는 동안 이사를 자주 했기 때문에 시 당국이 그가 살던 집 중에 박물관으로 보존해 운영하는 곳이 세 군데나 된다. 현판으로 그의 자취를 기념하고 있는 집도 여러 채나 있고, 그와 관련된 중요한 장소도 여기저기 많다. 빈은 단연코 베토벤 순례객들에게 최고의 선물 같은 곳이다. 장소만이 아니다. 베토벤의 '음악'이 빈을 넘어 전 세계에서 가장 자주 연주되는 레퍼토리라는 데 이견을 다는 사람은 없을 것이다.

어느 날 나는 한 피아니스트의 베토벤 연주를 들으러 '콘체르트하우스'를 찾았다. 이곳은 무지크페라인, 국립오페라극장과 함께 빈을 대표하는 연주회장이다. 문을 열고 들어선 순간, 북적이는 사람들 사이로 로비의 한쪽 구석에 베토벤의 대형 동상이 눈에 들어왔다. 다른 어떤 콘서트홀에서도 이토록 압도적인 존재감을 드러내는 음악인의 동상은 본 적이 없다. 만일 이곳에서 베토벤을 연주할 사람이 공연 전에 이 동상과 마주한다면, 왠지 모를 중압감에 눌릴지도 모르겠다. 베토벤의 모습이 위압감을 주지는 않지만, 한쪽을 지긋이 바라보는 엄격한 표정은

콘체르트하우스의 외관.

사람들에게 "내가 지켜보고 있다!"고 말하는 것만 같기 때문이다.

　콘체르트하우스의 베토벤 대리석상이 '위인'의 분위기를 풍기는 데 반해, 건물 밖 건너편에 있는 베토벤 광장의 청동상은 하늘에서 근엄하게 내려다보는 모습이어서 그야말로 '악성'이라는 별칭에 잘 어울린다. 그의 발밑에서 놀고 있는 귀여운 아홉 명의 천사는 베토벤의 아홉 개 교향곡을 형상화한 것이고, 양옆에 앉아 있는 예지의 신 프로메테우스와 승리의 신 니케는 베토벤이 인류에게 선사한 음악의 힘을 상징한다. 이 조각상은 후대인들이 한 위대한 예술가에게 바친 최고의 찬사나 다름없다.

콘체르트하우스 로비에 있는 베토벤 대리석상.

베토벤 광장에 세워진 베토벤 청동상.

사실 예전부터 빈을 가게 된다면 제일 먼저 방문하고픈 곳이 따로 있었다. 도시의 화려한 중심지가 아니라 이곳 '빈 숲Wienerwald'이었다. 유럽의 대도시 안에 숲이 함께 있는 경우는 흔치 않은데, 빈 근교에는 이처럼 숲이 우거진 고원이 있다. 그래서인지 빈에서 만들어진 음악을 들을 때면 자연과의 깊은 연관성을 느낄 때가 많다.

게다가 '빈 숲'으로 가면 그 유명한 하일리겐슈타트 지역이 있다. 1802년 베토벤은 점점 약해지는 청력에 고통과 좌절을 느끼며 이곳에서 '유서'를 썼다. 그러니까 베토벤의 삶에서 너무나 중요한 한 시절이 이곳 하일리겐슈타트에 남아 있는 것이다.

빈에서 청년 베토벤은 탄탄대로를 걷는 전도유망한 음악인이었다. 그가 빈에 입성한 1792년은 모차르트가 세상을 떠난 다음 해였기에, 이 도시의 음악계는 새로운 피아니스트에 목말라하고 있었다. 빈에서 생활한 초기에 베토벤은 이런 기대에 부응하려는 듯 주로 음악적 취향이 높은 귀족들의 살롱에서 드라마틱한 피아노 연주로 단연 두각을 나타내기 시작했다. 한창 주가를 올리던 그때, 음악인에게는 청천벽력 같은 청력 이상이 찾아온다. 그 절망감을 어찌 다 헤아릴 수 있을까.

하일리겐슈타트는 베토벤에게 관심이 있는 사람이라면 결코 지나쳐 가기 어려운 곳이다. 내게도 이곳은 처음 방문한 이래로 빈에 올 때마다 고향집처럼 들르는 휴식처이자 재생의 공간이다. 이날도 지하철 U4 라인을 타고 종점인 하일리겐슈타트 역에 내려 제일 먼저 찾아간 곳은 베토벤이 1802년의 여름을 보냈던 집이다.

하일리겐슈타트의 베토벤 박물관.

　이곳은 현재 박물관으로 운영되고 있다. 이 집을 처음 방문했던 십여 년 전에는 베토벤의 흉상, 데스마스크, 머리카락, 그리고 이곳에서 남긴 악보들과 이 집에서 쓴 유서가 소박하게 놓여 있었다. 그러나 2017년 '베토벤 박물관'으로 재정비한 이후로는 빈에서 운영하는 세 곳의 베토벤 관련 박물관 중에서 가장 대표적인 장소가 되었다. 이제 이곳은 '유서를 쓴 시절'로만 한정하지 않고, 그의 빈 시절을 총망라한 전시가 가득 준비되어 방문객들을 쉴 새 없이 잡아끌고 있다.

위 　 베토벤 박물관의 후원.

아래 　 베토벤 박물관에 전시되어 있는 유서 사본.

베토벤이 살던 시대의 하일리겐슈타트는 미네랄 온천수와 울창한 숲
때문에 근처의 사람들에게 훌륭한 휴양지로 각광받는 곳이었다. 청년
베토벤 또한 이곳에서 지내며 여러 해 동안 고통당한 귓병이 치유되기
를 기대했다. 그러나 그의 병은 나아질 수 있는 종류의 병이 아니었다.
절망에 빠진 베토벤은 동생들에게 남기는 유서를 썼는데, 결국 부치지
않은 채로 남아 사후에 발견되었다. 작곡가이자 피아니스트로서 높이

비상하려는 참에 귓병으로 고통을 겪자 그는 육체적으로 정신적으로
극도의 스트레스를 받았다. 유서에는 너무 젊은 나이에 외부 세계와 멀
어져, 왕성한 에너지를 오로지 자신의 내면으로 파고들어가는 데에만
써야 했던 비통한 마음이 고스란히 담겨 있다.

> 내 곁에 있는 누군가는 멀리서 부는 피리 소리가 들린다는데 내 귀엔
> 아무 소리도 들리지 않거나, 목동의 노랫소리가 그에겐 들리는데 내겐
> 들리지 않으면, 그게 얼마나 모욕적이었는지 몰라. 그러고 나니 절망
> 에 빠졌단다. 하마터면 자살할 뻔했지. 오직 예술, 그것만이 나를 붙들
> 어주었어. 아! 내가 맡은 과업을 완수하기 전엔 이 세상을 하직할 수 없
> 을 것 같았단다.
>
> — 로맹 롤랑, 『베토벤의 생애』에서 재인용

그가 쓴 글에는 간단하게나마 유산을 어떻게 배분할지와 사후 동생
들에게 전하고 싶은 당부 등이 담겨 있다. 그러나 전체 내용을 보면, 죽
음을 생각할 수밖에 없는 참담한 심경을 토로하는 와중에도 예술로 인
해 다시금 살아가고픈 굳건한 의지가 나타나 있다. 오로지 음악을 붙
들고 가겠다는 결심은 그의 인생 내내 중요한 삶의 지표가 되었다.

박물관을 나와 베토벤이 매일 걸었다는 숲의 산책로로 향했다. 박물
관 입구에서 오른쪽으로 돌면 우선 그가 종종 들렀다는 마이어 암 파르
플라츠Mayer-am-Pfarrplatz라는 선술집이 나온다. 빈에서는 이런 선술집을
호이리게Heurige라고 부르는데, 직접 빚은 와인과 고기, 소시지, 감자 같
은 간단한 음식을 판다. 여기에서 다시 왼편으로 꺾인 길의 이름이 바로

'에로이카가세'이다. 베토벤이 하일리겐슈타트의 집에서 새롭게 마음을 다잡고 작곡한 곡이 바로 교향곡 제3번 〈에로이카(영웅)〉이기 때문에 붙은 이름이다. 이 곡에 대해 리하르트 바그너는 "완벽한 인격에서 우러나온 작품이며, 감정의 유연성과 정력적인 힘이 결합되어 있다"고 찬탄했다. 그리하여 음악사에서는 1802년을 베토벤이 자신만의 새로운 음악 스타일을 구축하기 시작한 중요한 전환점으로 간주한다.

두 블록쯤 걸어 내려가면 왼편으로 난 길모퉁이에 '베토벤 산책로 Beethovengang'라는 표지판이 보인다. 왼쪽으로는 시냇물이 흐르고, 오른쪽엔 집들이 옹기종기 앉아 있으며, 길가엔 고목이 울창한 전형적인 시골길이다. 한 걸음 내딛을 때마다 심호흡을 크게 하니 코끝으로 상쾌한 기운이 들어온다.

하지만 이곳을 매일 걸었을 베토벤의 당시 심정을 떠올려보자니 말로 표현하기 어려운 감정이 뒤섞인다. 하루는 자연이 주는 치유 효과로 조금 더 나아질 거라는 희망을 품었고, 또 하루는 여전히 윙윙거리는 귀로 인해 절망에 빠졌을 것이다.

이 길 위에서 나는 음악인이기 이전에 한 명의 청년인 베토벤을 바라보았다. 세상의 꼭대기에서 재능과 자존심으로 의기양양하다가 이미 바닥을 쳤다고, 삶에 아무런 희망이 없다고 절망에 사로잡히는 젊은 이…… 그가 치유를 열망하며 걸었을 이 숲에서 어디선가 청포도의 달콤한 향이 실려 왔다. 이 평화로운 공기 속에, 가슴을 통째로 열고 음악에 모든 것을 풀어낸 그의 눈물겨운 집념이 어려 있다. 아이러니한 삶, 그것이 인생일까. 고통 속을 걸어가고 있더라도 끝내 포기하지 않고 나아간다면, 누구든 새롭게 태어날 수 있다!

위　　　율리우스 슈미트, 〈산책 중인 베토벤〉.

아래 왼쪽　'베토벤 산책로' 표지판.

아래 오른쪽　베토벤의 산책길.

새롭게 부활하다

1802년 베토벤은 귓병이 더 나아질 기미가 없고 자신의 작품만으로 기획한 공공 연주회마저 무산되어 암담한 시간을 보내고 있었다. 그때 좋은 제안이 하나 들어왔다. 바로 전해에 개관한 '안 데어 빈 극장'의 상임 작곡가로 위촉된 것이다. 극장의 예술감독은 모차르트의 오페라 〈마술피리〉의 대본가인 쉬카네더였다. 빈 근교에 비덴 극장을 운영하면서 큰 성공을 거둔 그가 이제 더 큰 야망을 품고서 도심과 가까운 곳에 훨씬 크고 좋은 무대장치를 갖춘 극장을 지은 것이다.

베토벤은 상임 작곡가로서 1803년 1월부터 이 건물 3층에서 지내게 된다. 이 일은 최신 오페라를 가장 빠르게 접할 수 있는 중요한 기회였다. 베토벤은 자신의 유일한 오페라 〈피델리오〉와 교향곡 2, 3, 5, 6번, 그리고 〈합창 환상곡〉을 이 극장에서 초연했다.

모차르트의 마지막 정신과도 연결되어 있으며 베토벤에게도 매우 중요한 안 데어 빈 극장을 찾았다. 입구에는 어김없이 베토벤이 이곳에서 살았음을 알려주는 현판이 방문객을 반긴다. 2백 년 이상의 역사를 지닌 이곳은 세계대전을 거치면서도 무너지지 않고 온전히 유지되었기에, 빈에서 가장 유서 깊은 극장이라고 해도 과언이 아니다.

빈의 유명한 전통시장인 나슈마르크트Naschmarkt 바로 앞에 위치한 이 극장에서 나는 멘델스존의 대표 오라토리오인 〈엘리야〉를 감상했다. 원래 무대장치 없이 노래로만 구성된 작품임에도 이날의 공연에는 현대적인 연출이 가미되어 어디서도 볼 수 없는 특별함과 웅장함을 느낄 수 있었다. 관객 입장에서는 이 극장의 현주소를 경험한 것 같아 기분이 충만해졌다.

베토벤 시대에 안 데어 빈 극장은 도시의 주요 극장인 부르크 극장이나 케른트너토어 극장과 비교되며 후발주자로서 힘겹게 버텨 나가야 했고, 세계대전 시기에는 어려움에 처한 국립오페라극장의 대체 공간으로 사용되기도 했다. 그러다가 점차 가벼운 내용의 작품을 주로 올리는 극장으로 남게 된다. 하지만 2006년, 모차르트 탄생 250주년에 맞춰 재개관하면서 새로운 극장으로 거듭난다. 한 달에 한 편의 작품만 올리는 시스템으로 공연의 완성도를 높이고, 바로크나 현대 오페라, 그리고 과거의 오페라를 새롭게 재해석한 작품을 올리는 등 참신한 면모를 보여주면서 지금은 음악 애호가들의 찬사를 받고 있다.

왼쪽 안 데어 빈 극장.
오른쪽 안 데어 빈 극장의 베토벤 현판. 베토벤이 1803년부터 1804년까지 살았다는 것과 이곳에서 작곡을 시작했거나 초연한 작품들이 소개되어 있다.

위 　안 데어 빈 극장에서 상연된 멘델스존의 오라토리오 〈엘리야〉, 2019년.

아래 　안 데어 빈 극장을 가득 채운 관객들. 빈의 다른 어느 극장에서보다 몰입도가 높았다.

오페라 〈피델리오〉의 탄생

안 데어 빈 극장에서 활동한 시기에 베토벤이 머물렀던 또 하나의 중요한 집이 박물관으로 운영되고 있다기에 찾아가보았다. 이곳은 '파스콸라티 하우스Pasqualati Haus'라고 불리는데, 베토벤에게 이 집을 제공한 남작의 이름을 딴 것이다. 빈 대학 건너편에 위치하고 있어 찾기에 어렵진 않았다.

이 건물 4층에 베토벤이 살았던 집이 있기에 좁은 계단을 느릿느릿 올라갔다. 집에 들어서자 눈길을 끄는 탁 트인 전망이 하일리겐슈타트의 집과는 또 다른 긍정적인 에너지를 풍긴다. 창문이 없어서 답답했다는 안 데어 빈 극장의 거처와는 사뭇 달라서 베토벤이 좋아했을 거란 생각이 든다. 귀도 답답한데 눈마저 답답하면 더 견디기 힘들지 않았을까.

빈에서 수십 번 이사를 다닌 베토벤이지만, 이 집에서만은 1804년부터 십 년 가까이 머물렀다. 소위 베토벤의 영웅적 작곡 시기에서 매우 중요한 장소이다. 이곳에는 교향곡 4, 5, 7, 8번과 그의 유일무이한 오페라에 대한 흔적, 그리고 이 집에 살던 시기에 그가 맺은 다양한 인간관계를 설명하는 여러 자료들도 알차게 전시되어 있다.

베토벤이 안 데어 빈 극장의 상임 작곡가로 지내기 시작할 때 극장 측의 요청 사항 중에는 매년 오페라 한 편을 작곡해야 한다는 규정이 있었다. 이미 삼십 대였지만 당시까지 베토벤은 오페라를 작곡해본 적이 없었다. 그는 새로운 장르를 처음 공부하는 마음 자세로 극장에 올라오는 오페라들을 면밀히 살펴보며 연구하기 시작했다.

우여곡절 끝에 베토벤은 장 니콜라 부이의 대본에 피에르 가보가 곡

을 붙인 〈레오노레 또는 부부애〉라는 프랑스 오페라를 만나게 되면서, 이 대본을 독일어로 바꾸어 새로운 작품을 써야겠다고 결심한다. 이후 극장의 새로운 예술감독으로 요제프 존라이트너[Joseph Sonnleithner]가 부임했는데, 그는 원래 변호사였지만 음악과 예술에 조예가 깊어서 이 분야에서도 활발하게 활동하고 있었다. 베토벤과도 이미 아는 사이였다. 마침 존라이트너는 대본 작업에 관심이 많았기에, 베토벤은 그에게 이 작품의 대본 번역을 부탁한다.

베토벤은 〈레오노레〉를 쓰기 시작할 때부터 파스콸라티 하우스에서 지내게 된다. 그즈음 그가 피아노를 가르치면서 서로 마음을 나눴던 요제피네 폰 브룬스비크[Josephine von Brunsvik]가 미망인이 된다. 베토벤은 1799년 5월부터 요제피네와 테레제 자매에게 피아노를 가르쳤고, 교양 있고 음악적 센스도 남다른 요제피네에게 첫눈에 반했다. 그러나 서로 신분이 달랐기에 사랑의 마음을 억누를 수밖에 없었다. 결국 요제피네는 그해 7월에 자신보다 27살이나 많은 요제프 폰 다임[Joseph von Deym] 백작과 결혼한다. 그녀가 결혼한 이후에도 베토벤은 꾸준히 요제피네를 방문해 피아노를 가르쳤고, 다임 백작의 궁전에서 열린 하우스 콘서트에 참여하기도 했다. 그러다가 백작 부부가 프라하로 건너가면서 요제피네와 베토벤은 점차 소원해진다. 그런데 다임 백작이 1804년에 폐렴으로 급작스럽게 사망한 것이다. 이제 베토벤은 젊은 미망인이 되어 빈으로 돌아온 그녀에게 마음을 숨길 필요가 없었다. 베토벤은 열정적인 연애편지를 보냈고 두 사람은 다시 뜨거워진다. 베토벤은 크리스토프 아우구스트 티트게의 시에 곡을 붙인 가곡 〈희망에게, Op.32〉를 그녀에게 헌정했다. 두 사람만 알 수 있는 사랑의 고백이었다. 두 사람의 애정 행각은 티가 날 수밖에 없었고, 곧 주변 사람들의 반대에 부딪히고 만다.

그러나 집안의 반대는 그렇다 치더라도 요제피네 스스로도 베토벤이 네 자녀의 아버지가 되어줄 만한 사람이라고 생각하지 않았던 듯하다. 결국 두 사람은 결혼에 이르지 못하다가 1807년에 완전히 끝을 맺게 된다. 3년 후 요제피네는 크리스토프 폰 슈타켈베르크 남작과 재혼한다.

〈레오노레〉를 작곡한 때가 마침 요제피네와 급속도로 가까워진 시기와 겹치고, 또 곡의 소재가 '부부의 헌신적인 사랑'이라는 점은 매우 의미심장하다. 베토벤은 대체로 지체 높은 여성에게 사랑을 느꼈으며, 여성에 대한 이상화된 시각 또한 여러 작품에서 드러내곤 했다. 이 작품에서도 그런 성향이 잘 나타나 있다. 특히 〈레오노레〉는 여성 주인공이 주체가 되어 억울하게 투옥된 남편의 구출을 돕는 영웅으로 묘사되고 있다는 점에서 시대를 앞서갔다고도 할 수 있다. 아마 프랑스 혁명의 기운이 유럽 전역에 영향을 끼치고 있던 당시의 분위기와 무관하지 않았을 것이다.

이 작품에서 짚고 넘어가고 싶은 부분은 우선 1막에 등장하는 레오노레의 독창 아리아다. 교도소장 돈 피사로가 간수 로코를 불러 정치범의 살인을 모의하는데 레오노레가 이를 엿듣게 된다. 남편의 희생을 계획하고 있음을 알고 분노한 레오노레가 레치타티보(말하듯이 노래하는 부분)를 시작한다. 남편을 구하고자 남장을 한 채 간수 생활을 하고 있는 그녀의 긴장감이 생생하게 전달된다. 그러던 중 무지개를 발견하면서 음악은 느려지고 부드러워진다. 처음으로 평화로운 순간을 맞이

한 레오노레는 '희망이여, 오라'를 부드럽게 외친다. 하지만 뒷부분은 다시 빠른 템포로 바뀌며 남편을 구출하려는 희망찬 의지를 다진다. 이 독창 부분은 레치타티보로 시작해 느린 부분에서 빠른 부분으로 이어지는 전통적인 이탈리아 오페라의 장면을 차용한 것이다. 여기에 프랑스 오페라의 혁명적 내용, 즉 '구출'을 주요 흐름으로 다루면서 당시 오페라의 국제적인 스타일을 다양하게 수용한다.

사실 이 작품에서 가장 주목해야 할 부분은 1막과 2막의 마지막에 각각 대조적으로 등장하는 합창 부분이다. 독일어 오페라로서 기존의 작품들과 가장 다른 면모를 보이는 부분이기 때문이다. 1막의 피날레가 '죄수들의 합창'으로써 자유를 갈망하면서도 아직은 속박되어 있는 불안감을 조심스레 표현한다면, 2막의 피날레는 등장인물들과 합창이 다 함께 어우러져 자유와 정의에 대한 환희를 표현한다. 두 번의 합창이 극적인 대조를 이루며 극의 지향점과 결론을 더욱 강조해서 드러낸다고 할 수 있다. 특히 2막의 피날레는 이후 9번 교향곡의 합창을 연상시키는 높은 음역과 강렬한 음량으로 마무리되어 깊은 인상을 준다.

이 작품은 우여곡절이 많았다. 우선 베토벤은 작품의 제목을 원작 그대로 〈레오노레 또는 부부애〉로 하려고 했으나, 당시 극장 지배인은 이미 이전에 있었던 동명의 오페라와 혼선을 피하고자 주인공이 남장했을 때의 이름인 '피델리오'로 바꿀 것을 요구한다. 이 때문에 현재 이 곡은 〈피델리오〉로 불리고 있다.

또한 베토벤은 이 작품의 서곡을 세 번이나 고치고, 작품 전체도 두 번이나 개작하는 등 수차례 재작업을 거친 것으로도 유명하다. 물론 그럴 만한 외적인 사정도 있었지만, 그만큼 베토벤이 이 작품에 애착이 강

위 베토벤의 흉상. 그 옆의 문으로 들어가면 베토벤의 음악을 들을 수 있는 데스크가 나온다.

아래 베토벤의 후원자이자 친구였던 라주모프스키 백작의 그림이 걸려 있는 전시실.

했다는 것을 알 수 있다. 서곡 개작을 기준으로 첫 번째 버전의 초연은 1805년 11월 20일에 안 데어 빈 극장에서 총 3막으로 올렸지만, 세 번째 버전은 1814년 5월 23일에 초반의 여러 문제점을 보완해 극작가이자 연출가인 게오르크 트라이치케가 대대적으로 수정해 총 2막으로 초연했다. 그리하여 현대에는 각 버전을 간명하게 구분하기 위해 처음 두 버전은 〈레오노레〉로, 마지막 버전은 〈피델리오〉로 지칭하고 있다.

모차르트가 펜을 들기 전에 이미 머릿속에 완벽한 극음악을 완성시켜 악보에 오차 없이 적어 내려간 것과 달리 베토벤이 작곡한 〈피델리오〉는 여러 해에 걸쳐 개작을 거듭한 끝에서야 서서히 인기를 끌게 된다. 그리하여 이 곡은 많은 오페라단의 단골 레퍼토리로 지금까지 우리 곁에 든든히 남아 있다.

작품이 씌어진 바로 그 장소에서 곡의 몇 부분을 직접 감상해보니, 그가 얼마나 높이 날고 싶었고 완벽하게 사랑하길 원했는지 더더욱 절절하게 느껴진다. 유서를 쓴 이후에도 끝없이 영웅적인 작곡을 이어나간 저력이 결국 '불멸의 베토벤'을 만들었다는 것을, 파스콸라티 하우스에서 탄생한 여러 음악들이 분명히 말해주고 있었다.

불멸의 연인을 노래하다 칼렌베르크 언덕

누군가 그랬다. 한 사람이 성공하기 위해서는 능력도 중요하지만 그 능력을 드러낼 수 있는 '기회'와 만나야 한다고. 오늘날 악성이라 불리는 베토벤도 자신의 이름을 만천하에 떨칠 수 있는 절호의 '기회'를 만나게 된다. 〈피델리오〉가 화려하게 부활한 1814년, 나폴레옹과 유럽 연합군의 전쟁은 결국 나폴레옹의 패배로 종결됐고, 빈에서는 전후 처리를 위한 유럽 장상 회의가 열렸다. 바로 이 자리에서 베토벤은 마지막으로 개작한 〈피델리오〉를 유럽의 최고위층 인사들 앞에서 상연했다. 이어서 그의 음악만으로 채운 공공 연주회도 세 차례나 열려 큰 성공을 거두었다. 베토벤은 명실상부 음악계의 스타로 떠올랐다. 여러 나라의 군주들이 앞다투어 그의 음악회를 감상하려고 안달했다.

그런데 이 과정에서 내가 특별히 관심을 갖게 된 것은 따로 있다. 그것은 베토벤의 가슴을 저리게 한 사랑의 종말이다. 1815년 1월 25일 베토벤이 자신의 음악에 큰 관심을 보인 러시아 황후에게 영명축일을 기념하는 작은 연주회를 선물한다. 이 자리에서 〈피델리오〉의 사중창 '이상한 기분이 들어'를 악기로 편곡한 작품과 가곡 〈아델라이데〉를 직접 피아노로 반주하며 연주한다. 이것이 바로 연주자로서 베토벤의 마지막 공식 무대였다. 이때는 이미 그의 청력이 점점 사라지고 있었고, 사랑을 향한 뜨거운 열정 또한 서서히 사그라들고 있었다. 얼마 전까지만 해도 사랑의 중병을 앓고 있었는데 말이다.

1812년에 베토벤은 발송되지 않은 세 통의 연애편지를 썼다. 사후에 발견된 이 편지에는 수신인의 이름이 정확히 쓰여 있지 않아 현재까지도 '불멸의 연인'이라는 이름으로 남아 있다.

나의 불멸의 연인이여, 내 생각은 당신에게로만 달려가오. 때로는 즐겁게, 그다음엔 슬프게. 운명에게 질문을 던지고, 운명이 우리 소원을 들어줄지 물으면서 말이오.

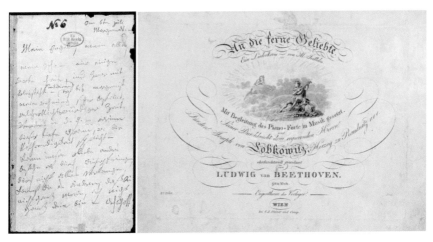

왼쪽 베토벤 사후에 발견된 불멸의 연인에게 쓴 편지.
오른쪽 〈멀리 있는 연인에게〉의 첫 출판 악보의 표지.

역사가들은 불멸의 연인이 누구인지 추적했고, 몇 사람이 후보에 올랐다. 현재는 앞서 언급한 요제피네가 가장 유력한 대상으로 지목되고 있다. 당시 요제피네는 재혼한 남편과 소원해져 별거 중이었다. 이 편지를 보면, 베토벤이 그 누구보다도 열정적인 연인이었고, 사랑에 진실한 가치를 둔 사람이었다는 것을 알 수 있다.

그러나 그의 일기에는 사랑이 이루어지지 않았다는 사실이 암시되어 있다. 1812년에 찾아온 이 마지막 사랑의 기회가 엇갈린 이후 그는 자기 삶에서 영원히 사랑의 막을 내리고 만다. 그리고 1816년에 이르면 가슴에 품어온 오랜 연정을 음악으로써 정리하려는 모습을 보인다. 그 것이 우리에게 남은 연가곡 〈멀리 있는 연인에게, Op.98〉이다.

이 작품은 누군가에게 의뢰받은 것이 아니라 오로지 자신의 의지로 쓴 것이다. 그리고 이 곡을 통해 음악의 한 시기를 종결하고 새 시대를 열었다. 이 연가곡은 극작가 알로이스 이시도르 야이텔레스가 쓴 미발표 시에 곡을 붙인 것인데, 베토벤이 직접 시 내용을 일러준 게 아닐까 싶을 정도로 그 자신의 이야기를 담고 있다.

총 여섯 개의 서사를 유기적인 음율로 표현한 이 연가곡은 음악사에 남아 있는 최초의 연가곡으로 평가된다. 특히 모든 곡이 끊이지 않고 연결되며, 첫 곡의 주제가 마지막 곡에 다시 등장하면서 전체가 한 작품으로서 통일성을 이룬다는 것이 특징이다. 베토벤은 이런 특징을 드러내기 위해 작품을 출판하면서 '연결된 가곡'이라는 의미의 '리더크라이스Liederkreis'라는 이름을 붙였는데, 이는 이후의 작곡가들에게 엄청난 영향을 미치게 된다.

이 여섯 곡을 계속 이어서 듣고 있으면 언제나 마음이 저릿하다. 현실에서 이루어질 수 없는 사랑을 음악으로 재탄생시켜 자신의 사랑을 영원불멸하게 만들어놓다니……. 그 소중하고 애틋한 마음을 한 곡만으로는 표현할 수 없었기에 연가곡이라는 장르가 탄생한 게 아닐까.

담담하게 주제 선율을 소개하며 시작하는 첫 곡을 지나 조금 더 빨라진 템포로 그리움을 표현하는 두 번째 곡, 자연에 자신의 마음을 담듯 셋잇단음표의 반주와 뚝뚝 끊어지는 멜로디를 사용해 조금 더 에너지가 넘치는 세 번째 곡, 앞의 곡과 마치 한 곡인 듯 연결되면서 자연에 마음을 이입해 그녀와의 결합을 상상하며 열정적으로 표현한 네 번째 곡, 그 에너지를 받아 빠르고 힘차게 시작했으나 결국 이루어질 수 없는 운명을 예감하며 "우리가 얻은 것은 눈물뿐"이라는 구절에서 유일하게 잠깐 단조를 사용한 다섯 번째 곡, 그러나 사랑은 그들의 노래를 통해

칼렌베르크 언덕에서 내려다본 풍경.

결국 사라지지 않음을 표현한 희망적인 마지막 곡까지, 이 작품은 15분에 걸쳐 흐르는 한 편의 모놀로그 같다. 침대에 누워 홀로 읊조리는 사랑의 고백.

〈멀리 있는 연인에게〉에 담긴 베토벤의 마음을 가슴 깊이 느끼고 싶었다. 그에게 치유의 의미가 있는 '빈 숲'의 칼렌베르크Kahlenberg 언덕에 올랐다. 멀리는 빈 시내의 정경이, 가까이엔 포도밭의 향기로움이 함께하는 곳이다. 이 언덕에서 〈멀리 있는 연인에게〉를 들으며 따라 읊조렸다. 오랜 시간 익숙하던 베토벤의 웅장함은 사라지고, 오로지 사랑하는 연인을 잊지 못하는 한 남자의 간곡한 심정이 첫 소절부터 덤덤히 흐른다.

언덕 위에 앉아 내려다보네.

푸른 안개 낀 정경을.

멀리 있는 목장을 찾아보네.

그곳은 사랑하는 당신을 알게 된 곳.

그는 마지막 6번 곡에서 오로지 '그리움'만 담았다고 이야기한다. 어쩌면 베토벤은 이후의 작곡가들에게 그리움의 실체를 음악으로 제시한 것일지도 모른다. 불멸의 연인이 누구였는지는 더 이상 나에게 중요하지 않았다. 그리움의 정체는 둘 사이의 애틋한 순간일 수도 있지만, 지난날 건강했던 자신의 모습일 수도 있다. 이 정처 없는 그리움의 감정도 영원할 수 있음을 그는 음악으로써 증명한 게 아닐까. 틀림없이 그런 것만 같다.

〈합창 교향곡〉을 헌정하다   제체시온

베토벤은 살아생전 그 어느 작곡가보다도 놀라운 음악적 혁명을 수차례 일으킨 작곡가다. 그중 하이라이트는 누가 뭐래도 바로 마지막 교향곡인 9번이다. 교향곡의 규모가 크게 확장된 것은 물론이고, 4악장 피날레에서는 인류애를 담은 가사를 노래하는 독창과 합창이 함께 등장하는 파격을 선보인다. 이는 베토벤 이전에는 누구도 상상하기 힘든 것이었다.

환희여, 아름다운 신의 반짝임이여

엘리시움의 딸이여

우리 모두 빛에 취하여

하늘에 있는 그대의 성전으로 들어간다

그대의 마법은 다시금

시류가 엄격히 갈라놓은 것들을 통합시키고

모든 인류는 형제가 되리

그대의 부드러운 날개가 머무르는 곳에

이 가사는 독일의 시인 프리드리히 실러가 1785년에 지은 것이다. 실러의 글을 사랑한 베토벤은 빈으로 넘어오기 전부터 이 가사를 눈여겨보고 계속해서 곡을 붙이고 싶어 했다. 그리고 말년이 되어서야 그 꿈을 실현했던 것이다. 가사에 등장하는 '엘리시움'은 그리스 신화에 나오는, 용감하게 싸우다 전사한 이들이 죽어서 가는 궁전을 일컫는다. 혁명의 시대에 쓴 이 시에 얼마나 많은 이들이 위로와 기운을 받았을까.

베토벤의 놀라운 음악적 업적은 이후의 작곡가들에게 음악의 지침서가 되기도 했지만 한편으로는 큰 부담이 되기도 했다. 창작자 자신의 삶을 오롯이 음악에 녹여낸 일 자체가 전무한 일인 데다가 인간의 한계를 극복하고 음악사에 새로운 문을 열어주지 않았던가. 지금까지도 베토벤만큼 칭송받는 예술인이 드물 만큼 그의 존재는 크나큰 무게감을 지닌다. 빈에 가보면 그의 영향력이 음악인들에게만 한정된 것이 아니었다는 걸 알게 된다. 세기말에 빈 분리파●의 시작을 알린 예술가들의 성전 '제체시온Secession'이 그 확실한 증거다.

● 1897년 구스타프 클림트를 중심으로 빈에서 결성된 전위적인 예술가 집단. 판에 박힌 아카데미 예술 형식에서 벗어나 독립적이고 자유로운 예술 활동을 시도했다.

밤에 본 제체시온.

카를스플라츠 역에서 내려 제체시온의 화살표를 따라 쭉 나가면, 멀리서부터 눈에 띄는 새하얀 건물에 감탄사가 절로 나온다. 장식예술에 일가견이 있던 분리파의 미감 올 흠뻑 느낄 수 있기에 내가 빈에서 가장 아름답다고 여기는 건물이다. 건축가 요제프 마리아 올브리히가 설계한 이 사각형 건물은 월계수 잎 모양으로 디자인해 금박을 입힌 큰 구형을 떠받치고 있다. 하얀 벽면의 모서리와 정면 입구 위에 금빛 장식의 글귀가 우아하고 간명하게 새겨져 있다. 빨려 들어가듯 건물에 다가가 앞에 서니, 내게는 베토벤의 모토처럼 보이는 문구가 가슴 깊이 박힌다.

Der Zeit ihre Kunst, der Kunst ihre Freiheit.
(시대에는 예술을, 예술에는 자유를.)

구스타프 클림트, 〈베토벤 프리즈〉. 가운데에는 인류를 위협하는 괴물들이, 왼쪽에는 금빛 갑옷의 기사가, 오른쪽에는 리라를 켜는 여신이 보인다.

물론 이 글귀는 빈 분리파의 모토이다. 당시 보수적인 미술계와 '분리'하여 시대를 반영하는 새로운 예술을 선언하며 쓴 문구다. 구스타프 클림트, 에곤 실레, 오스카어 코코슈카 등 당대를 대표하는 예술가들이 참여했다. 하지만 너무나도 베토벤의 예술 의지를 떠올리게 하므로, 왜 그들이 자신의 지향점으로 베토벤을 선택했는지 알 수 있을 듯하다. 이를 드러내듯 1902년, 분리파 예술가들은 자신들의 열네 번째 전시회에서 독일의 조각가 막스 클링거의 〈베토벤〉 상을 전시하고, 전시장 옆 왼쪽 복도에는 클림트의 벽화 〈베토벤 프리즈〉를 설치했다. 베토벤이 하일리겐슈타트에서 유서를 쓴 지 꼬박 백 년이 지난 때였다.

건물 안으로 들어가 표를 구입하고 아래층으로 내려가 보았다. 이제 클링거의 동상은 라이프치히로 돌아갔지만, 베토벤의 〈합창 교향곡〉

구스타프 클림트, 〈베토벤 프리즈〉 중 리라를 켜는 여신.

구스타프 클림트, 〈베토벤 프리즈〉의 마지막 장면.

구스타프 클림트, 〈베토벤 프리즈〉 중 말러를 묘사한 것으로 알려진 금빛 갑옷의 기사.

중 4악장, 즉 클라이맥스인 합창 부분을 시각화한 〈베토벤 프리즈〉는
여전히 자기 자리를 지키고 있다. 삼면에 띠를 두르듯 그려진 벽화를 왼
편에서 시계 방향으로 따라가며 바라본다. 나약한 인류의 고통과 행복
의 갈망을 상징하는 부유하는 여인들을 쫓아가다 보면 행복을 위한 투
쟁을 받아들이는 금빛 갑옷의 기사와 질병, 광기, 색정, 무절제 등 인류
를 위협하는 적대적인 괴물들을 만나게 된다. 하지만 여전히 행복을 갈
망하는 인류의 소망은 시를 상징하는 여신이 연주하는 리라 소리에 위

무를 받으며 끝내 천사들이 합창하는 낙원에 도달하게 된다.

특히 마지막 장면에는 합창하는 천사들 곁에 굳게 포옹하는 남녀의 모습이 등장해 가슴을 뭉클하게 한다. 클림트의 특징이 잘 드러나는 금빛 장식에 둘러싸여 '예술을 통한 인류의 구원'을 상징하는 이 그림은 며칠째 빈에서 체류하며 존경하는 예술가들의 자취를 찾아다니고 있는 나를 따뜻하게 품어주는 것만 같아 더욱 큰 감동으로 다가왔다.

먹먹한 마음으로 멈춰 서서 이 전시가 열린 백여 년 전 그날을 떠올려본다. 당시 빈 궁정극장의 음악감독 구스타프 말러는 〈합창 교향곡〉의 4악장을 금관 합주로 편곡해 오케스트라 멤버들과 이 자리에서 직접 연주했다. 〈베토벤 프리즈〉가 시작되는 부분에서 마치 예술을 사수하듯 당당히 서 있는 금빛 갑옷의 기사가 말러의 초상이라는 설이 있는데, 정말 영락없이 그를 빼닮은 얼굴이다. 베토벤이 이전에는 상상할 수 없는 방식으로 교향곡이라는 장르에 시와 음악, 성악과 기악을 결합시켰듯이 그의 후예들도 그의 정신을 이어받아 시와 음악에 그림과 조각, 그리고 종내는 건축까지 결합한 종합 예술을 실현한 것이다.

진정한 고전이란 이런 것이 아니겠는가. 시대와 공간을 초월해 끝없는 감동과 영감을 선사하는 예술. 베토벤은 우리에게 참된 예술가의 롤모델이 되어주었다. 음악이, 예술이 인간을 구원하며 화합시킨다는 메시지는 베토벤 자신의 삶뿐만 아니라 우리 모두의 삶을 구원하며 영원 불멸하게 남아 있다.

불멸의 베토벤

1827년 3월 26일, 악성 베토벤은 우리 곁을 조용히 떠났다. 그의 나이 56세였다. 그러나 그의 마지막 길은 외롭지 않았다. 사흘 후에 치러진 장례식은 모차르트의 장례식과는 풍경이 사뭇 달랐다. 약 만 명의 사람들이 베토벤을 추모하기 위해 모였다. 대대적인 장례 행렬에는 프란츠 슈베르트와 카를 체르니도 함께했다. 빈의 음악 정신이 후대로 이어지는 순간이었다.

나도 그들의 정신을 잇는 심정으로 베토벤이 사망한 '슈바르츠슈파니어슈트라세'의 집에서 시작해 북쪽으로 약 3킬로미터까지 이어진 장례 행렬을 따라가 보았다. 베토벤의 마지막 길 위에 나의 발자국을 겹치며 마음 깊은 곳에서 우러나는 다짐을 읊조렸다. '나도 성악가로서 인

프란츠 슈퇴버, 〈베토벤의 장례 행렬〉, 1827년.

류의 행복과 소망을 담아 진심으로 노래하리라.'

베토벤의 장례 미사는 빈 8구에 있는 알저 성당Alserkirche에서 진행되었다. 알저 성당은 돔형 지붕이 있는 두 개의 높은 탑이 인상적인 바로크식 건물이다. 성당에 당도하니 정문 양쪽으로 베토벤과 슈베르트의 현판이 나를 반갑게 맞았다. 베토벤의 현판에는 "1827년 3월 29일, 불멸의 정신을 지닌 사람의 시신이 교회에서 축복받다"라고 씌어 있고, 슈베르트의 현판은 그가 이 성당의 종 축성식을 위한 성가를 작곡했다는 것을 알리고 있었다.

세상을 떠난 지 2백 년 가까이 지난 지금도 '불멸'이라는 수식어가 늘 따라다니는 베토벤. 여전히 꺼지지 않는 영감의 불꽃을 선사하는 그의 영혼을 기억하며 알저 성당의 성전에서 묵묵히 기도를 올렸다. 베토벤의 장례 미사에는 그가 평소 존경하던 루이지 케루비니의 〈레퀴엠 C단조〉가 울려 퍼졌다. 이 곡은 원래 단두대에서 목이 잘린 루이 16세를 추모하기 위해 루이 18세가 의뢰해 작곡된 것이다. 여느 레퀴엠과는 달리 독창 없이 합창과 관현악 반주로만 이루어져 있기에 상당히 웅장하고 울림이 크다. 나는 잠시 케루비니의 레퀴엠을 들으며 혼자만의 추모 시간을 가졌다.

알저 성당을 나와 당시에는 베링 공동묘지로 불렸던 베토벤의 장지로 향했다. 이곳에 처음 안장된 베토벤의 무덤 바로 옆에는 그의 관을 들었던 슈베르트가 묻혔다. 슈베르트는 베토벤이 떠난 바로 다음 해에 너무 일찍 이곳으로 왔다. 그의 나이 서른한 살이었다. 현재 이곳은 묘지가 아니라 슈베르트의 이름을 딴 공원으로 조성되어 있다.

위 원쪽 　베토벤의 장례 미사가 치러진 알저 성당.

위 오른쪽 　성당 입구 양쪽에 붙어 있는 베토벤과 슈베르트의 현판.

아래 　베토벤과 슈베르트의 무덤이 있던 자리. 현재는 빈 중앙묘지로 이장되어
이곳에는 기념비만 남아 있다.

교향곡 3번 〈영웅, Op.55〉

빈 필하모닉 오케스트라
Wilhelm Furtwängler(지휘)

가곡 〈희망에게, Op.32〉

Dietrich Fischer-Dieskau(바리톤)
Jörg Demus(피아노)

오페라 〈피델리오, Op.72〉 중
제1막, 레오노레의 레치타티보와
아리아 '악한이여! 어디로
가는가?'

Jessye Norman(소프라노, 레오노레 역)
드레스덴 슈타츠카펠레
Bernard Haitink(지휘)

오페라 〈피델리오, Op.72〉 중
제1막, '죄수들의 합창'

Oskaras Korsunovas(연출)
Andrew Litton(지휘)
베르겐 필하모닉 합창단
에드바르 그리그 합창단
베르겐 필하모닉 오케스트라

오페라 〈피델리오, Op.72〉 중
제2막 피날레,
'만세 기쁜 날이여'

Martti Talvela, Franz Crass, Theo Adam,
Edith Mathis, Gwyneth Jones, James King,
Peter Schreier 출연
라이프치히 방송합창단
드레스덴 슈타츠오퍼 합창단
드레스덴 슈타츠카펠레
Karl Böhm(지휘)

가곡 〈아델라이데, Op.46〉

Fritz Wunderlich(테너)
Hubert Giesen(피아노)

연가곡 〈멀리 있는 연인에게,
Op.98〉

Hermann Prey(바리톤)
Leonard Hokanson(피아노)

교향곡 9번 〈합창, Op.125〉
제4악장 중 '환희의 송가'

Janet Perry(소프라노)
Agnes Baltsa(메조소프라노)
Vinson Cole(테너)
José van Dam(바리톤)
베를린 필하모닉 오케스트라
Herbert von Karajan(지휘)
빈 징페라인 합창단
Helmut Froschauer(합창지휘)

Franz Peter Schubert

프란츠 슈베르트

별이 노래가 되어
일상에 머물다

어느 도시를 가든지 산책을 좋아하는 내가 놓치지 않고 들르는 곳은 그 도시를 대표하는 공원이다. 빈에도 그런 곳이 있는데, 바로 '시립공원'이다. 날이 흐린데도 모처럼 포근했던 늦겨울의 어느 날, 공원에서 여유로운 하루를 시작하고자 숙소를 나섰다. 마침 지하철이 바로 연결되어 있어서 찾기도 어렵지 않았다.

아기를 데리고 나온 젊은 어머니들, 호수를 유영하는 오리들과 자유롭게 하늘을 나는 비둘기들이 살가운 동행이 되어준다. 곳곳에 세워진 옛 음악가들의 동상을 구경하는 것도 또 다른 재미를 선사한다. 빈의 시립공원인 만큼 왈츠의 대가들이 가장 많이 눈에 띄는데, 그 가운데 가곡의 왕 프란츠 슈베르트가 존재감을 뽐내며 한 자리를 차지하고 있다. 화려함보다는 고즈넉함이 더 어울리는 공원이라 관광객들보다 시민들이 더 자주 찾는 듯하다. 이곳에 자리 잡은 슈베르트의 동상에도 빈에서 나고 자라고 죽은, 완벽한 빈 사람 티가 역력하다.

사실 빈의 고전주의 삼인방(하이든, 모차르트, 베토벤)은 어느 누구도 진정한 빈 사람은 아니었다. 빈에서 공부를 하거나 좀 더 자유로운 음악 활동을 위해 이곳으로 찾아든 사람들이었다. 하지만 슈베르트는 달랐다. 스스로 선택한 것이 아니라 하늘의 선택으로 빈에서 태어나 짧은 생애 내내 이곳에서만 지내다가 삶을 마감했다. 그러니 빈 시민들의 슈베르트 사랑이 남다를 수밖에 없지 않을까.

빈 시립공원에 세워진 슈베르트의 동상.

가곡의 왕이 탄생하다

이렇게 온전히 빈의 사람이기에 이 도시에는 슈베르트의 생애 전체가 녹아 있다. 빈 시에서는 다른 유명 작곡가들과 달리 그의 탄생지와 사망지 두 군데를 시립박물관으로 운영하고 있다. 우선 슈베르트의 초년 시절을 만나기 위해 빈의 9구를 찾았다. 그가 태어난 생가에서부터 그의 삶을 따라가 보고 싶었다.

슈베르트가 태어난 집은 '누스도르퍼슈트라세'라는 길에서 어렵지 않게 찾을 수 있다. 지금은 빈으로 통합되어 있지만 과거에는 빈의 외곽 지역이었기 때문에 시내 중심보다 훨씬 시골스러운 분위기가 있다. 마침 살포시 눈이 내린 날이었다. 대문을 열고 들어서니 오른쪽에 우물이 덩그러니 놓여 있다. "성문 앞 우물곁에"로 시작되는 노래 〈보리수〉를 흥얼거리며 정면을 바라본다. 중앙에 자리 잡은 소박한 정원을 둘러싸고 복층형 집이 서 있다. 이 집에 왔다는 걸 내 나름대로 기록하기 위해 누구도 밟지 않은 마당의 흰 눈 위에 발자국을 선명히 찍어본다.

당시에 '붉은 가재Zum roten Krebsen'라는 간판이 걸려 있던 이 건물의 위층은 여러 가정의 아파트로 사용되었고, 아래층은 슈베르트의 아버지가 운영한 초등학교로 쓰였다. 이곳에서 1797년 1월 31일 슈베르트가 태어났다. 훗날까지 살아남은 다섯 형제 중 넷째로 태어나서 네 살 무렵까지 이 집에서 지냈다.

첫 번째 방에 들어서면 두 개의 창문 사이로 우리에게 너무나 익숙한 슈베르트의 초상화가 나온다. 이 그림은 1875년 빌헬름 아우구스트 리더가 그린 것인데, 시립공원의 근엄한 동상보다 훨씬 청년다운 모습이

위 　슈베르트 생가의 예전 모습. 오른쪽 구석에 송어 분수대가 보인다.

아래 　슈베르트 생가의 현재 모습.

위 슈베르트 생가 내부. 슈베르트의 초상을 바라보며 그의 음악을 감상할 수 있다.

아래 슈베르트의 안경.

다. 바로 옆 테이블에는 슈베르트의 트레이드마크와도 같은 동그란 안경도 전시되어 있다. 그는 6백 곡이 넘는 가곡과 8편의 서곡, 7편의 교향곡과 1편의 미완성 교향곡, 그밖에 수많은 피아노 작품과 실내악, 합창곡을 포함해 1천5백 편이 넘는 작품을 남겼다. 그러니 그의 안경이야말로 짧은 기간에 불가사의할 정도로 다작을 한 그의 열정이 묻어 있는 소중한 유물이라 할 수 있다.

이곳에는 슈베르트가 처음으로 출판한 가곡 〈마왕〉, 열일곱 살에 작곡한 초기 가곡 〈실 잣는 그레트헨〉, 그리고 1820년에 재작업한 가곡 〈송어〉의 필사본, 정갈한 글씨체가 돋보이는 일기장, 그의 다른 초상화 스케치와 주변인들의 초상화 등이 전시되어 있다. 특히 슈베르트를 중심으로 소중한 친구들과 함께 꾸린 작은 음악 동호회 '슈베르티아데'● 의 흔적이 많이 남아 있어 눈길을 끈다. 진한 우정이 드러나는 서신들과 그들과 함께 음악회를 열어 즐거운 한때를 보내는 모습을 담은 그림이 마음에 와서 박힌다. 친구들이 함께 뭉쳐 즉흥 연주를 하거나 신곡을 선보이기도 하면서 신분고하를 막론하고 예술을 향유하는 음악 그룹, 내가 슈베르트와 그의 친구들을 가장 이상적인 예술가들로 생각하는 이유다.

슈베르트는 1810년 열세 살 때부터 가곡을 작곡하기 시작해 주변인들을 놀라게 했다. 이런 특별한 재능은 주변의 친구들을 그의 곁으로 모이게 하는 구심점이 되었다. 특히 이 친구들은 슈베르트가 성인이 되었을 때 완전한 프리랜서 작곡가로 활동할 수 있게 해준 중요한 기반이었다. 1821년에 결성한 슈베르티아데에서 중심 역할을 수행한 것도 그의 소중한 친구들이었다.

● Schubertiade, '슈베르트의 밤'이란 뜻으로 슈베르트가 친구들을 그렇게 부른 데서 따온 말이다.

율리우스 슈미트, 〈슈베르티아데〉(부분), 1897년.

그중에 중요한 인물을 몇 명 소개하자면, 우선 린츠 출신의 귀족이자 소년합창단 기숙학교의 선배인 요제프 폰 슈파운을 들 수 있다. 1816년에 괴테에게 직접 편지를 보내 슈베르트가 괴테의 시에 곡을 붙인 작품을 소개하는 등 그를 돕는 데 매우 헌신적이었다. 다음으로는 1815년부터 인연을 맺어 슈베르트와 2년 정도 함께 살기도 한 시인이자 극작가 요한 마이어호퍼가 있다. 또 같은 해에 만나 가장 가까운 친분을 유지한 시인이자 극작가, 그리고 배우이기도 한 프란츠 폰 쇼버도 슈베르티아데의 주축이 된 인물이다. 슈베르트가 선생 일을 그만두고 집에서 독립한 1816년 후반부터 그에게 일 년 이상 숙박을 제공해준 친구이기도 하다.

슈베르트는 괴테처럼 멀리 있는 거장뿐만 아니라 마이어호퍼나 쇼버 같은 가까운 친구들의 시도 자주 가사로 선택해 노래를 만들었다. 이 중에서 가장 널리 알려진 작품이 바로 1817년 쇼버의 시에 곡을 붙인 〈음악에게〉다. 음악에 감사하는 마음을 담은 이 곡이야말로 슈베르트와 그의 친구들이 진심으로 공유한 정신이었으리라.

여기에 1817년 쇼버의 소개로 슈베르트와 교류하게 된 궁정 오페라의 바리톤 가수 요한 미하엘 포글Johann Michael Vogl 또한 슈베르티아데와 관련해 중요한 인물이다. 포글은 슈베르트의 작품에 큰 존중과 사랑을 보냈고, 슈베르트 역시 서른 살이라는 나이 차이에도 불구하고 표현력이 풍부한 포글을 깊이 존경하면서 친밀한 관계를 유지했다. 포글이 1821년 3월 7일에 케른트너 극장의 공공 음악회에서 〈마왕〉을 불러주면서 그해에 슈베르트는 자신의 초기 가곡들을 줄지어 출판하게 된다. 그만큼 포글은 빈에서 무시할 수 없는 영향력이 있었다. 또한 포글의 노

프란츠 폰 쇼버, 〈포글과 슈베르트의 캐리커처〉, 1825년경.

래는 슈베르트가 직접 반주한 경우가 많아서 그들의 합주 자체가 슈베
르티아데를 시작하게 된 중요한 계기가 되기도 했다. 슈베르트는 마이
어호퍼가 쓴 시에 곡을 붙인 작품들이 포함된 작품번호 6번의 가곡집
을 포글에게 헌정하는 등 그를 위해 수많은 가곡을 남겼다.

이어서 옆방으로 들어가자 가장 눈에 띄는 자리를 피아노가 차지하
고 있다. 그런데 가까이 가서 보니 슈베르트가 아니라 그의 형 이그나츠
의 것이다. 이그나츠는 아마추어 피아니스트였는데 슈베르트의 첫 피

아노 선생님이었다. 이곳에 전시된 슈베르트 본인의 악기는 다른 벽에 걸려 있는 소박한 기타다. 이 기타로 연가곡 〈아름다운 물방앗간 아가씨〉를 포함해 수많은 가곡을 작곡했다고 전해진다.

　원래 슈베르트의 아버지는 학교를 운영하는 선생으로 다른 아들들과 마찬가지로 슈베르트를 교사로 키우려고 했다. 하지만 그 역시 음악을 즐기는 사람이었다. 위로 두 아들은 바이올린을, 슈베르트는 비올라를, 자신은 첼로를 켜며 현악사중주를 연주하기도 했다. 일찍부터 이런 음악적 분위기에서 성장한 덕분에 슈베르트는 천부적인 음악적 재능을 점차 자연스레 드러내게 된다.

왼쪽　두 번째 방에는 형 이그나츠의 피아노, 슈베르티아데의 스케치, 그리고 슈베르트의 첫사랑 테레제 그로프의 초상 등이 걸려 있다.

오른쪽　슈베르트의 기타.

〈마왕〉의 탄생 　　　　　　　조일렌가세의 노란 집

　마침 슈베르트의 생가 근방에는 슈베르트가 십 대 시절에 살았던 집도 있다고 하기에 방문해보기로 했다. 생가를 나와서 약 두 블록만 이동하면 나오는 '조일렌가세^{Säulengasse}'의 노란 집이다.

　슈베르트는 1808년부터 다닌 궁정 기숙학교에서 돌아와 1813년 말부터 이곳에서 살았다. 아버지의 뜻대로 교사 수업을 받으며 학교에서 아이들을 가르쳤지만, 그의 진정한 관심은 다른 곳에 있었다. 당시 그는 궁정 기숙학교에서 쌓아온 음악 지식을 토대로 엄청난 창작열을 불태우며 완성도 높은 초기 가곡들을 작곡했다. 특히 이곳에서 유명한 가곡 〈마왕〉을 남겼다고 해서 이 집은 '마왕의 집'으로 불리기도 한다.

　〈마왕〉은 1815년 열여덟 살에 작곡하고 1821년에 출판하면서 작품 번호 1번이 붙은 중요한 가곡이다. 〈마왕〉을 비롯해 초창기의 가곡들

왼쪽 조일렌가세의 '마왕의 집'.
오른쪽 2층 창문 사이에 붙어 있는 슈베르트 현판.

을 듣고 있노라면 도대체 십 대에 어떻게 이런 곡을 쓸 수 있었는지 그저 놀라울 뿐이다. 물론 다른 천재 작곡가들도 이른 나이에 훌륭한 작품을 남긴 경우가 적지 않다. 하지만 특정 장르의 초기작부터 완성도가 높고, 흡입력이 있으며, 심지어 시대를 넘어 미래의 청자까지 사로잡기란 쉬운 일이 아니다.

〈마왕〉은 괴테의 시를 가사로 쓴 노래다. 슈베르트는 생애 동안 약 80편의 괴테의 시에 곡을 붙였다고 알려져 있다. 그중 삼분의 일을 1814년부터 1815년 사이에 작곡했다. 괴테가 어린 슈베르트에게 엄청난 영향을 준 작가였다는 것을 알 수 있다. 괴테의 시가 지닌 극적인 음악성이 어린 슈베르트를 자극했던 모양이다. 나아가 시를 음악적으로 재해석해서 자기만의 방식으로 표현하는 슈베르트의 능력 또한 여기서부터 꽃피기 시작한다. 이렇듯 두 거장의 결합은 가곡이라는 장르를 새롭게 발전시키는 일대 사건이 되었다.

죽어가는 아이를 살리기 위해 말을 타고 달리는 아버지와 그 아이 앞에 나타난 무시무시한 마왕. 이 작품에서 슈베르트가 새롭게 시도한 음악적 혁명은 여러 가지다. 우선 해설자, 아버지, 아들, 마왕 이 네 명의 캐릭터를 가수 한 명이 표현하는 일종의 모노드라마 같은 노래를 완성했다는 점을 들 수 있다. 게다가 피아노 역시 단독의 역할을 가지는데, 바로 말발굽 소리를 표현한다. 또한 장조와 단조가 인물들의 심리에 따라 곡 안에서 자유자재로 바뀌는 점도 새롭다. 이 곡에서는 아버지의 급박한 심정과 아들의 두려운 마음을 전체적으로 단조로 묘사했지만, 아들 앞에 저승사자처럼 나타나 유혹하는 마왕의 목소리에서는 장조를 사용해 오히려 오싹한 기운을 더한다. 또한 음의 높고 낮음, 빠르기, 소

모리츠 폰 슈빈트, 〈마왕〉, 1871년 이전. 괴테의 시 「마왕」을 묘사했다.

리의 크고 작음 이 모든 것을 심리를 표현하는 장치로 사용하고 있다는 점도 놀랍다.

　슈베르트는 1818년에 근처의 '그뤼넨토어가세'로 이사 가기 전까지 그야말로 창작의 샘과 같은 이곳에서 역사에 남을 수많은 가곡을 작곡했다. 그중 많은 이들에게 익숙한 〈들장미〉는 1815년에 작곡했는데, 작품번호 3번 모음의 첫 곡으로 출판한 작품이다. 이 곡 역시 괴테의 시에 곡을 붙인 것이지만, 〈마왕〉과 같은 시기에 작곡한 작품이라고는 도무지 믿기지 않을 정도로 단순하고 짧은 절이 반복되는 민요풍의 노래다. 그렇다고 작품 수준이 떨어지는 것은 전혀 아니다. 고치고 또 고치며 내용을 다듬어 간 베토벤과는 달리 슈베르트는 직관적으로 곡을 썼다. 단순한 하나의 문구로도 그 의미를 간파해 음악적으로 멋지게 옷을 입힐 줄 알았다. 그의 노래 선율은 말의 뉘앙스를 잘 살리면서도 아름다움을 잃지 않고, 단순한 코드 진행과 같은 반주 위에서도 신선한 걸작의 가치를 지닌다. 그렇기에 아무리 자주 들어도 지루하지 않고, 연주자에게는 매번 새로운 영감과 재해석의 가능성을 열어준다.

다음으로 출판한 작품번호 4번 모음 중에는 게오르크 폰 뤼베크의 시에 곡을 붙인 〈방랑자〉가 첫 곡으로 들어 있다. 1816년 슈베르트가 열아홉 살에 작곡한 작품이다. 슈베르트는 자신이 태어난 지역사회에 주로 머물러 있었지만, 마치 기나긴 마음의 방랑을 예견한 것처럼, 아니, 어디에도 안착하지 못하는 누군가의 모습을 그리듯이 그 사회에 속하지 못하고 이해받지 못하는 한 사람의 심경을 낮게 읊조리고 있다.

산을 넘고 넘어도, 계곡은 안개 끼고, 바다는 출렁이네. 고요히 방랑하나, 그다지 행복하지 않으니, 한숨은 언제나 묻네. 어디에, 도대체 어디에 있냐고?

〈방랑자〉는 당대의 정서와도 잘 맞아떨어지며 〈마왕〉과 함께 가장 일찍 인기를 얻은 가곡이 되었다. 또한 슈베르트의 동명의 피아노 작품에도 차용되면서 더욱 큰 사랑을 받았다. '방랑'이라는 소재는 이후 다른 작품에도 자주 사용되면서, 우리가 슈베르트를 떠올릴 때 빠트릴 수 없는 중요한 이미지로 남는다. 아마도 서른한 살이라는 너무 이른 나이에 세상을 떠난 그를 그리워하는 마음이 겹쳐진 결과이기도 할 것이다.

빈 소년합창단의 선배 슈베르트 리히텐탈 성당과
호프부르크 궁정 채플

감격적인 장소를 차례로 지나 이번에는 빈 9구의 마지막 순례지 '리히텐탈 교구 성당Lichtentaler Pfarrkirche'으로 향했다. 마르크트가세에 위치한 이 성당은 슈베르트가 유아 세례를 받은 곳이다. 특히 그가 가정을 벗어나 처음으로 합창 지휘자 미하엘 홀처Michael Holzer에게 음악 수업을 받은 곳이기도 하다. 누가 보아도 슈베르트와 관련이 깊은 성당이라는 것을 알 수 있도록 입구에는 그의 흉상이 놓여 있고, 현판에는 그가 어린 시절에 이곳에서 활동했다는 사실이 뚜렷이 적혀 있다. 슈베르트 협회도 이 성당과 이웃한 곳에 위치하고 있다.

연노란 빛의 소박한 성당에 발을 들여놓으니, 환한 빛이 내부로 들어와 하얀 벽과 아름다운 성화가 밝게 빛나며 맞아준다. 그가 어린 시절을 보낸 성당이 이렇게 포근한 분위기여서 참 다행이란 생각이 든다. 뒤쪽으로 고개를 돌리니 조그만 합창석과 그 뒤에 설치된 은빛의 파이프 오르간이 다른 대성당들의 화려한 파이프오르간보다 더 깊이 마음속으로 들어온다. 그 시절, 이곳 성가대 선생님이 성심껏 음악을 가르치는 모습과 어린 슈베르트가 맑은 목소리로 노래하는 장면, 그리고 십대 청년이 되어 저 오르간에 앉아 연주와 작곡에 매진하는 모습을 상상해본다. 그는 음악을 통해 지상을 천상으로 만들어내는 사람으로 차근히, 그러나 누구보다도 빠르게 성장하고 있었다.

이 성당에서 슈베르트가 작곡한 작품이 1814년에 쓴 〈F장조 미사곡〉이다. 9월 25일 바로 이 자리에서 연주해 큰 성공을 거둔다. 그는 이

위   리히텐탈 성당의 외부와 내부 모습.

아래   리히텐탈 성당의 파이프오르간.

성공에 힘입어 아버지가 바라던 교사의 길을 내려놓고 본격적으로 작곡가의 길을 걷는다. 이 미사곡은 그가 공식적으로 발표한 라틴어 원문으로 된 총 여섯 편의 미사곡 가운데 첫 작품이다. 그러니 리히텐탈 성당은 슈베르트가 종교음악가로서 처음 이름을 알린 곳이라고도 볼 수 있다.

이 작품의 초연이 슈베르트 개인에게도 뜻깊은 이유가 또 하나 있다. 그의 첫사랑인 테레제 그로프가 소프라노 솔로를 맡았던 것이다. 슈베르트보다 한 살 어린 테레제는 이 교회의 솔리스트로 활동하고 있었다. 슈베르트는 이 첫 번째 미사곡 말고도 성모 찬송가인 〈살베 레지나〉와 〈지존하신 성체〉 등을 그녀의 목소리를 염두에 두고 작곡했다. 그는 테레제와 결혼하려고 했던 것으로 추측된다. 그러나 당시의 취약한 재정 상태를 벗어나기 위해 라이바흐에 있는 교사 양성 대학의 음악 교사 자리에 지원했다가 떨어지면서 결국 결혼을 포기한 것으로 보인다. 이후 슈베르트는 1814년부터 1816년까지 테레제를 위해 작곡한 16편의 노래를 모아 그녀에게 보내주었는데, 테레제는 이를 죽을 때까지 소중히 간직했다고 한다. 이것이 후대에 남은 그들의 유일한 사랑의 징표다.

슈베르트는 〈F장조 미사곡〉을 자신의 선생님인 홀처에게 헌정했다. 노스승은 천재 소년 슈베르트가 더 높은 곳으로 날 수 있도록 1808년에 궁정 소년합창단 시험에 응시하도록 도와준 분이었다. 당당히 합격한 슈베르트는 이후 안토니오 살리에리의 문하생으로 들어가 궁정 앙상블 단원으로 활동한다. 그러니까 지금의 '빈 소년합창단'이 바로 슈베르트의 직속 후배인 것이다. 이 합창단은 외국이나 외지로 자주 순회 연주를 다니긴 하지만, 정예부대라 할 멤버는 홈그라운드에 남아 이곳

하인리히 홀파인, 〈테레제 그로프의 초상〉, 1830년 이후.

궁정의 전례를 지킨다.

　슈베르트가 궁정 앙상블 단원으로 활동하면서 머물렀던 '궁정 기숙학교'가 현재 빈 1구의 예수회 성당 바로 옆에 남아 있다. 그리고 병행해

서 다니던 학교 '아카데미 김나지움'은 베토벤 광장에 위치하고 있다. 그
는 이 두 학교에서 실내악 작품에 대한 경험을 넘어 오케스트라 활동까
지 하게 되면서 편성이 훨씬 더 큰 음악을 접할 수 있는 기회를 얻는다.
이로써 슈베르트는 악기를 연주하는 것뿐만 아니라 실내악과 관현악
작품까지 작곡의 범위를 넓히게 된다.

이렇듯 슈베르트는 어린 시절부터 활발한 음악 활동을 하며 좋은 스승과 친구들을 만났다. 그중에서도 살리에리는 슈베르트에게 노래뿐만 아니라 작곡 기법, 특히 이탈리아 성악 작법까지 가르쳤다. 그와 함께한 수업은 슈베르트가 궁정 앙상블을 떠난 이후에도 1816년까지 계속되었다. 그리고 그 시기에 작곡한 작품번호 5번 〈괴테 가곡집〉을 살리에리에게 헌정하며 존경을 표했다.

어느 일요일, 나는 빈 소년합창단이 매주 봉헌한다는 주일 미사를 참례하기 위해 '호프부르크 궁정 채플'을 찾았다. 매주 다른 미사곡을 연주하지만, 마침 그날은 슈베르트의 〈G장조 미사곡〉을 올리는 날이었

요제프 멜러, 〈살리에리의 초상〉, 1815년.

호프부르크 궁정 채플에서 노래하는 빈 소년합창단.

다. 이 곡이 바로 1815년, 그가 열여덟 살에 작곡한 두 번째 라틴어 미사 곡이다. 위대한 선배의 음악을 그 자리에서 직접 연주하는 심정은 어떨까? 적어도 다른 작품이니 다른 장소에서 연주하는 것과는 다른 특별함과 떨림이 있지 않을까.

이 미사곡은 소프라노와 테너, 베이스 독창자가 필요한 작품인데, 합창은 소년합창단 멤버들이 소프라노와 알토 파트를, 빈 국립오페라 합창단 멤버들이 테너와 베이스 파트를 맡고, 독창 역시 이들 중에서 배정된다. 과거에는 여성들이 전례 봉사를 할 수 없었기에 남성으로만 이루어진 앙상블의 전통이 그대로 살아 있는 것이다.

미사를 드리러 가는데도 입구에서 표를 사서 2층 발코니의 지정 좌석으로 올라가자니 기분이 묘하다. 아마도 많은 사람들이 미사보다는 그저 연주를 들으러, 혹은 관광객의 호기심으로 이곳을 찾을 테니 무턱 대고 입장을 허락하긴 어려울 듯했다. 혼잡한 입구를 뚫고 자리를 잡고 앉자 미사가 시작되었다. 먼저 '자비송'이 올랐는데, 마치 슈베르트의 기도가 합창단의 목소리를 통해 울려 퍼지는 듯했다.

빈을 여러 번 여행했고 다양한 곳에서 음악을 들어왔지만, 이렇게 마음이 맑아지는 감동은 어디에서도 느낄 수 없었던 특별한 경험이었다. 소프라노 솔로를 맡은 소년은 멤버들 중에서도 가장 어려 보였다. 그는 멀리까지 전달되는 미세한 떨림으로 여러 구간의 어려운 선율들을 감당하고 있었다. 그 모습에는 어른의 노련함과는 다른 진지함이 깃들어 있었고, 내가 오랫동안 잊고 있던 노래에 대한 초심을 다시 돌이켜보게 하는 힘이 있었다. 어린아이의 마음이 하늘과 더 가까운 것처럼, 그들의 목소리도 분명 그러했다. 슈베르트가 이 곡을 쓰면서 염두에 둔 독창자의 목소리가 바로 이 목소리였을 거란 생각이 들었다.

슈베르트가 숨을 거둔 마지막 집   케텐브뤼켄가세

감동적인 미사가 끝나고 궁정 채플을 나서면서 슈베르트의 짧은 생애가 더욱 안타깝게 느껴졌다. 이제 그가 마지막을 보낸 집으로 향한다. 이 집은 원래 그의 형 페르디난트의 아파트였다. 말년에 가난에 쪼들린 슈베르트가 형의 새집에 함께 이사를 들어간 것이다.

4호선을 타고 케텐브뤼켄가세Kettenbrückengasse 역에 내려 길을 따라 5분쯤 걸으니 회색빛의 단정한 집 앞에 당도했다. 입구에서 벨을 누르고

2층으로 올라갔다. 이 집에 슈베르트 가족이 처음 들어왔을 때는 새로 칠한 벽이 아직 마르기도 전이어서 슈베르트의 건강이 더욱 악화되었다고 전해진다. 이미 스물여섯 살에 매독을 치료하느라 여러 달 동안 정신적, 육체적으로 심한 고통을 겪었기에, 사료에 따라서는 근본적인 사인을 매독으로 설명하기도 한다. 그러나 이 집의 안내판에는 장티푸스가 원인이었다고 씌어 있다. 아마도 복합적인 원인이 결합되었던 게 아닐까.

방으로 들어가 보았다. 역시나 두 개의 창문 사이로 슈베르트의 흉상이 자리를 지키고 있고, 중앙에는 형 페르디난트가 소유했던 피아노가 놓여 있다. 페르디난트는 선생님이었지만 작가와 음악가로도 활동했기에 집 안의 분위기는 상당히 음악적이다. 아마도 슈베르트 역시 이 피아노를 사용했을 것이다.

한쪽 벽 구석에는 이 집에서 작곡한 것으로 알려진 소프라노와 클라리넷, 그리고 피아노를 위한 실내악곡인 〈바위 위의 목동〉과 슈베르트 최후의 가곡으로 남은 〈비둘기 진령〉 등 다수의 필사본이 남아 있다. 또한 이사 오기 일 년 전에 완성한 연가곡 〈겨울 나그네〉*의 2부 부분을 이곳에서 수정했다고 하니, 아픈 몸으로 이렇게까지 작곡에 매진했다는 사실이 참으로 놀랍다. 작곡은 그의 생명과 다름없었다는 말밖에는 설명할 길이 없다. 슈베르트는 이곳에서 약 두 달 반을 살았을 뿐이다.

슈베르트를 좇는 여정에서 〈겨울 나그네〉를 이야기하지 않을 수 없다. 총 2부 24곡으로 구성된 이 작품의 1부는 1827년 2월에, 2부는 같은 해 10월에 완성되었다. 출판도 각각 따로 진행돼 1부는 생전에 나왔으나, 2부는 이 집에서 죽기 전까지 수정하고 있었다. 이 작품은 앞서

● 원제는 Winterreise로, 우리말로 직역하면 '겨울 여행'이다.

슈베르트가 최후를 보낸 집.

1823년에 작곡한 〈아름다운 물방앗간 아가씨〉와 더불어 장편 연가곡을 대표하는데, 두 작품 모두 빌헬름 뮐러의 연작시를 사용했다. 특히 〈겨울 나그네〉는 원작 시에 대한 재해석이 탁월한 작품이다. 우선 슈베르트는 뮐러의 연작시와 같은 제목을 사용하면서도 원제에 붙은 관사 'die'를 사용하지 않음으로써 본인만의 새로운 작품임을 드러냈다. 또한 자신만의 드라마를 만들고자 24곡의 순서도 새로 조합했다. 그렇기에 이 작품에는 기본적인 서사가 깔려 있음에도 시간의 흐름보다 순간의 감정에 더욱 집중한 모양새다.

〈아름다운 물방앗간 아가씨〉와 〈겨울 나그네〉의 중요한 공통점은 '방랑'과 '버림받은 사랑'이라는 내용을 담고 있다는 것이다. 그러나 전자에서는 희망적으로 시작한 것과 다르게, 후자에서는 처음부터 이 여행이 쓰디쓴 이별로부터 시작된 것임을 이야기하고 있다. 〈겨울 나그네〉는 음악도 단조로 시작하는 곡이 많고 전체적으로 훨씬 음울하다. 그러나 이 씁쓸하고 절절한 정서는 우리를 좀 더 깊은 방랑으로 인도한다. 제5곡 '보리수'에서는 "성문 앞 우물곁에 서 있는 보리수, 그 그늘 아래에서 수많은 단꿈을 꾸었네. 수많은 사랑의 말들을 가지에 새겨 놓고"라며 한때 아름다웠던 시절을 떠올리기도 하지만, 이제는 죽음으로 향하는 여정을 걷고 있는 것이다.

친구 슈파운의 증언에 의하면, 슈베르트는 이 곡을 작곡한 직후 만족스러운 마음으로 쇼버의 집에 모인 친구들 앞에서 직접 연주하며 가장 먼저 소개했다고 한다. 그러나 친구들은 죽음으로 향하는 너무나 애절하고도 침울한 톤에 놀랐고, 쇼버는 '보리수'만 마음에 들어 했다고 전한다. 이 곡의 작곡이 슈베르트의 죽음을 부채질했다고도 하지만, 사실 과장된 이야기일 수 있다. 오히려 그는 일찍부터 인간이라면 누구도 피할 수 없는 죽음이라는 진실에 가까이 다가가 있었고, 이에 대해 깊이 성찰해 음악으로 표현할 수 있는 재능이 있었다. 그렇기에 시대를 넘어 오랫동안 우리 곁에 머무르는 작곡가로 남을 수 있었던 게 아닐까.

그러나 만약 슈베르트가 〈겨울 나그네〉로 작품 목록을 마무리했다면, 그는 우리에게 '죽음'만을 떠올리게 하는 작곡가로 남았을 수도 있다. 하지만 슈베르트는 최후에 작곡한 작품일수록 오히려 죽음을 넘어 '희망'을 향해 나아간다. 이 집에서 작곡한 〈바위 위의 목동〉 역시 그런 노래다.

이 작품은 각각 가사의 출처가 다른 총 3연으로 이루어져 있다. 1연에서는 목동이 높은 바위 위에 서서 계곡 아래를 바라보며 정처 없는 그리움을 노래하고, 2연에서는 그리움으로 인한 외로움에 온몸의 기운이 소진되는 아픔을 노래한다. 하지만 3연으로 향하면서 다시금 희망에 찬 마음으로 돌아올 것임을 노래한다. 그리하여 음악적으로도 첫 두 연

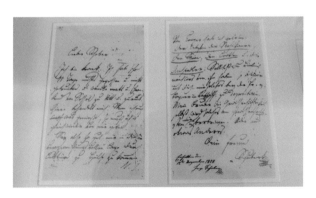

슈베르트가 친구 쇼버에게 남긴 마지막 편지, 1828년 11월 12일.

은 우수 어린 낭만성이 짙은 반면, 마지막 연은 빠르고 활기찬 음표들의 향연으로 마무리된다.

끝나지 않은 희망의 노래 마르가레트 성당

슈베르트는 1828년 11월 19일, 서른한 살의 나이로 형의 아파트에서 생을 마감했다. 이틀 후 마르가레트 성당Pfarrkirche St. Josef zu Margareten에서 열린 장례식에서는 〈그대는 나의 안식〉이 연주되었다고 한다. 슈베르트가 1817년에 쇼버의 시에 곡을 붙인 작품이다. 형 페르디난트는 동생의 뜻을 받들어 그가 생전에 존경한 베토벤의 옆에 묻어주었다. 단 일년 차이로 유명을 달리한 두 음악가는 베링 공동묘지에 이웃해 묻혀 있다가 1888년에 빈 중앙묘지로 함께 이장되었고, 현재는 그곳 음악가 묘역에 나란히 묻혀 있다.

베링 공동묘지는 '슈베르트 공원'으로 바뀌었고, 베토벤과 슈베르트의 유해는 그 자리를 떠났지만, 옛 비석은 그대로 남아 있다. 나는 이 모든 상황과 함께 슈베르트의 또 다른 말년작인 〈강 위에서〉를 떠올릴 수밖에 없었다. 성악과 호른, 그리고 피아노를 위해 쓴 이 작품은 작곡 동기 자체가 베토벤의 일주기 추모 음악회를 위한 것이었다. 그래서 단조 부분에서 베토벤의 3번 교향곡 〈영웅〉 중 제2악장인 '장송 행진곡'의 음악을 인용한 것이다.

1828년 3월 26일의 베토벤 추모 음악회는 슈베르트가 생애 최초로 자신의 음악만으로 꾸린 공공 음악회이기도 했다. 이때 초연한 〈강 위

위 마르가레트 성당.

아래 베링 공동묘지에 묻히는 슈베르트. 오토 에리히가 1900년에 쓴
    『슈베르트 평전』에 실린 사진.

에서)는 큰 반향을 불러 일으켰다. 그는 아마도 베토벤을 향한 존경의 마음과 함께 곧 닥칠 자신의 죽음을 예감하며 작곡에 임했을 것이다. 이 곡의 가사로는 동시대의 시인 루트비히 렐슈타프의 시를 사용했다. 이 시는 원래 베토벤에게 작곡을 의뢰하며 맡겨졌던 것인데, 그가 살아 있는 동안에는 곡으로 실현되지 못했다.

호른의 소리는 때로는 물결처럼, 때로는 처절한 그리움으로 다가온다. 배 위에 서 있는 화자는 물결의 빠른 속도로 육지에서 밀려나고 있음을 노래하는데, 그 육지란 자신의 삶과 사랑이 담긴 공간이다. 그리움에 젖어 안타까워하지만, 그는 결국 하늘의 별을 바라보며 그곳에서 언젠가 '그녀'와 마주할 것을 기약한다. 음악으로 죽음과 삶을 넘나들며 결국 희망으로 마무리되는 이 작품을 통해 슈베르트는 베토벤을, 음악을, 자신의 삶을, 그리고 자신이 사랑한 모든 것들을 그리워하고, 또한 다시 만날 것을 희망하고 있다.

조금 더 살아주었더라면 좋았을 것을……. 생각할수록 마음이 아프고 안타깝다. 하지만 그는 짧은 생을 살았다고는 도저히 믿기지 않을 만큼 방대한 분량의 작품을 남겼다. 어쩌면 슈베르트는 자기 몫을 넘치도록 다 하고 떠난 것인지도 모르겠다. 마치 하늘의 별이 잠깐 우리 곁에 내려와 노래를 선사하고 떠난 것처럼, 그는 짧은 생애 동안 누구보다도 열정적이었다. 그의 노래는 영원히 우리 마음속에 남아 때로 고독하고 비루한 일상을 반짝이며 위로하고 있다.

가곡 〈실 잣는 그레트헨, D.118〉

Jessye Norman(소프라노)
Phillip Moll(피아노)

가곡 〈방랑자, D.489〉

Dietrich Fischer-Dieskau(바리톤)
Alfred Brendel(피아노)

가곡 〈음악에게, D.547〉

Elly Ameling(소프라노)
Dalton Baldwin(피아노)

〈F장조 미사곡, D.105〉 중
'자비송'

Antoaneta Besparova(소프라노)
스베토슬라브 오브레테노프 불가리안 국립합창단
소피아 필하모닉 오케스트라
Georgi Robev(지휘)

연가곡 〈아름다운 물방앗간
아가씨, D.795〉

Peter Schreier(테너)
Konrad Ragossnig(기타)

연가곡 〈겨울 나그네, D.911〉 중
'보리수'

Thomas Quasthoff(바리톤)
Daniel Barenboim(피아노)

가곡 〈마왕, D.328〉

Daniel Norman(테너)
Sholto Kynoch(피아노)
Jeremy Hamway-Bidgood(연출 및 디자이너)

가곡 〈바위 위의 목동, D.965〉

Barbara Bonney(소프라노)
Geoffrey Parsons(피아노)
Sharon Kam(클라리넷)

가곡 〈들장미, D.257〉

Elly Ameling(소프라노)
Dalton Baldwin(피아노)

가곡 〈강 위에서, D.943〉

Ian Bostridge(테너)
Leif Ove Andsnes(피아노)
Timothy Brown(호른)

Johannes Brahms

요하네스 브람스

고독과 자유를 노래하다

브람스의 20년 흔적을 간직한 곳 카를스가세 4번지

빈에서 요하네스 브람스를 처음 만난 건, 그가 이십여 년을 살았던 동네인 카를 광장 근처였다. 카를 광장은 빈에서 내가 가려고 하는 많은 중요한 지역과 인접해 있고, 이곳의 지하철역은 빈에 머무는 동안 가장 자주 이용한 역사였다.

빈 공과대학과 카를 성당을 지나 주변을 산책하는데, 하얀빛의 묵직한 동상 하나가 시야에 들어왔다. 무심결에 바라보니 세상에, 브람스가 아닌가! 나중에 알았지만, 이 브람스 상은 1908년에 브람스의 75번째 생일을 기념해 세워졌다고 한다. 이미 그가 세상을 떠난 지 11년이 지난 후였다.

루돌프 바이어가 만든 이 조각상은 편안하게 앉은 자세로 아래쪽을 지긋이 바라보고 있다. 브람스의 표정이 너무나 생생해서 마치 살아서 나를 쳐다보는 듯하다. 발밑에는 음악의 여신으로 보이는 한 여인이 비통한 표정으로 쓰러져 리라를 뜯고 있는데, 그 모습이 참으로 쓸쓸하다. 이 모든 것이 브람스의 생애와 음악을 전해주는 것만 같다. 브람스 상은 그가 세상을 떠난 후에도 이 동네를 묵묵히 지키고 있다.

사실 빈에서 그의 흔적을 처음 마주친 것은 이곳이 아니라 '하이든 하우스'에서였다. 브람스는 독일 함부르크 출신으로, 그가 빈으로 넘어온 것은 스물아홉 살 때인 1862년이었다. 이후 약 35년 동안 빈에서 살다가 세상을 떠나는데, 그가 이십여 년이나 살았던 '카를스가세 4번지' 집은, 안타깝게도 그가 사망하고 십 년이 지난 1907년에 철거되고 말았다. 이곳의 유품을 빈 악우협회의 아카이브가 보관하고 있는데, 몇 가

카를 광장의 브람스 상.

하이든 하우스에 있는 브람스의 방. 브람스의 초상화 앞에 탁자와 의자가 놓여 있다.

지 물품은 특이하게도 하이든 하우스의 방 하나에 따로 전시되어 있다. 그러니까 이제는 사라져 들어갈 수 없게 된 브람스의 방이 하이든의 집으로 옮겨가 상징적으로 남아 있는 셈이다.

브람스는 하이든이 살았던 시대와 전혀 겹치지 않지만, 그에게서 음악적인 영향을 크게 받았다. 그는 빈에 오기 전부터 스승 에두아르트 마르크센Eduard Marxsen을 통해 하이든의 작곡 기법을 전수받은 상태였다. 브람스는 하이든이 남긴 현악사중주곡 여섯 편과 가곡 한 편의 필사본을 가지고 있었고, 또 다른 작품들도 꾸준히 필사하며 연구했다. 또한 하이든의 클라비코드를 당시엔 그가 소유하고 있었으니(30쪽 참조), 선배 작곡가에 대한 존경과 애정은 놀라울 정도였다. 하이든 하우

카를 뮐러, 〈브람스의 뮤직룸〉, 1906년.
카를 성당이 바로 보이는 카를스가세 4번지 집의 뮤직룸.

스에 전시되어 있는 브람스의 〈하이든 주제에 의한 변주곡, Op.56a〉의
필사본 역시 두 작곡가를 이어주는 중요한 연결고리다.

하이든 하우스의 '브람스의 방'에 들어갔을 때의 기억이 생생히 떠오
른다. 녹색의 벽지가 정갈하면서도 친밀한 분위기를 풍겼다. 왼쪽 정면
에 카를 폰 야게만Carl von Jagemann이 1867년경에 그린 청년 브람스의 초상
화가 걸려 있고, 그 앞에는 자그만 일인용 탁자와 의자 하나가 놓여 있
었다. 그곳에 앉아 브람스와 대화를 나눌 수 있도록 마련해놓은 게 아닐
까 하는 생각이 들었다.

'안녕, 브람스. 살아생전에도 그렇게 몸과 마음이 떠돌더니, 세상을
떠나서도 이렇게 남의집살이인가요?'

하지만 그가 썼던 잉크와 펜, 물병 같은 작은 물건들과 가구들, 그리고 그가 머물렀던 카를스가세 집의 모습을 담은 그림을 보고 있자니, 브람스가 살던 당시를 충분히 상상해볼 수 있어서 반갑고 애틋했다.

브람스의 생애를 엿보다   뮈르추슐라크 브람스 박물관

그러나 브람스가 빈의 음악계에 미친 영향을 생각하면, 이곳에 브람스를 위한 변변한 박물관 하나 없다는 것이 의아하고 안타까웠다. 그래서 브람스가 머물렀던 근교의 다른 지역에라도 그만을 위한 기념관이 있다면 꼭 들러봐야겠다고 생각했다.

브람스는 여름이면 빈을 떠나 조용한 시골 마을에 머물며 작곡에 몰두했다. 그중에서 오스트리아의 산간 지방에 위치한 '뮈르추슐라크Mürzzuschlag'에서는 1884년부터 이듬해까지 두 해의 여름을 보냈는데, 여기서 지내던 집을 박물관으로 꾸며놓았다는 것을 알게 되었다. 이곳은 오스트리아에서 브람스가 살던 곳을 박물관으로 유지하고 있는 유일한 곳으로, 빈 뮤지엄과 악우협회의 지원으로 매우 알찬 전시가 준비되어 있다.

빈의 서남쪽에 위치한 뮈르추슐라크까지는 기차로 한 시간 반 정도 걸린다. 큰 부담이 없는 거리다. 분주한 일정을 과감하게 뒤로하고 기차를 탔다. 창밖으로 뽀얗게 눈 덮인 산이 나타나더니 곧이어 마을이 나오고 다시 하얀 산이 나타나기를 반복한다. 평온하고 아름다운 모습에 여독이 눈 녹듯 사라지는 것만 같다. 이처럼 고요한 마음으로 산다면

위 뮈르추슐라크 역.

아래 뮈르추슐라크의 풍경.

어떤 상념도 다 내려놓을 수 있을 것만 같다. 지난 백여 년 동안 크게 변하지 않았을 마을들을 지나며, 브람스가 왜 이런 곳까지 굳이 찾아왔는지 그의 마음을 헤아릴 수 있을 듯했다.

마침내 기차가 뮈르추슐라크 역에 당도했다. 기차에서 내려 크게 심호흡을 한 번 하고 나니 마음 깊숙한 곳까지 깨끗이 씻겨 나가는 것 같다. 브람스도 아담하고 살가운 이 마을의 모습을 예찬했다고 한다. 역사에서 마주치는 사람들의 말소리도 느릿느릿 정겹기만 하다.

역사를 빠져 나와 조그만 광장을 지나니, 멀리서도 알아볼 수 있는 브람스의 흉상이 눈에 띈다. 바로 그곳에 박물관이 있었다. 이 마을에서 브람스는 수많은 가곡과 합창곡, 그리고 그 유명한 교향곡 4번을 작곡했다. 박물관 내의 작은 홀에서는 한 달에 한두 번 브람스와 관련한 연주회가 열리는데, 방문객은 주로 그런 날에 몰린다고 한다. 이날은 음악회가 열리지 않았지만, 그 덕분에 단독 관람객으로 특별대우를 받으며 박물관에 입장할 수 있었다.

약간은 상기된 마음으로 브람스가 살던 위층 방으로 올라갔다. 제일 먼저 마주친 것은 다소 어두운 긴 통로였다. 양쪽 벽에 그와 인연을 맺은 중요한 인물들과 그가 살았던 지역, 그리고 특별히 빈과 브람스의 관계를 사진 콜라주 조형물로 이해하기 쉽게 소개하고 있었다.

이 전시는 마치 브람스의 생애를 요약하듯, 그의 부모에 대한 소개부터 시작한다. 브람스는 함부르크에서 더블베이스 주자로 활동한 아버지, 그리고 남편보다 17세 연상인 어머니 사이에서 세 남매 중 둘째로 태어났다. 아버지는 여러 악기를 자유자재로 다룰 줄 알았고 재봉사인 어머니는 근면하고 신실했다. 아버지로부터는 음악가의 재능과 열정을,

위 브람스 박물관의 외부.

가운데 브람스 박물관의 내부.

아래 브람스 박물관의 주변 풍경.

어두운 복도 양옆으로 소개되어 있는 브람스의 삶.

어머니로부터는 삶의 자세를 물려받은 브람스의 초년 시절은 이후의
그를 설명하는 데 매우 중요하다.

가난한 집안의 장남인 브람스는 건반 주자로서 교회와 극장, 술집과
무도회장 등 장소를 가리지 않고 일하며 돈을 버느라 고단한 어린 시절
을 보냈다. 그러나 그 와중에도 음악과 삶에 대한 진지한 성품만은 걸고
잃지 않았다. 결국 그의 성실함은 그를 중요한 만남으로 인도했다.

첫 번째 행운은 1850년 헝가리 출신의 바이올리니스트 에두아르트
레메니Eduard Reményi의 반주자로 연주 여행에 동행하면서 찾아온다. 레
메니와의 인연으로 천재 바이올리니스트이자 작곡가인 요제프 요아
힘Joseph Joachim을 만난 것이다. 그는 레메니와 같은 헝가리 출신으로 빈
음악원 동문이었다. 요아힘은 턱과 어깨에 바이올린을 괴는 방법을 개
발해 왼손을 자유롭게 움직일 수 있는 바이올린 운궁법을 처음 개발한
이로 유명하다. 그는 당시 하노버 궁정관현악단에서 일하고 있었는데,

브람스와 그는 성격도 비슷해서 첫 만남부터 깊이 교감을 나누며 평생에 걸쳐 음악적 동반자로 우정과 협업을 이어갔다.

두 사람의 인연은 로베르트와 클라라 슈만 부부^{Robert & Clara Schumann}와의 만남으로도 이어진다. 1853년, 브람스는 요아힘의 소개로 부부가 살고 있는 뒤셀도르프로 찾아가 자신의 피아노 소나타를 들려주었다. 이때 슈만 부부는 브람스의 천재성을 단번에 알아보았고, 개인적으로도 깊은 인연을 맺게 된다. 로베르트 슈만은 자신이 창간한 『음악신보^{Neue Zeitschrift für Musik}』에 '새로운 길'이라는 제목의 기사를 기고하며 브람스를 차세대를 대표할 작곡가로 세상에 알렸다. 그러나 이듬해에 슈만이 앓고 있던 정신질환이 더욱 심해지자 라인 강에 몸을 던지는 사건이 일어난다. 그는 극적으로 구조되었으나, 이후 정신병원에 들어가 2년 후 생을 마감한다.

이때부터 브람스는 생계가 힘들어진 슈만 가족을 자기 가족처럼 돕기 시작한다. 이 과정에서 열네 살 연상의 클라라를 이상적인 여성으로 흠모하게 된 것 같다. 로베르트 슈만을 진심으로 존경하고 있었음에도 청년 브람스가 클라라에게 연정을 품었다는 사실은 몇 통의 편지에서도 확인할 수 있다. 이들의 관계는 음악사에서 줄곧 흥미를 끈 가십 거리였다. 그러나 클라라와 브람스는 시간이 지날수록 음악과 인생의 문제를 공유하며 연정으로만 한정할 수 없는 깊은 관계로 발전한다.

이렇듯 브람스는 고향 함부르크를 떠난 이후 여러 대가들과 친분을 쌓으면서 다양한 도시에서 작곡과 지휘, 연주 활동으로 자신을 알렸다. 그러다가 1859년부터는 고향으로 돌아가 활동을 재개한다. 이때 자신의 작품을 발표하는 첫 연주회에 당대 최고의 바리톤 율리우스 슈톡하

브람스와 클라라의 관계를 보여주는 사진 조형물.

우젠Julius Stockhausen이 출연한다. 당연히 연주회는 대성공을 거두었고, 이후 두 사람은 서로에게 음악적으로나 인간적으로 큰 영향을 미치게 된다. 브람스는 슈톡하우젠에게 가곡 〈아름다운 마겔로네, Op.33〉를 헌정하고, 〈독일 레퀴엠〉의 독창을 맡기는 등 음악적으로 많이 의지했다. 슈톡하우젠 역시 브람스의 가곡을 해석한 초기 연주가로서 중요한 위치를 차지한다.

사실 그 이전까지만 해도 브람스는 한 도시에 정착하겠다는 생각은 하지 않았던 듯하다. 어느 지역에서도 공식적인 직책을 오래 유지한 적이 없었고, 세속적인 욕심도 크게 없었으니까. 하지만 연주회의 대성공으로 충분히 실력을 검증받은 터라, 브람스는 처음으로 고향에 정착하고자 마음먹고 함부르크 필하모닉 오케스트라의 지휘자로 지원한다. 그런데 뜻밖에도 이 자리가 친구이자 성악가인 슈톡하우젠에게 돌아간다. 아마도 이 사건이 그가 고향에 마음이 돌아서게 된 결정적인 이유였을 것이다.

징아카데미의 지휘자

1862년 가을, 그는 빈으로 거처를 옮긴다. 처음에는 이것이 함부르크로 다시 돌아오지 못하는 길이 되리라는 걸 짐작조차 못했을 것이다. 결국 브람스는 빈에서 생을 마친다.

빈에 도착했을 때는 앞날을 몰랐을 테니, 오히려 설레는 마음이 가득했을 것이다. 늘 구름이 잔뜩 낀 흐린 날씨가 계속되는 도시에 살다가

브람스 박물관에 세워진 작곡가들의 흉상. 오른쪽부터 하이든, 모차르트, 베토벤, 슈베르트. 마지막 빈 자리의 주인공은 누구일까?

날씨도 화창하고 문화적 활기가 넘치는 대도시로 왔으니, 상심한 그의 마음도 새로운 활력을 얻었을 게 틀림없다. 마치 인생의 반전처럼 날씨도 풍경도 문화도 상반된 도시로 옮겨 살게 되면서 브람스의 음악도 상상력의 폭이 넓어지고 다채로운 빛깔을 입게 된다.

브람스를 두 팔 벌려 환영한 빈 음악계는 그에게 든든한 음악적 발판을 마련해준다. 그중에서도 1863년 가을부터 이듬해 봄까지 징아카데미Singakademie의 지휘자로 일하게 된 것은 그가 이 도시에 정착하게 된 중요한 계기였다. 징아카데미는 대합창 공연을 목적으로 설립된 합창 연구 단체로서, 지금도 활발한 활동을 이어가고 있다. 하지만 당시에는 창단한 지 약 5년밖에 되지 않은 신생 단체였다.

기반이 약한 징아카데미를 브람스가 이끌게 되면서 이 단체는 공고히 초석을 다진다. 이후 말러, 리하르트 슈트라우스, 브루노 발터 등 역사에 한 획을 그은 음악가들이 줄지어 징아카데미를 맡으면서 세계에 유명세를 떨치게 된다. 징아카데미를 맡기 전에도 브람스는 여러 도시에서 지휘자로 경험을 쌓긴 했지만 빈에서는 피아니스트로서 더 많이 알려져 있었다. 그런데 징아카데미에서 세 번의 정기연주회를 이끌면서 드디어 빈에서도 지휘자로서의 능력을 인정받는다.

징아카데미는 1913년 빈 콘체르트하우스의 개관과 함께 그곳의 상주 단체로 활동하며 실내악 규모의 아카펠라 작품부터 오케스트라와

콘체르트하우스에서 열린 징아카데미의 〈파우스트의 겁벌〉 공연 장면, 2019년.

함께 하는 대규모 작품까지 다양한 레퍼토리를 선보이고 있다. 나도 빈을 방문하는 동안 콘체르트하우스를 찾아 그들이 연주하는 베를리오즈의 〈파우스트의 겁벌〉을 감상한 적이 있다. 난이도가 꽤 있는 곡인데도 완성도 높은 연주를 보여주었음은 물론이고, 꽉 찬 관객석에서 터져 나오는 청중들의 뜨거운 호응은 결코 잊을 수 없는 감동을 주었다. 까다로운 작품을, 그것도 최고 지휘자들의 통솔 아래 매번 훌륭한 연주로 들려주기에 빈의 시민들이 징아카데미에 갖는 자부심은 실로 대단할 수밖에 없다.

작곡의 산실   브람스의 여름 별장

브람스가 정착해서 산 곳은 함부르크와 빈뿐이지만, 뜨거운 여름에는 시원한 시골 마을로 옮겨 작곡 활동을 이어갔다. 뮈르추슐라크 박물관에서는 특히 그가 머물렀던 지역들을 중요하게 소개하고 있다. 빈과 뮈르추슐라크 외에도 푀르챠흐Pörtschach와 바트 이슐Bad Ischl, 그리고 프레스바움Pressbaum 등이 중요한데, 지역별로 방을 나누어 그곳에서 만난 사람들과 주고받은 편지, 사진과 그림, 사용하던 물품 등을 전시하고 있다.

게다가 각 지역에서 탄생한 음악을 오디오로 들어볼 수 있어서 브람스의 숨결을 더욱 생생하게 느낄 수 있다. 많은 자료들 중에서도 1884년 즈음부터 브람스와 가까이 지냈던 마리아 펠링거Maria Fellinger가 남긴 사진들은 이후 브람스의 삶을 엿볼 수 있는 중요한 자료이다. 19세기 후반

위 퓌르챠흐에서의 생활을 보여주는 사진 및 유품.

아래 바트 이슐에서 맺은 여러 인맥을 보여주는 사진 조형물.
특히 뒷줄 왼쪽에서 세 번째에 서 있는 요한 슈트라우스
2세가 눈길을 끈다.

부터는 이렇듯 사진을 통해 대가들을 만날 수 있으니, 더욱 친숙한 느
낌이 든다.

　하이라이트인 뮈르추슐라크 전시실은 맨 마지막에 등장한다. 이곳
은 예전에 '붉은 고슴도치'라는 별명으로 불린 여인숙이었다고 한다.
그가 실제로 머물렀던 장소에 들어와 있는 것만으로도 마치 그를 만나

뮈르추슐라크 전시실.

는 것같이 설렌다. 이 방에는 그가 자주 사용한 바흐만 사와 뵈젠도르퍼 사의 피아노가 가운데에 놓여 있고, 그의 유품과 사진, 이곳에서 작곡한 음악에 대한 상세한 설명 등이 주변과 벽에 빼곡히 전시돼 있다.

빈에서 브람스가 남긴 흔적을 좇다 보면 분주했던 그의 생활을 충분히 상상할 수 있는데, 여름휴가 중에는 이처럼 조용한 시골에서 단순하게 생활한 것을 보니 어쩐지 안심이 되었다. 뮈르추슐라크에서는 〈4번 교향곡〉 같은 대작을 완성하는 동안에도 지인들과 자주 왕래했다고 한다. 그래서인지 예민한 창작자의 모습은 찾아보기 힘들다. 이곳에 왔을 때는 이미 브람스가 오십 대였는데도 동네 아이들과 가까이 지냈다고 한다. 그는 늘 사탕과 은전을 호주머니에 넣고 다니며 아이들에게 나눠줘 인기를 끌었다. 아이들은 성스러운 음악을 연주하는 요하네스(요한)를 '성 요한'을 떠올리게 하는 '성인'이란 별칭으로 불렀다.

전시장을 한참 둘러보며 브람스와 달콤한 데이트를 하고 나오니, 박물관 관리인이 이곳을 떠나기 전에 브람스의 산책길을 꼭 거닐어보라고 조언한다. 산책길은 박물관 주변의 숲속에 약 5킬로미터 길이로 조성되어 있었다. 살포시 눈이 덮인 언덕길을 올라가니 동화 속 마을에 들어온 것 같은 아기자기한 풍경이 펼쳐졌다.

클래식 음악을 좋아하는 사람들조차 잘 모를 수 있는데, 사실 브람스는 젊은 시절부터 거의 공백 없이 완성도 높은 '가곡'을 꾸준히 작곡해왔다. 노래에 마음을 담을 줄 알았던 브람스는, 절로 선율이 흘러나올 것 같은 이곳에서도 수많은 노래를 작곡했다. 산책길을 천천히 걸으며 당시 브람스가 마음에 두고 있던 젊은 여가수 헤르미네 슈피스 Hermine Spies에게 헌정한 가곡인 작품번호 96번과 97번 노래를 들었다.

왼쪽 브람스의 산책길 표지판.
오른쪽 뮈르추슐라크의 정경.

특히 작품번호 96의 두 번째 노래인 〈우리는 걸었네〉는 브람스의 감미
로운 속삭임을 듣는 듯해 이 길에서 내내 황홀했다.

우리는 걸었네, 둘이 함께.
나는 너무나 조용했고, 그대도 그랬지.
당신이 매번 무얼 생각하는지 알기 위해
나는 많은 것을 주었네.

내가 생각한 것은 말하지 않고 남겨두려네!
한 가지만 말하려 하네, 오직 한 가지만.
모든 게 너무 아름답다고
모든 게 너무 천국처럼 맑았다고.

내 머릿속 생각들이
황금빛 종처럼 울리네.
이토록 황홀하게 달콤하고 사랑스러운 울림
이 세상엔 없네.

〈독일 레퀴엠〉의 탄생 　　　　　　　독일 기사단의 집

뮈르추슐라크에서 빈으로 다시 돌아와 제일 먼저 찾은 곳은 바로 '독일 기사단의 집'이다. 이곳은 모차르트가 잘츠부르크의 직책에서 해임된 에피소드로 유명하지만(48~49쪽 참조), 브람스가 1863년부터 1865년까지 지낸 건물로도 명성이 높다. 빈에서 생활한 초창기에 머문 곳이자, 그의 대표작인 〈독일 레퀴엠〉을 쓰기 시작한 곳이다.

브람스가 처음 빈에 왔을 때 다시는 어머니를 만나지 못하게 되리라 곤 상상하지 못했을 것이다. 브람스는 어머니를 누구보다도 존경했고, 떨어져 지내는 동안에도 내내 그리워했다. 빈에 온 지 3년째인 1865년 2월, 어머니가 위독하다는 소식이 들려왔다. 어머니의 임종을 지키기 위해 서둘러 함부르크로 달려갔지만, 이미 한발 늦고 말았다. 어머니의 죽음으로 브람스는 어떤 말로도 위로가 되지 않는 상실감을 맛보았다.

그러나 쓰라린 마음은 새로운 작품을 쓰는 동력이 되었다. 이 얼마나 역설적인 작곡가의 운명인가. 그는 존경하는 슈만을 떠나보낸 시절부터 이미 구상하고 있던 레퀴엠을 본격적으로 작곡하기 시작한다. 브람스는 〈독일 레퀴엠〉을 자신의 개인적인 아픔이나 상실과 연관시켜 이야기한 적이 한 번도 없었다. 물론 어떤 예술작품이든 창작자의 품을 떠나면 작품에 대한 해석과 평가는 철저히 그것을 향유하는 사람들의 몫이 되긴 한다. 하지만 누군가의 의뢰에 의해서가 아니라 오로지 자신의 의지로 작품을 쓸 때는, 창작자의 분명한 의도가 반영되기 마련이다. 〈독일 레퀴엠〉도 그러하다.

레퀴엠이란 원래 장례미사로, 전례에 쓰도록 정해진 라틴어 텍스트에 곡을 붙여 작곡한다. 그러나 브람스는 마르틴 루터가 번역한 독일어 성경에서 가사를 직접 선택해 곡을 붙였다. 말하자면 전통적인 레퀴엠의 범주에서 완전히 벗어나 있다고 할 수 있다.

또한 브람스의 〈독일 레퀴엠〉이 일반적인 레퀴엠과 가장 크게 다른 점은, 심판에 대한 내용이 없다는 것이다. 브람스는 자신이 직접 성경에서 발췌한 내용으로 작품을 구성하면서 하느님이 인간에게 주는 선물 같은 위로와 구원을 더욱 강조해 종교를 넘어 인류 전체를 아우르는 메시지로 작품을 완성했다.

〈독일 레퀴엠〉은 총 7악장으로, 소프라노와 바리톤의 독창, 그리고 합창과 오케스트라를 위해 작곡되었으며, 연주 시간도 약 70분이나 되는 대작이다. 사실 처음에는 현재의 다섯 번째 악장이 빠진 총 여섯 악장으로 구성되어 있었다. 이 여섯 악장은 1866년 8월에 완성되었고, 1868년 4월에 친구 슈톡하우젠이 바리톤 독창을 맡아 감동적인 초연을 했다. 그러다 바로 다음 달에 현재의 5악장이 삽입되어 지금의 구성이 마무리되었다. 마침 이 5악장에는 새로이 소프라노 독창이 쓰였는데, 이 부분은 전체 작품 중에서 음량을 가장 고요하게 표현하는 아름다운 악장이다.

독일 기사단의 집에 있는 예배당.

왜 계획에 없던 악장을 나중에 삽입했을까? 물론 우리는 정확한 답을 알 수 없다. 그런데 첫 부분에서 소프라노가 부르는 가사를 보면 "이 처럼 너희도 지금은 근심에 싸여 있다. 그러나 내가 너희를 다시 보게 되면 너희 마음이 기쁠 것이고, 그 기쁨을 빼앗을 자가 없느니라"(요한 16:22)이고, 바로 따라서 합창이 "어머니가 제 자식을 위로하듯 내가 너 희를 위로하리라. 너희가 예루살렘에서 위로를 받으리라"(이사야66:13) 를 부른다. 어쩌면 이 부분 만큼은 정말로 개인적인 마음을 담고 싶었 던 게 아닐까? 소프라노의 목소리를 통해 어머니의 목소리를 떠올린 듯 해 들을 때마다 가슴이 먹먹해지면서도 따뜻한 위로가 찾아든다.

독일 기사단의 집에 있는 작은 예배당에 앉아서 이 세상에 없는 어머 니를 그리워하는 브람스의 심정을 헤아려보며 그의 레퀴엠을 들었다. 마침 예배당에는 아무도 없어서 홀로 고요하게 음악에 빠져들 수 있었 다. 바로크와 고전 음악에서 받은 모든 영향을 집대성하기라도 한 듯 꽉 찬 음향을 통해 위로, 허무, 기다림, 연약함, 의지, 갈망, 찬양, 부활 그리 고 안식의 내용이 실려 나온다. 독창과 합창이 서로 시너지 효과를 발 휘하며 여러 성경 구절을 읊어가는 노래는, 인생의 축소판처럼 절절하 면서도 넘치지 않는 감성으로 진중하게 다가온다.

놀랍다! 마치 한 작곡가가 말년에 이르러 최고조의 완성도와 성숙도 를 이룩한 것처럼 들린다. 이 작품을 본격적으로 쓰기 시작한 해에 그 의 나이는 고작 서른두 살이었다. 그럼에도 이처럼 하염없이 깊은 음악 으로 지금까지 우리의 가슴을 울린다.

다시 카를 광장에서

　독일 기사단의 집을 나와, 브람스가 1871년 말부터 남은 생의 전부를
보낸 집이 있었던 자리를 찾았다. 그곳 카를스가세 4번지는 카를 광장
근처에 있는데, 번잡한 도심에서 남쪽으로 약 1킬로미터만 더 가면 바
로 찾을 수 있다. 빈을 여행하는 사람들에게는 가장 익숙한 장소이자
한마디로 브람스의 동네다. 이곳에서는 굳이 브람스를 떠올리지 않더
라도 날이 좋을 때 동네 사람들을 구경하며 잠시 쉬어가기에도 좋다.

브람스가 살던 당시의 카를스가세 4번지의 모습.

카를 광장. 저 멀리 카를 성당이 보인다.

브람스가 살았던 카를스가세 4번지에는 이제 다른 건물이 서 있지만, 그곳의 주변 풍경이라도 보고 싶었다. 브람스의 집터 위에 새로 지은 건물은 한창 보수공사 중이었다. 그래도 그가 살았던 곳임을 알려주는 현판은 확인할 수 있었다. 당시의 거리를 보여주는 사진을 통해 예전 건물의 모습을 상상해보았다. 현관 위의 아름다운 석조 장식과 층마다 조금씩 다르게 디자인해 고요한 가운데 율동감을 느끼게 하는 창문을 이젠 볼 수 없는 것이 아쉽다. 그나마 저 멀리 보이는 카를 성당이 아쉬운 마음을 위로해주었다. 브람스는 창문에서 바로 보이는 바로크식 성당을 바라보며 아름다움에 늘 감탄했다고 한다. 나도 그랬다. 빈에 올 때마다 들르는 이 성당은 무엇보다 많은 작곡가들의 삶과 연결되어 있어서 나에겐 더욱 소중하다.

희한하게도 브람스가 고향을 떠난 이후 처음으로 정착하게 된 이 집에 이사를 오자마자 함부르크에 계신 아버지가 편찮으시다는 소식이 들려온다. 1872년 2월, 브람스는 아버지께 달려가 극진히 보살폈다. 하지만 아버지는 아들이 오기만을 기다리며 버텼다는 듯 그를 보고 난 뒤 급격히 병세가 악화되어 결국 며칠 만에 세상을 떠난다. 이후 브람스는 부모님 두 분이 다 떠나고 없는 고향 함부르크와는 영영 이별한다.

그가 이 집에 들어와 살게 된 1870년대 초반에 작곡한 가곡 중에 눈에 띄는 작품들이 있다. 바로 〈향수〉라는 타이틀이 붙은 세 곡이다. 이 곡들은 작품번호 63번에 속하는 아홉 곡 중 마지막 7, 8, 9번 곡으로, 브람스는 절친한 친구인 클라우스 그로트Klaus Groth의 시를 선택해 이 곡들을 썼다. 이 중에서 가장 유명한 두 번째 곡의 가사는 다음과 같다.

오, 돌아갈 길 안다면
어린 시절의 땅으로 돌아갈 그 사랑스런 길을!
아! 왜 난 미래를 찾아
어머니의 손을 놓아버렸나?

오, 얼마나 갈망하는지
휴식을, 아무 노력 필요 없이 눈 뜨지 않기를.
부드러운 사랑에 감싸여
지친 눈 감기를!

아무것도 찾지 않고, 아무것도 보지 않고

오직 밝고 부드러운 꿈만 꾸기를.

시간의 흐름 보지 않고

두 번째로 아이가 될 수 있기를!

오, 그렇게 돌아갈 길 알려주오.

어린 시절의 땅으로 돌아갈 그 사랑스런 길을!

나 헛되이 행복 찾으나

황량한 바닷가로 둘러싸여 있을 뿐이네.

어머니 품에서 어린 시절을 충분히 겪어보지 못한 브람스, 고향과 멀어져 다시는 돌아가지 못한 삶의 행로……. 그는 그립고 애틋한 마음을 이처럼 노래에 실어 담담하게 우리에게 이야기를 건넨다.

황금홀에 처음 출근한 예술감독   무지크페라인

브람스가 카를스가세에 자리 잡은 이유 중 하나는, '빈 악우협회'의 콘서트홀 무지크페라인이 바로 근처에 있기 때문이었다. 지금은 우리에게 '황금홀'로 유명한 이 세계적인 콘서트홀은 1870년에 완공한 것으로, 이듬해 12월에 빈 악우협회는 브람스에게 예술감독 자리를 제안한다. 브람스는 빈 악우협회가 새 건물로 이전하고 나서 처음으로 출근한 예술감독이 되었다.

빈 악우협회는 법률가이자 극작가인 존라이트너가 주축이 돼 당시

무지크페라인 전경.

중요한 음악인들의 후원을 맡고 있던 루돌프 대공의 후원으로 1812년 에 창립되었다. 이 단체는 공공 음악회를 개최하고, 교육 기관인 빈 음악원을 창립했으며, 음악 아카이브를 운영하는 등 빈의 음악 발전에 크게 이바지했다. 아마추어 연주 회원들로 시작한 전통은 계속 이어졌으나, 베토벤과 슈베르트 같은 전문 음악인들도 말년에 깊게 관여했으며, 점점 훌륭한 연주 기획으로 규모를 확장해 갔다. 그러던 중 소규모의 협회 건물로는 다양한 공연을 충족시키기 어렵게 되자 새 건물을 짓기로 결정한다. 마침 1863년에 빈 시의 성벽이 허물어지고 링슈트라세가 건설되자 그 근방에 새로운 큰 건물을 짓기 시작해 1870년에 완공한 것이다.

브람스의 집에서부터 카를 광장을 거쳐 무지크페라인까지 걸어보았다. 도보로 5분 정도 걸리는 짧은 길이 브람스가 수년간 다닌 출퇴근길이다. 카를 광장의 브람스 동상을 지나 길을 건너 무지크페라인 건물 안쪽으로 들어갔다. 로비 한쪽 끝에 브람스의 또 다른 흉상이 그를 대신해 자리를 지키고 있었다. 또한 이 건물의 실내악용 홀 중에는 그의 이름이 붙은 브람스 홀이 있어 무지크페라인이 여전히 그를 기억하고 있음을 알렸다. 이제는 역사의 한 페이지로 남았지만, 내게는 여전히 현재 진행형인 그의 이름이 반갑기만 하다.

1870년은 빈 악우협회의 새로운 출발을 알리는 시기였기에, 곧 이어진 브람스의 예술감독 위촉은 빈 악우협회나 브람스 모두에게 매우 중요한 의미를 지닌다. 1872년부터 시작한 그의 업무에서 가장 주된 것은 시즌마다 총 6회의 콘서트를 여는 것이었다. 브람스는 프로그램 구성부터 피아노 연주와 지휘까지 다방면으로 깊이 관여했다. 그는 이 콘서트를 통해 자신이 높이 평가하는 바로크 음악부터 당대의 음악까지 다양한 레퍼토리를 청중에게 소개했다. 당시의 기준으로는 매우 학구적이고 새로운 시도였다. 그의 행보가 빈 청중과 음악계의 수준을 얼마나 높이 끌어올렸을지는 가늠하기조차 어려울 정도다.

1875년 2월, 이곳에서 활동한 지 3년이 되었을 때 브람스는 다시 〈독일 레퀴엠〉을 꺼내어 연주했다. 사실 8년 전에 빈에서 처음으로 이 작품을 소개했을 때에는 앞의 3악장만 부분적으로 초연했는데, 그때는 연주상의 오류까지 겹쳐 좋은 반응을 얻지 못했다. 이후 다른 도시에서 7악장 전체를 연주해 큰 성공을 거두기는 했지만, 브람스는 이제 자신의 주 무대가 된 빈에서 꼭 좋은 연주로 다시 선보이고 싶었다. 결국 무지크페라인에서 연주한 〈독일 레퀴엠〉은 다른 어떤 작품보다 더 큰 감동으로 청중을 사로잡았다. 빈에서 당대 최고의 작곡가로 자리매김하는 순간이었다.

하지만 브람스는 빈 악우협회의 예술감독을 맡게 되면서 온갖 행정적인 업무도 감당해야 했고, 이는 큰 부담으로 돌아왔다. 결국 그는 작곡에 매진하기 위해 3년의 시즌을 마치고 나서 과감하게 사임한다. 그러나 불미한 일로 그만둔 것이 아니었기에 협회에서는 그를 명예회원으로 추대했고, 계속해서 긴밀한 관계를 이어나갔다. 또한 브람스 사후에 그의 원본 악보와 자료, 그가 받은 편지들이 모두 협회에 기증되었고, 이 브람스 컬렉션은 2005년에 유네스코 세계문화유산에 등재되었다.

브람스의 마지막 노래

이제 무지크페라인에서 나와 다시 카를 광장으로 방향을 틀었다. 브람스의 장례미사를 올린 카를 성당을 바라보며 그를 기리는 마음으로 마지막 성악곡인 〈네 개의 엄숙한 노래〉를 꺼내 들었다. 1896년 그가 세상을 떠나기 일 년 전에 완성한 이 네 편의 노래는 마치 낮은 음성 하나로 이끌어가는 또 다른 레퀴엠처럼 들린다.

당시 브람스의 나이는 이미 63세였다. 노년으로 향할수록 한 명 두 명 자신의 곁을 떠나는 모습을 지켜보는 것은 가족이 없는 그에게는 더욱 쓸쓸한 일이었을 것이다. 그가 이 작품에 착수한 것은 클라라 슈만이 위중하다는 소식을 접한 1896년 3월이었다. 죽음을 바라보는 마음과 곧 다가올 죽음을 생각하는 마음, 그 모든 것을 담기 위해 성경에서 텍스트를 골라 총 네 곡을 완성했다. 첫 두 곡에서는 삶의 허무가 짙게 묻

산책 중인 노년의 브람스.

카를스가세의 집 서재에서 포즈를 취한 노년의 브람스.

photo: Ludwig Grillich, 1892년경. courtesy of Österreichische Nationalbibliothek

노년의 클라라 슈만.

어나는 단조의 선율이 흐르다가, 세 번째 곡에서는 죽음이라는 단어가 서두부터 본격적으로 등장한다.

아, 죽음아, 자기 재산으로 편히 사는 인간에게, 아무 걱정도 없고 만사가 잘 풀리며 아직 음식을 즐길 기력이 남아 있는 사람에게 너를 기억하는 것이 얼마나 괴로운 일인가!

아, 죽음아, 너의 판결이 궁핍하고 기력이 쇠잔하며 나이를 많이 먹고 만사에 걱정 많은 인간에게, 반항적이고 참을성을 잃은 자에게 얼마나 좋은가!

—「집회서 41:1~2」

대비되는 두 구절을 듣다 보면 죽음의 양면성이 느껴지는데, 앞의 구절은 비통한 분위기의 단조로, 뒤의 구절은 부드러운 음량의 장조로 표현되고 있다. 화자가 마치 다가올 죽음을 덤덤히 받아들이고 있는 느낌이다. 그러나 브람스는 이대로 작품을 마무리하지 않았다. 네 번째 곡에서는 앞의 세 곡과는 전혀 다른 에너지로 곡을 마무리한다.

우리가 지금은 거울에 비친 모습처럼 어렴풋이 보지만 그때에는 얼굴과 얼굴을 마주볼 것입니다. 내가 지금은 부분적으로 알지만 그때에는 하느님께서 나를 온전히 아시듯 나도 온전히 알게 될 것입니다.

그러므로 이제 믿음과 희망과 사랑 이 세 가지는 계속됩니다. 그 가운데에서 으뜸은 사랑입니다.

—「코린토 1서 13:12~13」

자신에게 주어진 시간을 최대한으로 쓴 음악의 거장은, 결국 희망으로 삶과 음악을 마무리했다. 브람스는 이 곡을 쓴 직후인 5월 20일, 클라라의 부고를 들었다. 그 뒤 그도 병세가 악화되어 그해 여름 간암 판정을 받고 이듬해인 1897년 4월 3일에 세상을 떠났다.

카를 성당 앞에서 이 모든 생애를 기억하며 마치 그의 장례식에 초대받은 듯 그의 노래를 흥얼거렸다. 이날따라 하늘이 고운 보랏빛으로 물들었다. 저세상에서 평생 그리워한 모든 이들을 만나 기쁨의 노래를 부르고 있는, 진정 자유로워진 브람스의 얼굴이 문득 떠올랐다.

브람스의 장례 행렬. 카를스가세에서 로트링거슈트라세로 가는 길, 1897년.

가곡 〈우리는 걸었네〉

Elīna Garanča(메조소프라노)
Malcolm Martineau(피아노)

가곡 〈향수〉

Anne Sofie von Otter(메조소프라노)
Bengt Forsberg(피아노)

〈독일 레퀴엠〉 중 제5악장,
소프라노 독창과 합창
'지금은 너희가 근심하나'

Dorothea Röschmann(소프라노)
베를린 필하모닉 오케스트라
베를린 방송합창단
Sir Simon Rattle(지휘)

연가곡 〈네 개의 엄숙한 노래,
Op.121〉 중 No.3
'죽음이여, 고통스러운
죽음이여'

연가곡 〈네 개의 엄숙한 노래,
Op.121〉 중 No.4
'내가 인간과 천사의 말을
할지라도'

〈독일 레퀴엠〉 중 제7악장, 합창
'주 안에서 죽는 자들은 복이
있도다'

Thomas Quasthoff(바리톤)
Justus Zeyen(피아노)

베를린 필하모닉 오케스트라
베를린 방송합창단
Sir Simon Rattle(지휘)

Johann
Strauß II

요한 슈트라우스 2세

춤추며 노래하다

아름답고 푸른 도나우 강

　빈 근교의 멜크와 크렘스 사이를 흐르는 도나우 강에서 유람선을 탄 적이 있다. 고풍스런 건물이 빼곡한 시내와는 달리, 강변에는 청포도 밭이 길게 뻗어 있다. 배를 타고 나아가는 동안 맞바람에 실려 오는 달콤한 포도 향에 취해 슬며시 눈을 감으려는 찰나, 동행 중 한 명이 귀에 이어폰을 꽂아준다. 그가 들려준 음악은 요한 슈트라우스 2세의 〈아름답고 푸른 도나우〉였다. 도나우 강 위에서 듣기에는 실로 완벽한 배경음악이 아닐 수 없다. 경쾌한 선율에 내 마음도 넘실거린다. 아, 왈츠가 이렇게 좋은 곡이었나!

　그때 어렴풋이 깨달았다. 왈츠가 빈 사람들에게 어떤 의미인지……. 늘 몸속을 흐르며 돌고 있는 음악의 핏줄. 우아하고 아름다우며, 흥겹

멜크에 흐르는 도나우 강.

지만 때로는 우수 어린 왈츠는 빈의 자연과 완벽하게 결합해 나의 혈관 속으로 흘러들었다.

예술에 관심이 없더라도 빈 하면 왈츠를 떠올리는 이들이 많다. 지금도 빈에는 곳곳에서 왈츠가 들려오고, 붉은색 궁정 복장을 한 이들이 관광객들을 불러 모으며 왈츠의 콘서트로 초대하곤 한다. 빈 사람들은 언제부터 이렇게 왈츠를 즐기게 되었을까? 또 언제부터 왈츠는 음악회 장에서 즐겨 연주하는 레퍼토리가 되었을까?

사실 빈 사람들이라고 해서 왈츠만 추는 것은 아니다. 그러나 그들의 춤과 사교의 역사를 들여다보면 그들이 점점 왈츠를 선호하는 쪽으로 기울어져온 것은 사실이다. 왈츠는 원래 남부 독일의 삼박자 민속춤인 '랜들러Ländler'에서 유래한 춤곡이다. 18세기 후반부터 오스트리아에서 무도회용으로 정착했고, 19세기 초반 '춤 슈페를Zum Sperl'이나 '아폴로Apollosaal' 같은 무도회장이 문을 열면서 더욱 큰 인기를 끌었다.

그러다가 나폴레옹 전쟁 이후 1814년에 열린 빈 회의를 계기로 이 도시에서는 대규모의 무도회가 중요한 전통으로 자리 잡기 시작한다. 빈 회의는 전후 수습을 위해 오스트리아의 외무장관 클레멘스 폰 메테르니히의 발의로 유럽의 고관대작들이 참여한 회의였는데, 주최자인 오스트리아 황실이 사교를 위한 무도회를 성대하게 개최했던 것이다. 이 때 빈의 왈츠는 단연 무도회의 꽃이었고, 이후 세계적으로 선풍적인 인기를 끈다.

빈 사람들은 매년 카니발 시즌이 되면 여기저기에서 무도회를 여는 전통을 이어가고 있다. 이 중에서 현재 가장 큰 행사는 빈 국립오페라 극장에서 전 세계로 생중계하는 '오페라 무도회Opernball'이다. 이 행사

빈 국립오페라극장(슈타츠오퍼).

카니발 기간에는 빈 국립오페라극장이 제 역할을 잠시 멈추고 무도회장으로 바뀐다.

오페라 무도회 중간에 노래하는 메조소프라노 마르가리타 그리츠코바, 2014년.

빈 국립오페라극장에서 열린 오페라 무도회, 2014년.

는 언제나 빈 국립발레단의 공연과 함께 그들을 양쪽으로 가르고 등장하는 올해의 스타 오페라 가수가 부르는 노래로 시작한다. 노래가 끝난 다음에는 무도회에 데뷔하는 180쌍의 젊은이들이 춤을 춘다. 오랜 시간 춤 훈련을 받은 이들이 폴로네즈나 폴카 등 여러 춤을 선보이다가 마지막은 항상 〈아름답고 푸른 도나우〉에 맞춰 왈츠를 추면서 마무리한다. 여기까지가 공식적인 행사이고, 행사가 끝나면 무도회에 초대된 모든 이들이 춤의 페스티벌을 즐기며 다음 날 새벽까지 흥겨운 무도회를 이어간다.

빈의 왈츠가 음악적으로 발전하는 데에는 19세기 초 요제프 라너Joseph Lanner와 요한 슈트라우스 1세Johann Strauss I의 공이 가장 컸다. 그들은 이미 존재하고 있던 3/4박자의 왈츠를 재정비하여 분명한 형식을 갖추게 함으로써 왈츠를 단순한 춤곡에서 예술작품으로 승격시켰다. 요한 슈트라우스 1세의 장남 요한 슈트라우스 2세는 이미 정형화된 왈츠의 형식 위에 악기 편성을 더욱 보강해, 교향악적인 음악 장르로 발전시킨 장본인이다.

세계의 음악 팬을 위한 새해 선물   빈 필하모닉 오케스트라

빈의 교향악적 왈츠가 전 세계인에게 알려지게 된 또 다른 주요 행사가 있다. 바로 빈 필하모닉 오케스트라가 매년 1월 1일 오전에 여는 신년음악회다. 내가 왈츠나 폴카를 처음 접한 게 언제였는지를 떠올려보면, 어린 시절 우연히 접한 빈 신년음악회 영상이 생각난다. 그때 나는 마치 새해엔 이토록 흥겨운 일이 벌어질 것처럼 듣는 내내 마음이 설렜다.

　처음은 아마도 1987년 신년음악회였을 것이다. 온통 금빛으로 빛나는 벽과 천장, 고풍스러운 샹들리에가 드리워진 무지크페라인은 신년 의례라도 치르러 온 듯 달뜬 기대감을 감추지 못한 관객들로 꽉 채워져 있었다. 그날의 주인공은 단연 마에스트로 카라얀이었다. 우아하게 움직이는 대가의 지휘봉을 따라 빈 필하모닉 오케스트라는 흥겹고 힘차며 때로는 감미롭게 왈츠와 폴카를 연주했다. 당시의 연주는 아직 어린 나에게도 황홀한 경험이었다.

　이렇게 신나고 재미있는 곡들은 도대체 누가 작곡한 걸까. 너무나 궁금해서 프로그램을 살펴보니 작곡가가 모두 슈트라우스라는 성을 가지고 있는 게 아닌가. 깜짝 놀라서 다음 곡을 기다리는데 붉은 드레스를 입은 소프라노 캐슬린 배틀Kathleen Battle이 특유의 청아한 목소리로 슈트라우스 2세의 〈봄의 소리 왈츠〉를 불렀다. 그녀의 목소리는 봄 햇살에 녹은 개울물이 경쾌하게 흘러가듯 청량하게 들렸다. 나중에 알게 된 사실이지만, 빈의 신년음악회는 빈 필하모닉만의 연주로 이루어지는 것이 일반적이었다. 아주 가끔 합창이 어우러지기도 하지만, 독창자가 신년음악회 무대에 선 것은 이때가 유일무이했다. 어린 시절에 꽤 진기한 경험을 한 셈이다.

　1987년의 이 공연은 여러모로 특별한 신년음악회였다. 그해부터 신년음악회에 매년 지휘자를 새로 초빙하는 제도를 도입했고 그 덕분에 카라얀이 지휘를 맡았던 것이다. 이때부터 지휘자가 어떻게 프로그램을 짜는지, 그의 구성력 또한 중요한 감상 포인트가 되었다. 그해의 공연에서 카라얀은 슈트라우스 가족의 작품을 중심으로 프로그램을 구성

빈 1구에 위치한 음악의 집. 빈 필하모닉의 역사를 만날 수 있다.

하는 전통을 유지하면서도, 콜로라투라 소프라노를 위해 작곡한 〈봄
의 소리 왈츠〉를 신년음악회의 하이라이트로 올렸다.(현재 이 곡은 주로
관현악곡으로 연주되고 있다.) 그의 파격적인 행보는 전 세세의 주목을 받
았다. 카라얀의 기획력이 또 한 번 빛을 발한 순간이었다. 이때부터였던
것 같다. 나는 신년이 다가오면 올해는 누가 신년음악회를 지휘하는지,
프로그램은 어떻게 구성되는지 설레는 마음으로 기다리게 되었다.

매년 빈 시민들뿐만 아니라 세계 음악 팬들의 새해 첫날을 책임지는
빈 필하모닉의 역사를 만나기 위해 빈 1구에 위치한 '음악의 집Haus der
Musik'을 찾았다. 총 4층으로 이루어진 박물관인데, 1층에는 빈 필하모닉
과 빈 국립오페라극장의 역사가 전시되어 있고, 2층은 소리 체험 공간

왼쪽 빈 필하모닉의 창립자 오토 니콜라이의 왁스 조각.
오른쪽 빈 필하모닉의 역대 신년음악회 포스터와 사진들.

으로 사용되고 있다. 3층에는 빈에서 활동한 주요 작곡가들에 관해 전시하고, 마지막 4층에는 관람객들이 인터렉티브로 지휘 체험을 할 수 있는 공간이 준비되어 있다.

1층에서 가장 반가운 공간은 빈 필하모닉의 신년음악회 포스터와 사진들이 가득한 방이다. 그 옆에는 이 음악회들을 영상으로 감상할 수 있는 장소가 마련되어 있다. 빈 필하모닉의 역사에서 신년음악회가 얼마나 중요한지를 엿볼 수 있는 부분이다. 이 공간을 꼼꼼히 들여다보고 있자니 감회가 새로웠다. 신년음악회 영상을 틀어놓고 멍하니 앉아 화면을 응시했다. 매년 설레며 이 공연을 기다리던 내 모습이 떠오르고, 매번 느꼈던 크고 작은 전율이 또다시 등골을 타고 흐른다. 빈의 핏줄기와도 같은 가장 빈다운 음악인 왈츠를 만난 그때가 내가 빈과 사랑에

음악의 집에 전시된 〈요한 슈트라우스 2세와 브람스의 사진〉, 1894년.

빠진 첫 순간이었다는 걸 문득 깨닫는다.

사실 1842년부터 시작된 빈 필하모닉 오케스트라의 초기 역사를 살펴보면, 슈트라우스 일가의 음악이 일찍부터 그들의 관심을 끈 것은 아니었다. 오히려 당시에는 대중음악으로 평가 절하되었다. 그런데 리스트, 바그너, 브람스 등 당대 최고의 음악인들이 슈트라우스 일가의 음악에 깊은 신뢰를 보이면서 재평가받게 된다. 특히 브람스와 슈트라우스 2세의 돈독한 우정은 널리 알려져 있다. 두 사람은 1862년에 처음 만났는데, 이후 브람스는 빈 근교의 바트 이슐에 있던 슈트라우스 2세의 여름 별장에 자주 들르곤 했다. 브람스는 슈트라우스 2세를 인간적으로 매우 좋아했을 뿐 아니라 음악적으로도 깊이 존경했다. 이와 관련한 재미있는 일화가 있다.

하루는 슈트라우스 2세의 의붓딸인 알리체가 브람스에게 사인을 받으려고 부채를 내밀었다. 브람스는 거기에 자신의 곡이 아니라 슈트라우스 2세의 〈아름답고 푸른 도나우〉 첫 부분의 멜로디를 그려 넣었다. 그리고 이렇게 적었다.

"유감스럽게도 이 곡은 브람스의 작품이 아니다."

대중적인 작곡가라는 인식에서 벗어나 점차 자신의 음악적 가치를 인정받은 슈트라우스 2세와 빈 필하모닉의 관계는 작곡가가 세상을 떠난 1899년까지 서서히 깊어졌다. 그들의 첫 만남은 1873년 4월 22일, 무지크페라인에서 열린 무도회였다. 이날 슈트라우스 2세는 무도회를 위해 작곡한 왈츠 〈빈 기질〉을 직접 지휘하기 위해 빈 필하모닉 오케스트라 앞에 바이올린을 들고 나타났다. 이후 작곡가의 말년인 1890년대에는 수차례에 걸쳐 협연했으며, 슈트라우스 2세와 필하모닉은 서로를 존경의 마음으로 대하게 되었다.

슈트라우스 2세가 세상을 떠난 후 빈 필하모닉이 다시 그의 음악에 주목하게 된 계기는 그의 탄생 백 주년 기념 연주였다. 1925년 10월 17일과 18일에 열린 정기연주회에서는 〈아름답고 푸른 도나우〉를, 또 생일 당일인 10월 25일에는 슈트라우스의 작품으로만 구성된 프로그램을 연주했던 것이다. 이후 지휘자 클레멘스 크라우스Clemens Krauss는 이 전통을 이어받아 1929년부터 1933년까지 잘츠부르크 페스티벌에서 빈 필하모닉과 함께 슈트라우스 프로그램을 매년 연주했고, 이것이 지금의 빈 신년음악회의 뿌리가 되었다.

지금은 삶의 행복과 여유가 가득한 음악을 들려주는 신년음악회이지만, 사실 역사를 거슬러 올라가면 그 시작은 결코 밝지 않다. 오스트리아가 나치 정권에 병합된 시절인 1939년 12월 31일, 크라우스의 지휘로 신년 전야음악회가 열린 것이 그 시초이기 때문이다. 슈트라우스 일가의 음악만으로 구성된 이 음악회에서는 나치 정권하의 암울한 상황을 감추기라도 하듯 밝고 경쾌한 음악이 무대에 올랐다. 음악회가 나치의 선전용으로 이용된 것이다. 이후 이 음악회는 1941년 1월 1일 낮에 '요한 슈트라우스 콘서트'라는 이름으로 이어졌고, 종전까지도 계속되었다.

그러나 종전 이후부터는 빈의 음악적 역사를 보존하고 세계인에게 희망찬 새해 첫날을 알리는 의미 있는 행사로 재정립되어 해마다 계속되고 있다. 프로그램 역시 춤곡을 주로 연주하는 기본 취지는 유지하되, 슈트라우스 이외에도 다채로운 음악을 소개하는 식으로 확장되고 있다.

음악 가족의 탄생   슈트라우스 2세의 집

빈에서 슈트라우스의 가족을 만나기 위해 제일 먼저 찾아간 곳은 프라터슈트라세Praterstraße에 위치한 요한 슈트라우스 2세의 집이다. 그가 1863년부터 1870년까지 지낸 집으로, 현재 다른 작곡가들의 집과 마찬가지로 빈 시에서 박물관으로 운영하고 있다.

한때는 빈 신년음악회의 프로그램 전체를 장악했고, 현재도 대부분의 레퍼토리를 차지하는 것은 슈트라우스 가족의 음악이다. 그들은 어떻게 이런 위치에 오르게 되었을까?

그 근간이 된 것은 아버지 요한 슈트라우스 1세다. 그는 1825년에 마리아 안나 슈트라임Maria Anna Streim과 결혼해 여섯 명의 아이를 낳았는데, 일찍 세상을 떠난 페르디난트, 그리고 두 누이 안나와 테레제를 제외하고 장남인 요한 슈트라우스 2세와 그 아래 요제프와 에두아르트가 모두 왈츠 작곡가 및 지휘자로 활동했다.

요한 슈트라우스 1세는 일찍이 요제프 라너 악단의 바이올리니스트로 활동을 시작했다가 1834년부터는 자신의 악단을 독립적으로 창설하면서 지휘자이자 작곡가로 입지를 다졌다. 하지만 잦은 해외 연주 여행으로 부인 안나와는 점점 소원해졌고 결혼 생활은 그다지 행복하지 못했다. 결국 그는 에밀리 트람푸쉬Emilie Trampusch를 정부로 두게 되면서 가족과 점차적으로 멀어졌다. 하지만 아들들의 훈육만큼은 직접 맡아서 했고, 아이러니하게도 아들들이 음악가로 성장하기를 원하지 않았다. 장남인 슈트라우스 2세는 은행원으로 키우려 했고, 요제프는 군인으로, 막내 에두아르트는 오스트리아의 영사관에 취직하길 원했다. 특히 슈트라우스 2세는 어린 시절부터 아버지의 눈을 피해 몰래 바이올린을 배워 전문가 수준에 이를 만큼 기량을 닦았는데, 이를 알게 된 아버지에게 심하게 매를 맞기도 했다고 한다.

그럼에도 음악의 재능을 타고난 세 아들의 끼를 막을 수는 없었다. 1844년 슈트라우스 1세와 이혼한 안나는 아들들이 음악가로 경력을 쌓을 수 있도록 전폭적으로 지원하게 된다. 더 이상 거리낄 게 없어진 슈트라우스 2세는 부모가 이혼한 그해 10월에 자신의 악단을 만들어 유명한 도박장이자 무도회장인 돔마이어 카지노(현재 카페 돔마이어)에서 지휘자로 데뷔한다. 아직 풋내기였음에도 대단한 성공을 거두는데, 그때 그의 나이 열아홉이었다. 이후 슈트라우스 2세는 작곡가로서 더욱 성장해 마침내 아버지와 경쟁하게 된다.

그러나 아무리 애써도 '궁정 무도회 음악감독'이라는 유례없는 칭호까지 얻으며 승승장구하는 아버지를 이길 수 없자, 슈트라우스 2세는 해외로 눈을 돌려 자신만의 기반을 닦았다. 그러던 중 1849년 9월, 아버지가 성홍열로 갑작스럽게 세상을 떠나면서 상황은 급변하게 된다. 슈트라우스 2세는 아버지의 음악적 유산을 물려받은 인물로 대중에게 각인되며 서서히 그의 자리를 차지한다. 아버지의 악단도 자신이 지휘하게 되고, 1852년부터는 카니발 시즌에 개최되는 궁정 무도회의 음악도 맡게 되었다. 상황이 이렇게 되자 빈과 해외 활동을 병행하기가 어려워졌고, 이미 엔지니어로 발판을 닦은 동생 요제프를 설득해 자기 악단의 또 다른 지휘자로 세우게 된다.

슈트라우스 2세는 워낙 병약했기 때문에 이후 1862년에는 막내 에두아르트까지 지휘자로 합세시켜 역할을 나눠 활동할 정도로 이들 형제의 활약은 대단했다. 그런 가운데 슈트라우스 2세는 유명한 메조소프라노로 활동했던 헨리에테 예티 트레프츠Henriette Jetty Treffz와 결혼한다. 곧이어 1863년에는 아버지의 뒤를 이어 궁정 무도회 음악감독에 임명되면서 이 업계에서 최고의 위치에 오르게 된다. 이 무렵에 슈트라우스 2세는 프라터슈트라세의 집에서 신혼살림을 시작한다.

지하철역 네스트로이플라츠에서 내려 역사를 빠져 나오면 슈트라우스 2세의 집이 건너편에 크게 보인다. 이곳은 현재 빈 2구 레오폴트슈타

프라터슈트라세에 위치한 슈트라우스 2세의 집. 현재 빈 시에서 박물관으로 운영하고 있다.

슈트라우스가 살았던 당시의 프라터슈트라세 대로, 1870년경.

프라터슈트라세 54번지, 슈트라우스가 살았던 집.

트 지역인데, 도나우 강과 근접해 강가 특유의 들뜬 활기가 느껴지는 곳이다. 그는 어린 시절부터 이 근방에 살았는데, 당시 이 지역은 도시 사람들이 여흥을 즐기러 자주 모이는 곳으로 발전하고 있었다. 그의 신혼살림집이 위치한 프라터슈트라세는 당시에도 가장 크고 화려한 대로 중 하나였다. 이 집은 150년이 지났지만 지금 보아도 충분히 시선을 끌 만큼 아름다운 건물이다.

안으로 들어가니 지금까지 내가 방문한 어떤 작곡가의 집보다도 화려한 아우라가 느껴진다. 처음 들어간 방부터 당시 이 근방의 면면을 소개하는 세세한 자료들이 눈길을 끈다. 아버지 요한도, 그 시절에 활동한 또 다른 중요한 지휘자이자 작곡가인 프란츠 폰 주페Franz von Suppé도 전부 이 근방 출신이었다. 이 동네를 묘사한 그림을 보면서 왈츠를 연주하기에 더없이 어울리는 여흥 장소와 극장들이 밀집해 있었던 당시의 모습을 상상해볼 수 있었다.

고급스러운 초록빛 벽지가 인상적인 다음 방에서는 그가 사용한 뵈젠도르퍼 피아노와 오르간이 눈에 띤다. 지금도 이 방에서 파티를 즐길 수 있을 것만 같다. 특히 피아노 옆에는 아이보리 색 드레스를 입은 마네킹이 서 있는데, 그림에서 막 튀어나온 듯 드레스의 질감이 생생하다. 당시의 카니발 무도회를 그린 그림들도 있다. 가장 눈길을 사로잡은 그림은 프란츠 폰 바이로스Franz von Bayros가 1894년에 그린 〈요한 슈트라우스와 함께한 저녁〉이다. 바로 마네킹 뒤에 보이는 그림이다. 슈트라우스 2세의 지휘 50주년 기념으로 그린 것으로, 그와 가깝게 지낸 브람스의 모습도 보여서 더욱 반갑다.

이 방에는 〈아름답고 푸른 도나우〉의 출판 악보 첫 페이지와 여러 버

슈트라우스 2세의 집 내부.
슈트라우스의 악보와 흉상.

〈아름답고 푸른 도나우〉의 초판 악보 표지, 1867년.

전의 원본 악보도 전시되어 있다. 빈 왈츠의 대표작이라 할 이 곡은 슈
트라우스 2세가 이곳에 살던 1867년 2월 15일에 빈의 디아나홀에서
'빈 남성성악협회'가 초연했다. 현재는 관현악곡으로 더욱 많이 알려져
있지만, 처음에는 남성 합창곡이었던 것이다. 슈트라우스 2세는 〈아름
답고 푸른 도나우〉 이전에도 습작으로 몇 곡의 노래를 쓴 적이 있지만,
본격적으로 성악곡을 쓴 것은 이 곡이 처음이었다.

　1843년에 창단한 빈 남성성악협회는 약 2백 명의 회원이 소속된, 당
대 독일어권에서는 단연 최고의 연주력을 자랑하는 합창단이었다. 슈
트라우스 2세는 형제들과 함께 이 단체와 여러 번 협연한 인연으로 이
합창곡을 협회에 헌정했다. 당시 오스트리아는 프로이센과 맞붙은 전

쟁에서 패한 충격에 빠져 있었다. 빈 남성성악협회는 참담한 시민들의 마음을 위로하기 위해 1867년 카니발 기간에 즐거운 분위기를 띄울 수 있는 공연을 준비하고 있었다. 슈트라우스 2세는 이 공연을 위해 급히 곡을 썼고, 여기에 협회의 작가인 요제프 바일Josef Weyl이 가사를 붙였다. 내용은 빈의 농부, 지주, 예술가, 정치인 모두의 슬픈 운명을 풍자적이고 해학적으로 묘사하고 있는데, 결국 근심은 카니발에서 다 잊어버리자는 것이다.

이 작품에서 흥미로운 사실은, 처음 작곡하고 가사를 붙일 때만 해도 제목이 없었는데 이후 출판업자가 악보를 출판하면서 '아름답고 푸른 도나우'라는 제목을 붙였다는 것이다. 이 제목은 헝가리 출신의 시인 카를 벡Karl Beck의 시를 참조한 것으로 알려져 있다. 원래의 가사에는 도나우 강이 등장하지 않기에 이 제목에 대해 작곡가나 작사가가 어떤 반응을 보였는지는 알 수 없다. 하지만 작품과 제목이 찰떡처럼 어울리니 이 곡이 빈을 대표하는 클래식의 명작으로 남는 데 제목도 어느 정도 기여한 바가 있지 않을까. 1890년에는 전쟁에서 패한 아픔을 진하게 연상시키는 바일의 가사 대신에 프란츠 폰 게르네트Franz von Gernerth가 조금 더 일상적이고 우아하게 바꾼 가사로 연주하게 된다. 이후 이 곡은 게르네트의 가사로 전 세계에 알려졌다.

〈아름답고 푸른 도나우〉 이후 슈트라우스 2세는 더욱 승승장구하며 다양한 작품들을 작곡한다. 이 방에서는 잘나가던 그 시절의 여러 공연 포스터와 함께 이 집에서 작곡한 〈빈 숲속의 이야기〉나 〈빈 기질〉 등 다른 유명한 작품들의 출판본도 전시하고 있다.

다른 방에는 슈트라우스 2세를 그린 다양한 그림과 사진, 캐리커처,

슈트라우스 2세의 다양한 실루엣 캐리커처.

조각 및 그의 가족들을 소개하고 있다. 어머니 마리아 안나와 아버지 요한의 불편한 관계를 엿볼 수 있는 자료도 눈에 띈다. 아들의 매니저 역할을 자처했던 어머니와 달리, 다른 여인과 가정을 꾸리고 아들의 음악 활동마저 반대했던 아버지에 대한 반감이 나타난 편지도 전시되어 있다. 또한 1848년 3월 혁명에 대해 서로 다른 정치적 견해를 드러낸 부자의 작품도 함께 전시해놓았다. 왕당파인 아버지의 신년음악회 단골 피날레곡인 〈라데츠키 행진곡〉과 공화주의 성향이 강했던 아들의 〈혁명 행진곡〉이 그것이다. 물론 지금은 두 곡 모두 에너지가 넘치는 활기찬 음악으로 남아 있을 뿐이다.

　슈트라우스 2세와 그의 첫 아내 헨리에테의 사진도 눈에 띈다. 슈트라우스의 부드러운 카리스마도 멋지고, 오페라 가수다운 헨리에테의 미모와 분위기도 인상적이다. 슈테판 대성당에서 1862년 8월 27일에 치러진 그들의 결혼식은 그야말로 장안의 화제였다. 두 사람 모두 당대의 유명인인 데다 헨리에테는 슈트라우스보다 일곱 살 연상이었고 이

첫 부인 헨리에테와 슈트라우스 2세.

미 두 명의 전 남편 사이에서 일곱 명의 자녀를 두고 있었다.

빈의 시민들은 두 사람의 결혼 발표에 충격을 받았고, 동생 요제프도 우려를 표명했다. 그러나 슈트라우스 2세는 그녀가 자신에게 꼭 필요한 존재라는 것을 알았고, 결혼을 강행했다. 결혼 후에 헨리에테는 세인의 우려와는 달리 내조의 여왕으로 변신했다. 슈트라우스의 악보를 필사해 정리하고, 집안 살림을 훌륭히 관리했으며, 개인비서처럼 슈트라우스에게 헌신했다. 또한 슈트라우스의 경력이 더욱 발전할 수 있도록 격려하는 한편, 음악적으로도 큰 영감을 불어넣어 주었다.

세계적인 명성을 얻은 슈트라우스

슈트라우스 2세의 집을 나와 왈츠로 경쾌해진 기분을 이어가기 위해 13구 히칭 지역을 찾기로 했다. 이곳에는 슈트라우스 2세와 관련해 두 가지 중요한 장소가 있다. 그중 하나가 그가 음악가로 데뷔한 '카페 돔마이어Cafe Dommayer'다.

빈에는 수많은 역사적인 카페들이 있어서 카페를 순례하는 일도 여행의 소소한 재미를 더해준다. 다른 유명 카페들은 주로 1구 중심가에 위치한 반면 카페 돔마이어는 쇤브룬 궁전과 가까운 곳에 위치해 있다. 중심가와 다소 떨어져 있긴 하지만, 한적한 분위기와 오래된 카페의 아늑한 분위기가 사랑스러운 곳이다. 18세기 중엽 마리아 테레지아 여제의 여름 별장으로 지어진 쇤브룬 궁전 역시 빈의 관광 명소이니, 쇤브룬을 찾는다면 카페 돔마이어도 놓치지 말기를 바란다.

카페 돔마이어는 슈트라우스 2세가 1844년 10월 15일 자신의 악단과 함께 데뷔한 의미 있는 장소다. 카페 입구에는 콧수염을 멋들어지게 기른 슈트라우스의 입체적인 환조 흉상이 세워져 있다. 흉상 밑에는 "요한 슈트라우스가 세계적인 명성에 이르는 길은 바로 이곳 히칭에서 시작되었다"라는 문구가 새겨져 있다. 슈트라우스에 대한 히칭 사람들의 자부심이 얼마나 대단한지 알 수 있다.

1787년에 오픈한 이곳은 앞서 말했듯이 슈트라우스가 살던 당시에는 '돔마이어 카지노'라는 이름의 도박장 겸 무도회장이었다. 시민들이 춤도 추고 음악도 듣는 유명한 장소로, 그의 아버지와 요제프 라너 악단 역시 이곳에서 수차례 연주를 했었다. 사실 돔마이어 카지노는 현재

위 　카페 돔마이어와 1889년 당시 히칭의 중심 거리.

아래 　현재의 카페 돔마이어.

카페 돔마이어 앞에 세워진 슈트라우스 2세의 흉상.

쇤브룬 파크 호텔이 위치한 자리에 있었으나, 바로 인접한 지금의 자리로 이전한 뒤로는 간단한 식사도 할 수 있는 카페로 운영되고 있다.

워낙 역사가 오래된 카페이고 슈트라우스 부자를 기념하는 중요한 장소이기도 해서 빈을 방문할 때마다 들르곤 했는데, 항상 사람들로 붐볐다. 이상한 것은 사람들이 그렇게 많은데도 번잡스러운 느낌이 들지 않고 오히려 여유로운 기운이 느껴진다는 점이다. 아마도 나와 같은 여행객들보다 지역 주민들이 훨씬 자주 방문하기 때문이 아닐까 싶다.

카페 돔마이어에서는 음식과 커피를 주문하고 느긋하게 신문을 읽으며 하루의 한때를 보내는 이들을 쉽게 볼 수 있다. 일상의 여유를 즐기는 그들을 조용히 바라보다가 나도 멜랑주 한 잔과 달콤한 케이크를 주문했다. 카페의 벽에는 슈트라우스 2세가 활동한 당시의 포스터와

카페 돔마이어의 내부 모습.

그림들이 가득해서, 그 시절을 상상해보는 것도 꿀맛이다.

슈트라우스 2세가 이곳에서 데뷔한 날은 오늘처럼 차분하지는 않았을 것이다. 왁자지껄 떠드는 사람들 중에는 아버지 슈트라우스와 음악적으로 어떻게 다른지 비교하는 사람도 있었을 것이고, 음악적인 내용보다 부자의 갈등에 더 호기심을 가진 이들도 많았을 것이다. 슈트라우스 2세 역시 그런 시선을 따갑게 느꼈을 테지만, 꿋꿋하게 지휘봉을 잡고 연주를 이어갔다. 데뷔 공연에서 그는 여러 작품들과 함께 자신이 직접 작곡한 왈츠와 폴카, 쿼드릴 등을 연주했다. 그중에서 작품번호 1번인 왈츠 〈에피그램〉은 특별히 큰 반응을 일으켰다.

이 근처에는 슈트라우스 2세가 부인 헨리에테와 살았던 또 다른 집

왼쪽 막심슈트라세에 위치한 요한 슈트라우스 2세의 집.
오른쪽 슈트라우스 2세가 1870년부터 1878년까지 살면서 오페레타 〈박쥐〉를 썼다는 내용을
담은 현판.

이 있다. '막심슈트라세'에 위치한 그 집은 카페 돔마이어에 들른 김에
산책 삼아 걸어가기에 좋은 거리에 있다. 왼편에 쇤브룬 궁의 정원을 끼
고 남쪽으로 5분 정도 걸어가면 멀리서부터 눈에 익은 노란 집이 보인
다. 오전에 슈트라우스 2세의 집에서 본 그림과 똑같은 모습이다.

오랜 친구를 만난 듯 반가운 마음으로 고풍스러운 문과 창문이 아름
다운 2층짜리 빌라로 다가간다. 출입문 옆 벽면에 현판이 붙어 있다. 부
인 헨리에테와 1870년부터 8년 이상 이곳에 살며 1874년에 오페레타
〈박쥐〉를 작곡한 곳이라고 기록되어 있다.

앞서 말했듯이, 헨리에테는 슈트라우스 2세를 헌신적으로 내조했으
며 음악적으로도 큰 영향을 끼쳤다. 특히 메조소프라노로 오페라계에
서 명성을 날린 그녀는 관현악 춤곡만 주로 작곡하던 그에게 오페레타
라는 장르를 일깨워준 장본인이기도 하다.

오페레타는 용어 자체로만 보면, 빈에서 탄생한 장르라고 보아도 무방하다. 파리에서 자크 오펜바흐Jacque Offenbach가 오페라 부프Opéra bouffe 라는 장르로 먼저 큰 반향을 일으키고, 이후 빈을 방문해 자신의 작품을 공연하면서 큰 성공을 거둔 것이 빈 오페레타의 시작이다. 오페레타는 오페라에 비해 대사가 중심인 경가극으로, 오펜바흐의 작품에는 풍자적인 요소가 많은 반면 빈에서 연주된 오페레타는 내용적으로 순화된 경우가 대부분이다. 그리고 무엇보다 춤을 추기 좋은 왈츠를 많이 사용한다는 특징이 있다.

헨리에테는 남편의 음악적 역량을 누구보다도 잘 이해했기에, 그가 지닌 풍부한 선율과 리듬의 감성을 성악곡에서도 충분히 발휘할 수 있으리라 믿었다. 그녀와 사는 동안 슈트라우스 2세는 총 여섯 편의 오페레타를 작곡했다. 그러나 헨리에테가 심장마비 후유증으로 1878년 4월 8일 갑작스레 세상을 떠나자, 슈트라우스 2세도 그녀와의 추억이 가득한 이 집을 떠나게 된다.

오페레타 〈박쥐〉를 직관하다   폭스오페라 극장

예전부터 빈에 오면 꼭 〈박쥐〉를 직접 관람하고 싶었다. 사실 이 작품은 1874년 4월 5일 안 데어 빈 극장에서 초연했고, 그가 작곡한 대부분의 오페레타도 그곳에서 공연했다. 세계에서 가장 인기 있으며 완성도 높은 오페레타라고 해도 과언이 아닌 〈박쥐〉는, 빈에서도 여전히 큰 사랑을 받으며 꾸준히 무대에 오르고 있다. 다만 이제는 안 데어 빈 극장

위 　현재의 폭스오페라 극장.

아래 왼쪽 　1899년 1월 19일 〈라이프치히 일러스트〉에 게재된 폭스오페라 극장 일러스트.

아래 오른쪽 　폭스오페라 극장의 이미지로 디자인한 연주회 티켓.

이 아니라 폭스오페라 극장Volksoper이 주요 무대다.

　폭스오페라 극장은 우리말로 하면 '민중 극장'쯤 될 듯하다. 1898년
에 문을 열었을 때는 연극을 상연하는 극장이었으나, 1903년부터 오페
라도 올리기 시작했다. 이후 자코모 푸치니의 오페라 〈토스카〉와 리하

르트 슈트라우스의 오페라 〈살로메〉 등 음악사에 큰 획을 그은 작품들의 빈 초연이 이곳에서 이루어졌다. 또한 빈 출신의 작곡가이자 지휘자인 알렉산더 폰 쳄린스키Alexander von Zemlinsky가 음악감독으로 활동하는 등 20세기 초반 오페라의 역사에서 중요한 역할을 한 장소이다.

제1차 세계대전 이후에는 빈에서 국립오페라극장 다음으로 중요한 오페라 극장으로 자리 잡았고, 1929년에는 가벼운 오페레타도 공연하면서 변신을 꾀한다. 제2차 세계대전 직후에는 파괴된 국립오페라극장을 대신하기도 하면서 실로 다양한 역할을 견인해온 극장이라고 할 수 있다. 국립오페라극장이 재건된 이후 이곳은 독립된 음악극장으로서 오페라, 오페레타, 뮤지컬 등 여러 음악 장르를 소화하며 오늘에 이르고 있다.

폭스오페라 극장에는 매년 다채로운 작품이 올라온다. 그중 〈박쥐〉는 이곳에서 거의 매년 상연될 정도로 가장 인기 있는 레퍼토리다. 원래 〈박쥐〉의 대본은 로데리히 베네딕스Roderich Benedix의 희극 『감옥』을 프랑스의 앙리 메이약Henri Meilhac과 루도비크 알레비Ludovic Halévy가 보드빌(프랑스의 전통 가극)을 위한 대본으로 번안한 〈레베이용Le réveillon〉에 기반한다. 그런데 〈레베이용〉은 지나치게 프랑스적이어서 이를 카를 하프너Karl Haffner와 리하르트 게네Richard Genée 두 사람이 빈의 청중을 위해 독일어로 개작한 것이 바로 〈박쥐〉이다. 원작의 제목인 '레베이용'은 프랑스에서 크리스마스나 새해 전에 먹는 성대한 만찬을 의미하는데, 독일어권에는 이러한 전통이 없기 때문에 무대도 무도회장으로 바꾸고, 제목도 새로 정하게 된 것이다.

총 3막으로 이루어진 〈박쥐〉의 제목은 극 중 주인공의 친구 팔케가 말하는 '박쥐의 복수'라는 문구에서 유래했다. 팔케는 예전에 친구에게 속아 박쥐 분장을 한 채 대낮에 돌아다니다 곤욕을 치른 터라 이번엔 팔케 자신이 이들을 속이기 위한 복수극을 꾸몄다는 의미이다.

부르주아 계층인 아이젠슈타인과 로잘린데 부부, 그리고 하녀 아델레는 서로를 조금씩 속이며 2막의 오를로프스키 공작의 궁에서 열리는 가면무도회에 각자 비밀리에 참석한다. 이곳에서 아이젠슈타인은 가면을 쓴 로잘린데가 다른 여성인 줄 알고 유혹해 그녀의 분노를 사지만, 실은 그녀도 잠깐 외도를 한 상태다. 또한 아델레도 교도소장 프랑크가 여배우로 키워주겠다는 말에 깜빡 속아 넘어간다. 그러나 이 모든 상황이 팔케가 꾸민 것으로 밝혀지면서, '모든 것은 샴페인 때문이다'라는 마지막 노래를 함께 부르며 용서로 막을 내린다.

어찌 보면 단순한 내용의 음악극인데 어떻게 세계적인 인기를 꾸준히 유지하는 걸까? 아마도 몇 가지 성공 요인을 꼽을 수 있을 것이다. 무엇보다 스토리 자체가 식상하지 않고 매우 유쾌하게 전개된다는 점을 들 수 있다. 두 번째는 빈의 음악다운 다채로움이 귀를 즐겁게 한다는 점이다. 세 번째는 곡 자체가 가수들의 높은 기량을 요구하기 때문에 매번 수준 높은 노래를 선사한다는 점이다. 그리고 마지막으로 극 중 파티 장면은 매번 새롭게 연출할 수 있는 가능성이 있기 때문에 계속해서 다음 작품을 기대하게 만든다는 점이다.

예전부터 〈박쥐〉만큼은 꼭 폭스오페라 극장에서 올리는 프로덕션으로 보고 싶었다. 마침 이번에 절묘하게 타이밍이 맞아서 드디어 공연을 보게 되었다. 티켓 예매에 성공했을 때 얼마나 기뻤는지…… 극장 근

^위 폭스오페라 극장 내부.

^{아래} 〈박쥐〉 상연 장면, 2018년.

처를 오가며 여러 번 보았던 밝은 베이지색 건물은 그날따라 더욱 깔끔한 모습으로 눈길을 사로잡았다. 극장의 내부 역시 국립오페라극장과는 달리 소박해서 마음을 편안하게 해준다. 극장을 가득 메운 관객들도 동네에서 만난 친근한 이웃 같은 모습이다.

이 작품에는 기억에 남을 만한 멋진 아리아와 듀엣 곡이 넘친다. 1막의 주인공들이 부르는 삼중창 '이젠 저 혼자 남는군요', 2막의 오를로프스키 공작의 '나는 손님을 초대하는 것을 좋아하오', 아델레의 '나의 후작님', 로잘린데와 아이젠슈타인의 '시계 듀엣', 로잘린데의 '차르다시 Csárdás', 그리고 마지막의 '샴페인 피날레' 등 작품의 내용과 상관없이 노래만 들어봐도 충분히 흥겹다.

오랜만에 빈에서 마음 편히 무대를 감상하며 이런저런 생각에 잠겼다. 이 작품이야말로 빈의 대중들에게는 뼛속까지 익숙한 작품일 것이다. 그런데도 객석을 꽉 채운 관객들은 처음부터 끝까지 연신 박수와 웃음을 아끼지 않았다. 이날 출연한 가수들의 기량도 매우 뛰어났다. 노래와 연기 모두에서 최상의 열연을 보여주었을 뿐 아니라 유머러스한 대사를 애드리브까지 섞어서 소화하는 모습에는 탄복하지 않을 수 없었다. 가수들은 무대와 객석을 환호와 웃음이 뒤섞인 열광의 도가니로 몰아넣었다. 어쩌면 이런 무대가 빈의 진짜 음악인지도 모르겠다는 생각이 들었다.

슈트라우스를 기억하는 마지막 거리   요한슈트라우스가세

슈트라우스 2세가 아버지와 가장 크게 다른 점은 왈츠를 넘어 오페레타라는 장르에서 큰 성공을 거두었다는 것이다. 완성된 작품만 봐도 그는 총 15편의 오페레타를 작곡했고, 프란츠 레하르^{Franz Lehár}와 함께 빈에서 오페레타의 전성기를 이끌었다.

1878년, 이 모든 것에 영감을 준 첫 번째 부인 헨리에테의 사망은 그에게 큰 충격을 주었다. 두 번째 부인이 된 여배우 안젤리카 디트리히와는 행복하지 못했고, 결국 종교와 국적까지 바꾸며 이혼하고 만다. 1887년에 결혼한 세 번째 부인 아델레 도이치는 마침내 그에게 마음의 평화를 가져다주었다. 그녀는 슈트라우스가 사망할 때까지 함께하며 음악 활동을 적극적으로 지지하고 도왔다. 덕분에 슈트라우스는 말년에 다시 한 번 음악적 재능을 꽃피우게 된다.

두 사람이 살았던 마지막 집은 슈트라우스 2세가 세상을 떠날 때까지 기거한 집이다. 슈트라우스 2세는 1899년 5월 22일, 빈 필하모닉과 함께한 궁정오페라극장 정오 연주에서 〈박쥐〉의 서곡을 지휘하던 중에 걸린 감기가 폐렴으로 발전하면서 6월 3일, 73세의 나이로 급작스럽게 생을 마감했다. 그의 마지막 집은 1944년 전쟁 중에 폭격으로 사라져 이제는 당시의 스타일을 찾아볼 수 없다. 하지만 그 집이 있던 '이겔가세' 거리는 그의 사망 직후 '요한슈트라우스가세'로 이름이 바뀌어 여전히 그를 기억하고 있다.

요한 슈트라우스 2세의 흔적은 이렇듯 빈의 곳곳에서 우리를 반긴다. 그중에서도 가장 익숙한 모습은 아마도 사후 22년이 지난 뒤에 시립공원에 세워진 금빛 동상이 아닐까. 지휘자 아르투르 니키시Arthur Nikisch는 이 동상이 세워진 날, 이를 기념해 빈 필하모닉의 멤버들과 함께 이 작곡가의 대표적인 왈츠인 〈예술가의 삶〉, 〈아름답고 푸른 도나우〉, 〈와인, 여자, 그리고 노래〉 등을 연주했다. 슈트라우스 2세의 실루엣은 캐리커처로 여러 곳에 남아 있는데, 이 동상처럼 한 손은 바이올린을, 다른 손은 활을 지휘봉처럼 들고 서 있는 모습이 많다. 그는 이미 세상에 없지만, 살아 움직이며 춤추는 노래로 영원히 우리 곁에 남아 있을 것이다.

빈 시립공원에 세워진 슈트라우스 2세의 동상.

왈츠 〈아름답고 푸른 도나우,
Op.314〉

빈 필하모닉 오케스트라
Zubin Mehta(지휘)

오페레타 〈박쥐〉 서곡

빈 필하모닉 오케스트라
Zubin Mehta(지휘)

〈봄의 소리 왈츠, Op.410〉
성악 버전

Kathleen Battle(소프라노)
빈 필하모닉 오케스트라
Herbert von Karajan(지휘)

오페레타 〈박쥐〉 중 제1막 삼중창
'이젠 저 혼자 남는군요'

Pamela Armstrong(소프라노,
로잘린데 역)
Lyubov Petrova(소프라노, 아델레 역)
Thomas Allen(바리톤, 아이젠슈타인 역)
런던 필하모닉 오케스트라
Vladimir Jurowski(지휘)
Stephen Lawless(연출)

〈아름답고 푸른 도나우, Op.314〉
합창 버전

빈 소년 합창단

오페레타 〈박쥐〉 중 제2막
오를로프스키 공작의 아리아
'나는 손님을 초대하는 것을
좋아하오'

Brigitte Fassbaender(메조소프라노, 오를로프스키
공작 역)

슈트라우스 1세,
〈라데츠키 행진곡, Op.228〉

빈 요한 슈트라우스 오케스트라
Alfred Eschwé(지휘)

오페레타 〈박쥐〉 중 제2막
'시계 듀엣'

Håkan Hagegård(바리톤,
아이젠슈타인 역)
Karita Mattila(소프라노, 로잘린데 역)
메트로폴리탄 오페라 오케스트라
James Levine(지휘)

〈혁명 행진곡, Op.54〉

빈 요한 슈트라우스 오케스트라
Franz Bauer-Theussl(지휘)

Hugo Wolf

후고 볼프

시는 노래가,
노래는 시가 되다

빈 가곡의 새 역사

노래가 탄생한 빈의 여러 지역을 순례하면서 빈과 가장 어울리는 작곡가는 아마 슈베르트와 후고 볼프가 아닐까 하는 생각이 들었다. 두 사람이야말로 다른 어떤 작곡가보다 노래에 자신의 삶을 다 바쳤다고 말할 수 있는 사람들이기 때문이다.

그런데 슈베르트의 흔적은 빈의 곳곳에서 마주칠 수 있지만, 볼프의 발자취는 쉽게 발견하기 어렵다. 슈베르트의 생가와 그가 사망한 마지막 집은 모두 시에서 박물관으로 운영하고 있는 반면, 볼프의 경우는 그가 전전한 몇 군데 장소 중 세 곳에 현판만 덩그러니 남아 있을 뿐이다. 슈베르트에 비해 초라하기 짝이 없다.

볼프의 개인적인 삶에 대해서도 세상에 알려진 내용은 많지 않다. 짧은 생을 살았지만 음악과 사람에 둘러싸여 풍요로운 인생을 보낸 슈베르트와 달리 볼프는 젊은 시절부터 우울증에 시달리며 사람들과 친밀한 관계를 맺지 못했고, 천재적인 작곡 실력에도 불구하고 꾸준히 집중할 수가 없었다. 결국 생의 마지막 4년은 정신병원에서 보내야 했다.

가곡만 놓고 비교해보았을 때 슈베르트는 6백여 곡을 작곡했고, 볼프는 2백여 곡을 남겼다. 그 밖의 장르를 비교하면 볼프가 남긴 작품의 양은 슈베르트에 비해 턱없이 적다. 그러나 볼프가 남긴 가곡은 19세기 독일 가곡을 최고의 경지에 올려놓았다고 평가받으며, 슈베르트와 같은 선상에서 이야기될 정도로 중요하다. 어쩌면 그의 삶은 '노래'로 이야기해야 할지도 모르겠다.

적응하지 못한 삶의 흔적

볼프의 삶을 들여다보면, 언제나 주변 환경에 쉽게 적응하지 못하는 모습이 떠오른다. 그럼에도 그는 불꽃같은 열정으로 노래를 남겼다. 그를 기억하기 위해 빈에서 그의 흔적을 찾아보기로 했다.

볼프를 위한 현판이 남아 있는 12구 '헤첸도르퍼슈트라세'의 소박한 집을 먼저 찾았다. 그가 처음 빈에 오게 된 것은 1875년으로, 빈 음악원에 입학하기 위해서였다. 이 집은 그때 볼프가 살았던 여러 거처 중 하나다. 빈에 오기 전에는 오스트리아 남부의 빈디시그라츠(지금은 슬로베니아의 영토다)에서 태어나 살았다.

볼프의 아버지는 원래 가죽세공 기술자이면서 아마추어 음악인으로 여러 악기를 연주할 줄 알았다. 볼프는 네 살 때부터 아버지에게 피아노와 바이올린을 배우며 음악 신동의 자질을 보였다. 어린 시절의 볼프는 음악 외에는 관심이 없었던지 첫 번째 중등학교에서는 '완전한 부적격자'로 찍혀 쫓겨났고, 두 번째 중등학교에서는 필수 과목인 라틴어에서 탈락해 진급도 못하는 등 학교 생활이 순탄치 못했다.

결국 열다섯 살이 되자 아버지의 반대를 무릅쓰고 빈으로 올라가 음악원에 입학하면서 화성학과 작곡을 배운다. 당시 빈 음악원은 유명 음악인이 될 수 있는 등용문이었다. 이 학교를 다니는 동안에 볼프는 동갑내기 작곡가 구스타프 말러를 만나 평생 가깝게 지낸다. 두 사람은 반항적인 기질에서도 닮은 점이 있었던지, 학교의 엄격하고 보수적인 교육 방식에 불만을 품고 함께 공개적으로 비판하다가 징계를 받는다. 결국 말러는 반성문을 쓰고 학교에 남았지만, 볼프는 한 동급생의 모함까

빈 국립음악대학의 정문.

지 겹치면서 2년 만에 이 학교에서도 쫓겨나고 만다. 말러보다 더 성격
이 불같았던 모양이다.

헤첸도르퍼슈트라세의 작은 집에서부터 지금은 '빈 국립음악대학'
이 된 그의 모교까지 전차를 타고 가면 30분가량이 걸린다. 특별히 볼
거리가 풍부한 루트는 아니지만 나에게는 의미 있는 이 길을 따라 볼프
의 등하굣길을 추적해보았다. 나도 어린 시절에 집을 떠나 오랜 시간 타
지에서 학창 시절을 보냈기에, 고향을 떠나 홀로 음악 공부에 매진했던
그의 마음을 헤아려보고 싶었다.

매일 이 길을 걸으며 그는 무슨 생각을 했을까. 풍족하지 않은 집안
살림 때문에 지원도 받지 못한 채 작곡가가 되려는 단 하나의 꿈을 이루
기 위해 홀로 고군분투했을 볼프. 그러나 정작 학교는 그가 원하는 꿈
을 펼칠 수 있는 곳이 아니었다. 보수적인 학교 교육에 분노하며 활활 타
올랐을 그의 표정과 몸짓이 떠오른다. 아마도 이 뜨겁고 예민한 에너지

가 이후 보수적인 독일 가곡의 벽을 넘어 그만의 새로운 가곡을 쓰게 한 원동력이 되었을지도 모른다.

내친김에 4구에 위치한 국립음대에서부터 볼프와 리하르트 바그너의 역사적인 만남이 이루어진 1구의 임페리얼 호텔까지 걸어가 보았다. 15분쯤 걸리는 거리인데, 아무래도 시내 중심과 가깝다 보니 좀 더 볼 게 많은 흥미로운 길이다. 당시 학교에 강한 불만을 품고 있던 볼프는, 오페라를 공연하기 위해 1875년 빈을 찾은 바그너와 직접 만나 나눈 단 한 번의 짧은 대화에서 오히려 더 큰 배움을 얻는다. 특히 바그너의 〈탄호이저〉와 〈로엔그린〉 등을 관람하며 받은 충격과 영감은 그에게 작곡가로서의 명징한 길을 보여주었다.

당시 임페리얼 호텔은 바그너라는 음악계의 거인을 보려고 찾아온 열혈 팬들로 장사진을 이루었다고 한다. 멀리서도 위용을 드러내는 호텔 입구에 도착했을 때 바그너의 현판이 생각보다 크게 박혀 있는 것을 보고 깜짝 놀랐다. 그가 이 호텔에 머문 것은 잠시 동안이었는데도 이토록 자세하게 그를 기념하고 있다니…… 좀 전에 헤첸도르퍼슈트라세에서 보았던 볼프의 소박한 현판과는 판이하게 다른 모습이다. 빈에서 바그너의 위상을 실감했다고나 할까. 아마 젊은 볼프가 이곳까지 찾아와 음악계의 거장을 만났을 때도 나처럼 충격을 받았을 듯하다.

당시의 볼프는 작았고, 바그너는 이처럼 컸다. 유럽의 음악인들 사이에서 바그너는 극명하게 호불호가 갈렸다. 추종하거나 싫어했고, 직접적인 영향을 받거나 아예 거부했다. 어쨌건 양쪽 모두 어떤 식으로든 영향을 받았다고 할 수 있으니, 그가 음악사에 끼친 영향이 참으로 컸다는 것을 인정하지 않을 수 없다. 볼프는 추앙하는 쪽이었다. 그는 자신

위　　현재의 임페리얼 호텔.

아래 왼쪽　볼프가 살았던 헤첸도르퍼슈트라세의 집에 붙어 있는 소박한 현판.

아래 오른쪽　임페리얼 호텔 입구에 붙어 있는 바그너 현판.

에게 행운을 빌어주기까지 한 바그너에게 완전히 매료된다.

이후 1883년에 바그너가 세상을 떠났을 때 볼프는 큰 충격을 받는다. 이때 우상을 추모하는 마음으로 유스티누스 케르너^{Justinus Kerner}의 시에 곡을 붙인 노래 〈안식으로, 안식으로〉를 작곡한다. 이 곡은 이전에 그가 썼던 낭만주의 가곡과는 또렷이 구별되는 작품으로 초기 작품 중 최고의 곡으로 평가받는다. 정제된 분위기 속에서 바그너의 음악적 영향이 깊이 드러나는데, 볼프가 후기 낭만주의 작곡가로서 성숙한 시기에 접어들었음을 보여준다. 그러나 보이지 않는 손처럼 자신을 이끌어주고 있다고 생각한 음악의 신을 잃어버리자, 볼프는 방향을 잃은 양처럼 방황했다.

안식으로, 안식으로, 그대 지친 날개여!
단단히 닫아라, 그대 눈꺼풀이여!

세상은 저 멀리 사라지고 나 홀로 남았네.
밤이 찾아와야 하네. 빛이 내 곁에 있도록.

오, 날 이끌어주오, 그대 내면의 힘이여!
가장 깊은 밤의 한 줄기 빛으로.

세상이 준 고통의 공간에서 멀어져
밤과 꿈을 통해 어머니의 심장으로!

이 곡은 바그너의 영혼을 위무하는 곡 같지만, 어찌 보면 스스로를 위한 위로 같기도 하다. 그래서인지, 훗날 이 곡은 볼프의 영혼과 그를 지켜준 사람들을 위해 그의 장례식에서도 울려 퍼지게 된다.

폭포수처럼 터져 나온 가곡   쾨헤르트 부부의 집과 베르너의 별장

빈에서 볼프의 흔적을 찾기 위해 찾은 다음 장소는 1885년, 그리고 1888년과 1894년 사이에 잠시 잠깐 살던 빈 19구 빌로트슈트라세에 있는 집이다. 약간 번잡한 대로변에 위치한 분홍색의 이 집은 이제 다른 사람들이 살고 있는 평범한 건물이다. 하지만 볼프가 살던 당시에는 자연과 가까이에서 고요하게 생활하기에 좋은 장소였다. 볼프는 이 집에서 지내는 동안 마음의 안정을 되찾으며 그의 대표작이 된 〈괴테 가곡집〉과 〈이탈리아 가곡집〉의 일부분을 작곡했다.

볼프기 이 집에서 지낼 수 있었던 것은 평생의 후원자이자 이 집의 주인인 하인리히와 멜라니 쾨헤르트Heinrich & Melanie Köchert 부부의 배려 덕분이었다. 쾨헤르트 부부와 볼프의 인연은 1881년, 볼프가 이 집의 안주인인 멜라니에게 음악을 가르치면서 시작됐다. 하인리히는 보석 상인이자 음악 애호가였는데, 이 인연으로 볼프의 음악 활동을 끝까지 물심양면으로 지원하게 된다.

특히 하인리히 쾨헤르트는 『빈 살롱 신문Wiener Salonblatt』에 볼프를 소개해서, 바그너의 죽음 이후 작곡가로서 방황하던 볼프가 음악 평론가로 활동할 수 있도록 도와주기도 했다. 매주 실린 그의 음악 평론은 당

위 　빌로트슈트라세의 쾨헤르트 부부의 집.

아래　쾨헤르트 집에 붙어 있는 볼프와 관련한 현판.

시 빈 음악계에 대한 뛰어난 통찰력을 보여주지만, 그 자신이 끔찍하다고 여긴 곡에 대해서는 무자비할 정도로 독설을 퍼부었다. 결국 '야생 늑대'라는 별칭까지 얻으면서 많은 이들을 적으로 만들고 만다.

볼프와 쾨헤르트 부부의 사이도 단순히 후원자와 예술가의 관계로 평범하게 흘러가지 않았다. 어느 시점부터인지는 명확하지 않지만, 멜라니와 볼프가 서로 사랑하게 되면서 세 사람의 관계는 매우 복잡하게 얽히게 되었던 것이다. 하인리히가 둘의 불륜 관계를 눈치 챈 것은 거의 십 년 뒤인 1893년으로 알려져 있는데, 두 사람의 관계를 알고서도 여전히 볼프를 후원하고 멜라니의 남편으로 남았다. 하인리히가 볼프의 음악을 너무나 좋아했기 때문인지, 부인을 진정으로 사랑했기 때문인지는 알 수 없다. 다만 좋아하지도 않는 사람을 세상의 눈을 의식해서 계속 후원하기는 어렵지 않았을까. 세 사람의 관계는 이후 극적인 비극으로 치달으며, 여전히 우리에게 비밀스럽게 남아 있다.

이 집에 머문 기간 동안 볼프가 기거한 또 다른 집이 있는데, 바로 빈 근교의 페르히톨즈도르프Perchtoldsdorf에 있는 집이다. 이곳은 볼프가 어린 시절부터 알고 지낸 가족 같은 친구인 하인리히 베르너Heinrich Werner의 별장이었다. 베르너는 볼프가 작곡에 전념할 수 있도록 이 집을 빌려주었다. 1888년 1월, 볼프는 지난해의 절망에서 벗어나 다시 한 번 작곡에 몰두하기 위해 이곳을 찾았다. 1887년에 볼프는 늘 논란이 끊이지 않았던 비평가 활동을 포기한 데다 아버지까지 사망하면서 작곡을 그만둘 정도로 마음이 황폐해진 상태였다.

이 별장은 현재 볼프의 발자취를 찾고 싶은 음악 애호가들에게 매우 중요한 곳이다. 여름 시즌에만, 그것도 일요일과 휴일에만 문을 열지만, 빈에는 없는 볼프의 박물관으로 운영하고 있기 때문이다.

페르히톨즈도르프는 빈에서 로컬 트레인을 타고 십여 분이면 도착할 수 있는 가까운 외곽 지역이다. 여전히 시골스러운 분위기가 마음을 차분하게 가라앉혀주는 마을이다. 내가 찾은 날은 청명한 푸른 하늘에 햇살이 가득해 더욱 고요하게 느껴졌다. 지나가는 마을 사람도 거의 눈에 띄지 않았다. 마치 시간이 멈춘 것처럼 볼프가 머물던 그 시절로 돌아간 것 같았다. 이곳을 찾은 외국인도 나뿐인 듯해 더욱 비현실적인 풍경 속에 들어온 느낌이 들었다.

역에서 십 분 정도 걸어 올라가니 볼프가 머물렀던 집이 한눈에 들어온다. 연미색의 회벽에, 갈색 모자를 쓴 듯한 친근한 지붕이 인상적이다. 이 집의 외벽에는 볼프가 1888년부터 1896년까지 이곳에 머물며 〈뫼리케 가곡집〉, 〈스페인 가곡집〉, 〈이탈리아 가곡집〉, 그의 유일한 오페라인 〈지방판사Der Corregidor〉를 작곡했다는 기념비가 붙어 있다. 한마디로 절정기에 가장 중요한 작품들을 이곳에서 작업했다는 뜻이다.

이 중 가장 먼저 쓴 작품이 바로 〈뫼리케 가곡집〉이다. 1888년 1월부터 3월까지 약 두 달 동안 에두아르트 뫼리케Eduard Mörike의 시에 곡을 붙여 총 43편의 노래를 완성했으니, 말 그대로 음악이 폭포처럼 뿜어져 나왔다는 표현이 딱 어울린다. 이때부터 볼프는 특정 시기마다 한 시인에게 집중해서 곡을 쓰는 패턴을 이어간다.

〈뫼리케 가곡집〉에는 '은둔Verborgenheit', '기도Gebet' 등 그의 노래 중에서 가장 널리 알려진 곡들이 포함돼 있다. 선율이 아름답고 위안을 주는 노래도 있지만, 한 사람이 한 시기에 다 썼다는 게 믿기지 않을 만큼 다양한 스펙트럼을 보여주는 가곡집이다. 특히 이 작품집에서는 언어를 음악적으로 섬세하게 구현하는 볼프만의 방식이 꽃피기 시작한다. 사랑, 자연, 특정한 캐릭터의 묘사나 유머러스한 표현, 종교적인 내용까지 다양한 주제를 포괄하면서도, 각각의 시가 가진 느낌을 그대로 살려 작곡했으니 다채로운 스타일의 곡이 탄생할 수밖에 없다.

집 안으로 들어가 2층에 있는 볼프의 공간으로 올라가본다. 한쪽 방에는 그가 사용한 침대, 테이블, 책상 및 여러 유품이 남아 있다. 무엇보

위 페르히톨즈도르프 시내 전경.

가운데 볼프 박물관.

아래 볼프 박물관에 붙어 있는 현판.

다 특유의 심각한 표정을 잘 살린 두상을 바라보고 있자니 여러 생각이 든다.

볼프는 완벽주의 평론가로서 안톤 루빈시테인과 브람스를 포함해 동시대 음악인들의 작품을 신랄하게 비판한 대가로, 평론 활동을 하는 동안에는 작곡도 거의 못했을 뿐 아니라 악단조차 그를 외면하는 바람에 작곡한 곡을 연주하기도 힘들었다. 특히 브람스와 빈 필하모닉을 공격한 글은 타격이 컸다. 다시 마음을 다 잡고 거의 하루에 한 편씩 곡을 써내는 놀라운 창작의 순간에도 그는 늘 미래를 생각하며 불안해했다. 그의 진면목을 보여주는 창작은 가곡 같은 작은 장르에 어울렸으나, 작곡가로 생활해 나가기 위해서는 조금 더 큰 작품, 즉 바그너처럼 오페라를 쓸 수 있어야만 한다는 부담감이 그를 짓누르고 있었다.

하지만 이곳에서 작곡을 하는 동안만큼은 충분히 행복했을 듯하다. 포도밭으로 둘러싸인 향기로운 마을에서 오로지 자신의 마음을 두드리는 시에 몰입하며 작곡에 매진했다. 평생을 우울증에 시달렸지만, 가끔씩 그에게는 이처럼 창작의 열정이 솟구치는 행복한 순간이 찾아왔다. 그의 노래들은 작은 형식의 가곡이지만, 내용에서는 가사의 숨은 뜻까지도 모든 음악 요소를 통해 온전히 드러내는, 이전에는 보기 드물 정도의 극적인 독창성을 보여준다.

볼프는 자신의 가곡을 '소리와 피아노를 위한 시'라고 표현했을 만큼 시적 감수성이 뛰어났다. 시기마다 시인 한 명의 작품을 집중적으로 고르되, 다양한 내용의 시를 선택해 각각의 시적 개성이 온전히 살아나게 작곡했다. 그의 노래는 마치 시를 낭송하는 듯한 언어적인 리듬감을 가지며, 급격하게 음계를 이동해 독특한 선율을 만들어낸다. 이때 피아

페르히톨즈도르프의 볼프 박물관 2층 내부.

노 반주는 단순히 반주에 머물지 않고 시적인 정서를 더욱 미묘하게 표현하는 장치로 기능한다. 즉 반음계 진행이나 대비가 강한 불협화음을 자주 사용해 심리적인 효과까지 연출하는데, 때로 말로는 표현할 수 없는 숨겨진 심리를 반주로 묘사하기도 한다. 아마도 그가 오페라보다 가곡에 더 매료된 것도 한 음이라도 정확하게 표현하지 않으면 안 되는 완벽주의적인 작법이 가곡에 더 어울렸기 때문일지도 모른다.

볼프는 1888년 한 해에 이 집에만 계속 머문 것이 아니라 끊임없이 떠돌았다. 그러다 그해 겨울 다시 쾨헤르트의 집으로 돌아가 이듬해인 1889년까지 약 4개월에 걸쳐 〈괴테 가곡집〉 중 51곡을 작업했다. 전반적으로 해사한 느낌을 주는 〈뫼리케 가곡집〉에 비해 진중한 내용의 곡이 많다. 특히 〈괴테 가곡집〉에서 가장 주목받는 노래들은 소설 『빌헬름 마이스터의 수업시대』 중에서 발췌한 10편의 시와 『서동 시집』에서 발췌한 17편의 시에 곡을 붙인 작품이다. 괴테의 작품에 대한 음악적 해석이 돋보이는 탁월한 명작이다. 당시 볼프는 가사를 선택할 때 존경하는 선배 작곡가들이 작곡하지 않은 시를 고르는 경우가 많았다. 그러나 괴테의 시를 선택할 때만큼은 이에 연연하지 않았던 듯하다. 그만큼 자신만의 해석에 자신감이 있었다는 뜻이 아닐까.

특히 『빌헬름 마이스터의 수업시대』에 등장하는 중요한 인물인 하프 켜는 노인의 노래 세 편과 미뇽의 노래 네 편은 슈베르트가 같은 시에 곡을 붙인 것이 워낙 유명한 만큼, 두 사람의 작법을 비교해볼 수 있는 매우 중요한 노래들이다. 하프 켜는 노인과 미뇽은 부녀 관계이지만, 두 사람은 이 사실을 전혀 알지 못한다. 하프 켜는 노인이 과거 자신의 누이와 부적절한 관계를 맺어서 태어난 아이가 바로 미뇽이기 때문이다. 이후 노인은 고향 이탈리아를 떠나 죄의식과 절망에 사로잡힌 채 세상을 떠돌며 살아가고, 딸은 어릴 때 이방인들에게 유괴되어 독일로 건너가 유랑 극단에서 활동한다. 비극적인 상황으로 인한 두 인물의 고통과 외로움, 그리움의 정서가 이미 시에 표현되어 있기에, 작곡가들에게는 음악적 상상력을 불러일으키기에 충분했다. 특히 볼프는 캐릭터의 심리에 집중해 오페라를 쓰듯 극적으로 작곡하는 스타일이어서 특별한 음악적 영감을 받았을 것이다.

다음으로 중요한 곡은 1889년 10월부터 이듬해인 1890년 4월까지 쓴 44곡의 〈스페인 가곡집〉이다. 당시 독일어권에서는 스페인 문화가 유행했지만, 그가 선택한 시들은 작곡가들이 전혀 관심을 보이지 않는 작품들이었다. 16~17세기에 쓰인 스페인 및 포르투갈의 시를 파울 하이제Paul Heyse와 에마누엘 가이벨Emanuel Geibel이 독일어로 번역한 작품들 중에서 볼프는 10편의 종교시, 34편의 세속시에 곡을 붙였다.

이 작품들은 우리가 쉽게 상상할 수 있는 스페인풍 리듬이나 멜로디의 영향을 전혀 느낄 수 없다. 볼프만의 해석으로 표현되어 그의 다른 가곡 작품과도 전혀 다른 분위기를 풍긴다. 종교시에 곡을 붙인 가곡들은 대체로 부드럽고 깊이 있는 영적 표현을 위해, 느린 템포와 단순하면서도 조성 파악이 어려운 반음계적 화성을 지속적으로 사용한다. 반면 세속시에 곡을 붙인 작품들은 감각적이고 활기찬 리듬을 사용하면서, 사랑의 감정을 보여주는 달고 쓴 표현들이 교차한다. 두 가지의 노래들을 모두 감상하고 나면, 같은 작곡가가 같은 기간에 썼다는 것을 믿을 수 없을 정도로 다른 느낌을 받게 된다. 이 역시 그가 얼마나 텍스트에 충실해서 심리와 감정을 표현했는지를 잘 보여주는 대목이다.

볼프가 1888년부터 2년 반 동안 쓴 가곡들은 무려 174곡이나 된다. 이처럼 풍성한 가곡들은 가곡 작곡가로서 그의 이름이 독일어권에 널리 알려지는 계기가 된다. 테너 페르디난트 예거Ferdinand Jäger나 소프라노 아말리에 마테르나Amalie Materna 등 당시 바그너의 오페라를 주로 부르던 가수들이 볼프의 가곡에 관심을 보이며 자신의 연주 프로그램에 그의 노래를 포함시키는 경우도 늘어났다.

〈이탈리아 가곡집〉을 만나다

내가 빈을 방문하기 전에 제일 먼저 하는 일은, 방문 기간 동안 어떤 음악회가 열리는지를 확인하는 것이다. 주요 연주 홀과 오페라 극장의 스케줄을 체크하는 동안 엇갈리는 일정 때문에 여러 번 마음에 지진이 일어나곤 했다. 특히 지난 2018년에 방문했을 때는 머리가 지끈거릴 정도로 고민했던 기억이 난다. 국립오페라극장에서 모차르트의 〈피가로의 결혼〉이 올라가는 동안, 같은 시각 무지크페라인에서는 볼프의 〈이탈리아 가곡집〉의 연주가 열렸기 때문이다.

두 작품 모두 빈에서 탄생한 걸작이기에 고민을 거듭하다가 눈물을 삼키며 〈이탈리아 가곡집〉 연주회를 선택했다. 자신의 음악에도 까다로운 잣대를 들이대던 볼프가 스스로 가장 만족한 작품이기도 하고, 성악가와 연주자로 독일어권 최고의 스타들인 소프라노 디아나 담라우Diana Damrau, 테너 요나스 카우프만Jonas Kaufmann, 그리고 피아니스트 헬무트 도이치Helmut Deutsch가 참여하는 것도 구미를 당겼다. 예상대로 좋은 자리의 티켓은 일찌감치 동이 났고, 여행을 한 달 앞두고 예매 링크에 들어갔을 때는 이미 입석만 남은 상태였다.

공연 당일, 기대를 한 아름 안고 공연장을 찾았다. 안타깝게도 입석 구간에 사람이 너무 많아서 연주자들의 모습은 거의 볼 수 없었다. 그래도 음향이 좋은 황금홀에서 소리라도 듣는 게 어딘가 싶어 한쪽 벽 모서리에 기대어 숨을 죽이고 연주가 시작되기를 기다렸다.

드디어 연주자들이 입장했고 나는 큰 박수로 환영했다. 음악에 더욱 집중하기 위해 눈을 감으니 오히려 주변의 소란은 잦아들고 나만의 세

2018년 무지크페라인에서 열린 〈이탈리아 가곡집〉 연주회 모습.

상이 되었다. 고요한 가운데 첫 곡 '아주 작은 것들^{Auch kleine Dinge}'이 시작되었다.

> 작은 것이 우리를 매혹하고
> 작은 것이 가치 있을 수 있어요.
> 생각해봐요, 우리가 진주로 꾸미는 걸 얼마나 좋아하는지.
> 그것들은 비싸지만 크기는 작죠.
> 생각해봐요, 올리브 열매가 얼마나 작은지.
> 그래도 우린 늘 그 덕을 보죠.
> 장미를 생각해봐요, 얼마나 작은지.
> 그래도 그 향기 너무 사랑스럽죠, 모두 알다시피.

단순하지만 사랑스러운 가사가 영롱한 음악으로 빚어져 듣는 사람을 완전히 다른 세계로 인도하는 노래다. 나는 이 노래가 볼프 자신을 가장 잘 드러내는 노래라는 생각이 들었다. 오페라에 비하면 규모가 작은 곡들을 쓰다가 세상을 떠났지만, 그는 진정으로 노래의 가치를 아는 작곡가였다.

〈이탈리아 가곡집〉은 〈스페인 가곡집〉과 마찬가지로 파울 하이제가 번역한 작자 미상의 중세 이탈리아의 사랑시를 바탕으로 총 46편의 가곡으로 완성한 작품집이다. 그의 가곡집 중에서 음악과 시가 가장 잘 결합된 작품으로 평가받는다. 〈이탈리아 가곡집〉은 크게 두 부분으로 나뉘는데, 첫 부분은 1890년 9월부터 1891년 12월까지 쓴 22곡, 두 번째 부분은 그로부터 거의 5년이 지난 1896년 3월부터 4월까지의 짧은 기간에 완성한 24곡으로 이루어져 있다.

한 곡당 일 분이 채 안 되는 짧은 곡들이 대부분이지만, 곡마다 사랑과 질투, 갈등의 장면들이 때로는 남자, 때로는 여자의 시점으로, 때로는 애잔하고 유쾌하게, 때로는 진지하게 펼쳐진다. 시의 어감이나 숨은 뜻까지 섬세하게 녹아낸 이 가곡집은, 몇 곡을 제외하고는 남녀가 마치 극중 캐릭터처럼 분명한 성격을 가진 인물로서 노래하기에, 전곡이 짧은 오페라 아리아의 조합 같기도 하다. 이런 특징 때문에 어떤 연주자들은 곡의 순서를 다르게 구성해서 마치 한 쌍의 연인이 겪은 이야기처럼 극화해 공연하는 경우도 종종 볼 수 있다.

인터미션이 되자 벽에 기대어 쉬고 있는 내게 한 여인이 다가왔다. 전혀 모르는 사람이라 무슨 일인가 싶었는데, 자신은 지금 떠나야 하니 자기 자리에 가서 앉으라고 표를 건네주는 게 아닌가. 그 순간 그녀가 천사처럼 보였다. 뜻밖의 친절로 2부부터는 관객석에 편안히 앉아 듣게 되었다. 꿀맛 같은 행복이란, 이런 순간에 쓰는 말이 아닐까.

2부가 시작되고 무대 위의 성악가와 연주자들이 또렷이 보이니 서서 소리만 들을 때보다 몰입감이 훨씬 더 높아졌다. 성악가들은 작곡가의 의도를 한 음도 놓치지 않겠다는 듯 완벽하게 노래했고, 마치 한 편의 음악극을 감상하는 기분마저 들었다. 이 드림팀의 공연은 음반으로도 발매되어 그날의 행복한 기억을 지금도 생생하게 되살려주고 있다.

마지막 삶의 불꽃

앞서 말했듯이 〈이탈리아 가곡집〉은 첫 부분을 완성하고 약 5년의 공백기를 거쳐 두 번째 부분이 완성되었다. 작곡을 하지 못하는 고통의 시간 속에서 그를 다시 깨운 것은 1895년 4월에 관람한 엥겔베르트 훔퍼딩크^{Engelbert Humperdinck}의 오페라 〈헨젤과 그레텔〉이었다. 유명한 동화 이야기가 바그너의 영향을 받은 오케스트레이션에 힘입어 완성도 높은 명작으로 재탄생한 오페라였다.

이 오페라를 본 뒤 볼프는 다시 창작욕을 불태우게 되고, 1890년에 한 차례 거절했던 대본을 다시 꺼내어 작곡을 시작한다. 스스로를 또 한 번 몰아붙여 그해 7월, 자신의 유일한 완성 오페라로 남은 〈지방판사〉를 탄생시킨다. 피아노 반주로 먼저 완성한 다음 그해 말에 전체 오케스트라 총보를 완성했다.

〈지방판사〉는 스페인의 작가 페드로 데 알라르콘^{Pedro Antonio de Alarcón}이 1874년에 쓴 단편소설 「삼각모자^{El sombrero de tres picos}」를 로자 마이레더^{Rosa Mayreder}가 독일어로 대본을 쓴 것이다. 내용은 이러하다.

물방앗간에 금실 좋은 부부가 살고 있는데, 부인 프라스퀴타는 미인이지만 남편 루카스는 추남이어서 마을 사람들로부터 어울리지 않는 짝이라며 놀림을 받는다. 어느 날 근처 포도밭에 삼각모자를 쓰고 다니는 지방판사가 명사들의 모임에 왔다가 프라스퀴타에게 반해 그녀를 유혹하려고 한다. 그러나 프라스퀴타의 기지로 지방판사는 망신을 당하게 되고, 결국 지방판사 부부와 물방앗간 부부가 이런저런 우스꽝스런 촌극을 벌이다가 마침내 평화로운 가정으로 돌아간다.

이 작품의 대본이 처음 볼프에게 전해졌을 때 그는 불륜의 삼각관계를 코믹하게 다룬 이야기에 손사래를 치며 거절했다. 하지만 오페라에 대한 집념이 그의 눈을 멀게 했는지 아니면 현실에서도 쾨헤르트 부인과 불륜 관계였던 자신의 현실을 투영했는지 알 수 없지만 어쨌든 결국 이 대본으로 오페라를 완성했다.

하지만 극 중에 공권력을 비판하는 내용이 문제가 되는 바람에 빈의 여러 극장에서는 이 오페라의 상연을 거절한다. 다행히 1896년 6월 7일, 독일 만하임 국립극장에서 공연을 허락받아 초연하게 된다. 그러나 처음 대본을 받았을 때 거절했던 자신의 판단을 밀고 나가 대본 수정 작업을 거쳤으면 좋았으련만, 그러지 못한 대본의 부실한 내용과 구성 때문에 완성도 있는 오페라가 되지 못했다. 결국 〈지방판사〉는 꾸준히 공연되는 레퍼토리로 세상에 남지 못한다.

그러나 이 작품에 음악적으로 매우 흥미로운 부분이 있다. 바로 〈스페인 가곡집〉에 이미 수록한 노래들을 주인공의 아리아로 썼다는 점이다. 제1막에서 프라스퀴타가 부르는 '내 머릿단의 그림자'나 제2막에서 판사가 부르는 '마음아, 빨리 용기를 잃지 마라' 등이 그것이다. 이는 볼프의 가곡과 오페라의 연관성을 보여주는 중요한 대목이다.

1897년 3월, 볼프는 마지막으로 〈미켈란젤로 가곡집〉을 작업한다. 발터 로베르트-토르노프Walter Heinrich Robert-Tornow가 독일어로 번역한 미켈란젤로의 소네트 중 세 편에 곡을 붙인 작품이다. 특별히 베이스 가수와 피아노를 위해서 씌어졌다. 볼프는 또 한 번 이국의 고전시를 선택해 자신만의 해석으로 진중하면서도 극적으로 표현한 것이다.

한편 이즈음 볼프는 매독으로 인한 광기가 심해졌음에도 새롭게 시작한 오페라를 온 정신으로 완성하기 위해 필사적으로 노력했다. 이 두 번째 오페라가 역시 알라르콘의 희곡을 바탕으로 한 〈마누엘 베네가스 Manuel Venegas〉이다. 그러나 이 오페라는 60페이지의 악보만 남기고 미완성으로 끝나고 만다. 이후 볼프는 전혀 작곡을 할 수 없는 상태의 광기에 빠진다.

볼프는 첫 번째 오페라를 쓴 이후 이 장르에 대한 자신감을 잃어버린 듯 보인다. 그는 이미 가곡에서 오페라 이상의 업적을 이루었건만, 평생 오페라를 써야 한다는 의무감으로 자기 자신을 괴롭혔다. 그가 가곡에서도 어떤 오페라 장면보다 더 극적이고 섬세하게 표현할 수 있다는 것을 스스로 인정했다면 좋았을 것을……. 그가 남긴 가곡들이 이 사실을 너무나 분명하게 증명하기에 안타까움이 더 크다.

볼프가 1896년부터 1897년까지 약 일 년간 살았던 마지막 집이 빈 4구의 '슈빈트가세'에 남아 있다고 해서 찾아가 보았다. 고풍스러운 5층짜리 건물은 이제 여러 사람들이 살고 있는 생활 공간이 되었지만, 그 외벽에는 인상적인 기념비가 남아 있다. 볼프에 관심이 있다면 금방 알아볼 수 있는 그의 얼굴이 맨 위에 새겨져 있고, 그 밑에는 이런 글귀가 씌어 있다.

청찬과 비난 속에 오늘 나는 존재하고, 내가 거기 있다는 걸 모든 이들이 알고 있다.

이 문장은 볼프의 당시 심경을 대변하는 것 같지만 사실은 인용한 글

왼쪽   슈빈트가세에 위치한 볼프의 마지막 집.

오른쪽 볼프의 현판.

이다. 바로 〈미켈란젤로 가곡집〉의 첫 곡인 '나는 잠시 지난날을 생각한
다'의 일부분이다. 이전까지 볼프가 작곡한 다른 대표작들은 그가 오랫
동안 우울증을 앓았다고는 믿기 어려울 만큼 생명력이 넘치는 곡이 많
있다. 그러나 미켈란젤로의 이 시는 르네상스 최고의 예술가가 삶을 관
조적으로 바라보며 죽음을 예견하는 듯한 내용이다. 볼프는 이 시에 곡
을 붙이며 자기 자신의 이야기로 만들었다.

   1897년 9월, 더 이상 온전한 정신으로 생활할 수 없게 된 볼프는 정신
병원에 수용된다. 그리고 1903년 폐렴으로 사망할 때까지 그곳에 갇혀
생활했다. 그사이 1898년에 잠깐 빈으로 돌아오기도 했지만, 10월에 트
라운제에 빠져 죽으려는 시도를 하면서 스스로 다시 정신병원으로 돌
아간다. 그의 연인 멜라니 쾨헤르트는 이때도 꾸준히 병원을 드나들며
그가 세상을 뜰 때까지 곁을 지켰다. 그러나 안타깝게도 볼프 사후 자

신의 삶에 대한 비관과 남편에 대한 죄책감에 빠져 스스로 생을 마감하고 만다.

볼프의 장례식을 치른 빈의 포티프 성당Votivkirche(봉헌 성당)을 마지막으로 가보았다. 빈의 다른 주요 건물들과는 달리 빈 대학교 뒤편에 홀로 따로 있는 곳이라서 빈의 방문객들이 자주 찾을 만한 장소는 아니다. 하지만 나는 한 번 이곳에 와보고는 그 고요한 웅장함에 압도되어 빈을 갈 때마다 매번 찾게 되었다.

뾰족한 첨탑과 정교한 장식이 돋보이는 아름다운 성당에서 볼프의 장례가 치러진 날, 〈안식으로, 안식으로〉가 울려 퍼졌다. 그로부터 백 년이 더 지난 오늘, 나는 홀로 성당에 앉아 다시 이 노래를 들으며 그를 추모한다.

볼프는 결코 행복하다고 할 수 없는 삶을 살았다. 하지만 그가 남긴 번득이는 노래들은 많은 이에게 깊은 울림을 주었다. 시가 얼마나 다채롭고 창조적인 노래로 다시 태어날 수 있는지, 노래에 일생을 바친 한 천재의 삶이 거듭 우리에게 일깨워준다. 볼프가 분출한 창작의 에너지는 잠시 잠깐의 빛으로 타올랐지만, 그 빛은 그의 노래 속에 영원히 남아 여전히 우리와 공명하고 있다.

포티프 성당 내부.

가곡 〈안식으로, 안식으로〉

Kirsten Flagstad(소프라노)
Edwin McArthur(피아노)

〈스페인 가곡집〉 중
'조금만 더 가요, 마리아'

Dietrich Fischer-Dieskau(바리톤)
Gerald Moore(피아노)

〈뫼리케 가곡집〉 중 '은둔'

Jonas Kaufmann(테너)
Helmut Deutsch(피아노)

〈이탈리아 가곡집〉 중
'아주 작은 것들'

Edith Mathis(소프라노)
Karl Engel(피아노)

〈뫼리케 가곡집〉 중 '기도'

Elly Ameling(소프라노)
Dalton Baldwin(피아노)

오페라 〈지방판사〉 중 제1막
프라스퀴타의 아리아
'내 머릿단의 그림자'

Margarete Teschemacher(소프라노, 프라스퀴타 역)
드레스덴 슈타츠카펠레
드레스덴 슈타츠오퍼 합창단
Karl Elmendorf(지휘)

〈괴테 가곡집〉 중
'하프 켜는 노인의 노래 I'

Sir Thomas Allen(바리톤)
Geoffrey Parsons(피아노)

〈미켈란젤로 가곡집〉 중
'나는 잠시 지난날을 생각한다'

Hans Hotter(베이스바리톤)
Gerald Moore(피아노)

〈괴테 가곡집〉 중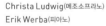
'미뇽의 노래: 그 나라를
아시나요'

Christa Ludwig(메조소프라노)
Erik Werba(피아노)

삶의 고통을 노래를 승화하다

Gustav
Mahler

구스타프 말러

빈 국립오페라의 역사가 된 말러

구스타프 말러의 음악을 처음 접한 건 제라르 코르비오 감독의 〈가면 속의 아리아〉라는 영화에서였다. 아직 어렸지만 배경음악으로 흘러나온 말러의 노래는 큰 감동을 주었다. 이 영화는 최고의 영예를 누리던 한 성악가가 돌연 은퇴를 선언한 후 자연 속으로 들어가 단 두 명의 제자에게 자신의 모든 것을 전수한 뒤 생을 마감한다는 내용이다.

주인공 조아킴의 제자 장이 테너로 환골탈태하며 부르는 연가곡 〈대지의 노래〉 중 '청춘에 대하여'는 동양적이면서 신비로운 느낌을 주었고, 조아킴의 사후에 흐르는 '나는 이 세상에서 잊히고'는 마치 내가 잘 알 수 없는 삶의 본질 같은 것이 숨어 있는 듯해 가슴이 먹먹해졌다. 또한 자연을 배경으로 펼쳐지는 악기 연주는 인공적인 소리라고는 믿기지 않을 만큼 완벽하게 자연과 일치해 듣는 내내 흠뻑 빠져들었다.

이후 나는 대학생이 되어 빈에서 한 달 정도 체류할 수 있는 기회를 갖게 되었다. 그때 빈 필하모닉의 역사가 전시된 박물관인 '음악의 집'을 가장 먼저 방문했다. 빈에서 음악과 관련한 수많은 장소 중에서도 이곳은 책으로 치면 입문서와도 같았기 때문이다. '음악의 집'의 아래층에는 한때 빈 필하모닉 오케스트라와 국립오페라극장의 수장이었던 말러를 집중적으로 조명하는 전시실이 중요하게 자리 잡고 있다. 전시물 중에는 대략 1900년경에 찍은 것으로 추정되는 그의 사진과 당시에 그가 즐겨 쓰던 회색 모자가 있어서, 그의 존재를 살짝 느껴볼 수 있었다.

이 건물 3층에는 더욱 반가운 전시실이 있다. 빈을 거쳐 간 위대한 작곡가들을 소개하는 공간인데, 각 방마다 작곡가의 특징을 온전히 반

음악의 집에 전시된, 말러가 쓰던 회색 모자.
오른쪽 말러의 메모가 빼곡한 〈피가로의 결혼〉 총보.

영하려고 노력한 흔적이 역력하다. 말러의 공간에 들어서면 한쪽 벽에 그의 섬세한 성향을 알 수 있는 학창 시절의 귀한 자료들이 걸려 있다. 또 반대편에는 그가 궁정오페라극장(빈 국립오페라극장의 전신)에서 1897년 여름에 처음으로 지휘한 〈피가로의 결혼〉 총보가 전시되어 있는데, 그가 직접 쓴 메모가 가득해서 눈길을 끈다. 이후 말러는 〈피가로의 결혼〉을 총 49회나 지휘한다.

그러나 내가 탄성을 지른 곳은 따로 있다. 아예 숲속처럼 꾸민 홀의 중앙 부분이다. 이곳에는 자연 그대로의 나무 기둥이 촘촘히 세워져 있는데, 기둥마다 말러의 어린 시절 사진이나 주변 인물들 혹은 그가 살던 별장을 찍은 흑백 사진들, 악보와 공연 포스터 같은 자료들이 꼼꼼하게 붙어 있다. 마치 그의 모든 역사가 자연 속에 알알이 열매를 맺은 것 같은 모습이다. 알고 보니 말러의 손자뻘인 페터 말러Peter Mahler가 디자인한 공간이라고 한다.

숲속처럼 꾸민 말러의 방.

말러의 어린 시절과 청년 시절의 사진들.

구스타프 말러는 보헤미아의 작은 마을 칼리슈트에서 태어났다. 하지만 어린 시절 대부분의 시간은 당시 오스트리아-헝가리 제국에 속한 모라비아 지역의 이글라우에서 보냈다. 소박한 옛 사진 속에는 숲과 호수와 정감 어린 집들이 가득하다. 이곳에서 그의 아버지는 선술집을 운영했고 그의 가족은 같은 건물 2층에서 생활했다.

당시 이글라우는 인구 2만 명의 상업 도시로 번창하고 있었다. 선술집 주변의 거리에는 늘 노랫소리나 민속 춤곡이 들려왔고 트럼펫을 부는 소리, 군악대의 행진곡이 쿵쾅거리며 울려 퍼졌다. 음악 소리에 귀를 기울이는 아들에게 음악적 재능이 있다는 것을 알게 된 그의 부모는 그가 여섯 살 때 피아노 레슨을 받게 한다. 이후 작곡가로 성장한 말러는 이 마을의 정서와 거리의 음악을 그의 음악 곳곳에 새겨 넣는다. 그러니 말러의 음악을 듣는다는 것은 곧 그의 삶이 전하는 소리를 듣는 것과 같다고 할 수 있다.

말러는 열다섯 살에 빈 음악원에 입학해 앞서 이야기한 동급생 후고 볼프와 함께 본격적으로 음악을 공부한다. 둘 다 보수적인 학교 방침에 반기를 들었지만, 볼프는 쫓겨났고 말러는 반성문을 쓰고 살아남아 3년 뒤 빈 대학교^{Universität Wien}에 입학했다.

대학교를 졸업한 말러가 1880년에 처음으로 지휘자직을 맡은 곳은 린츠에 있는 작은 온천 마을의 목조 극장이었다. 그 뒤로 점차 큰 오페라 극장으로 옮겨 지휘자로 활동하는데 류블랴나, 올로뮈츠, 빈, 카셀, 프라하, 라이프치히, 부다페스트 등 여러 대도시에서 착실히 경력을 쌓아갔다. 특히 1887년 라이프치히에서는 아르투르 니키시를 대신해 바그너의 〈니벨룽의 반지〉를 지휘하면서 엄청난 대중적 성공을 거두기도 했다.

그리고 드디어 1891년에 함부르크 시립극장과 처음으로 장기 계약을 맺으면서, 여름휴가 기간만큼은 작곡에만 집중할 수 있게 된다. 말러가 서른일곱 살이 된 1897년에는 빈 국립오페라극장의 감독직을 제안받아 향후 십 년 동안 일하면서도 여름철만 되면 어김없이 외딴 시골 마을로 들어가 작업에 몰두했다. 그러므로 그의 노래가 탄생한 곳을 찾으려면 빈이 아니라 그의 여름 별장으로 가야 한다. 말러의 음악을 좋아하는 사람이라면 그의 음악이 도시에서 태어난 것이 아니라는 사실을 직감적으로 알게 된다. 그만큼 그의 음악은 너무나 '자연스럽게' 우리에게 스며든다.

'뿔피리 시기'의 교향곡   슈타인바흐의 오두막

말러가 여름 휴가철마다 작곡에 몰두하느라 바깥세상과 거리를 두고 은둔한 지역은 크게 세 군데이다. 시기 순으로는 슈타인바흐Steinbach, 마이어니히Maiernigg, 그리고 토블라흐Toblach인데, 모두 말러의 주요 작품이 탄생한 지역으로 그를 존경하고 사랑하는 이들에게는 진정한 성지라 할 수 있다.

그중에서 빈과 가장 가까운 거리에 있는 슈타인바흐를 방문하기로 했다. 슈타인바흐는 '아터제'라는 호수 부근에 있는 지방으로, 이 호수 근방에는 화가 구스타프 클림트가 여름마다 지내던 별장도 박물관으로 운영되고 있어서 예술 애호가들의 지대한 관심을 받는 곳이다. 그러나 여느 도시처럼 접근이 쉬운 곳은 아니기에 말러나 클림트를 만나고 자 하는 특별한 의지가 있어야 엄두를 낼 수 있는 곳이기도 하다. 특히 호숫가에서 호젓하게 휴양을 즐기거나 말러 페스티벌을 즐길 수 있는 여름 시즌이 아니라면 더욱 그렇다.

내가 슈타인바흐를 방문한 때는 겨울이었다. 마침 그해 빈을 찾은 시 기가 겨울이기도 했지만, 말러에 한참 빠져 있던 터라 꼭 이곳을 찾아가 보고 싶었다. 빈에서 출발하기 전에 말러가 머문 오두막을 관리하고 있 는 가스트하우스 푀팅어Gasthaus Föttinger에 전화를 걸어 방문 시간을 미리 예약하고 길을 떠났다.

빈에서 서쪽에 위치한 푀클라브루크 역으로 향하는 기차를 타고 약 두 시간을 달렸다. 차창 밖으로 오스트리아의 아름다운 풍광이 차례 로 스쳐 갔다. 때로는 숲을 지나고 때로는 세련된 도시를 지나며 역마 다 정차하는 사이, 어느덧 시골 마을의 작은 역에 도착했다. 이곳을 찾 는 여행자는 아무도 없는 듯 을씨년스러운 풍경이었다. 슈타인바흐를 가려면 이곳에서 버스를 타고 40여 분을 더 들어가야 한다. 지역민들 틈에서 머쓱한 모습으로 버스에 올라 창가 자리에 콕 박혔다. 말러에 대 한 생각이 복잡하게 머릿속을 헤집는 동안 마침내 아터제의 투명한 풍 경이 창밖으로 들어왔다. 저 멀리 산등성이에는 하얀 눈이 덮여 있어서 말 그대로 그림 같은 겨울 풍경이 펼쳐졌다. 맙소사! 하는 경탄이 절로 터져 나왔다.

드디어 '슈타인바흐 암 아터제' 역에 도착해 청량한 겨울바람을 온몸 으로 맞았다. 역 바로 앞에 가스트하우스 푀팅어가 보였다. 입구에 붙 어 있는 현판을 먼저 확인했다. "1893년부터 1896년 사이 여름 동안 구

스타프 말러가 이 집에서 살며 교향곡 2번과 3번을 완성하다."

　　나는 이곳에 혼자 왔지만, 당시 말러는 일행이 있었다. 1893년 여름에 처음 이곳에 도착했을 때는 여동생 유스티네와 남동생 오토, 그리고 말러를 사랑해 그에 대한 기록을 일기에 꼼꼼히 남긴 음악 동료 나탈리 Natalie Bauer-Lechner와 함께였다. 말러 일행은 푀팅어 호텔의 다섯 개 방을 통째로 예약해서 1896년까지 사용했다. 말러는 당시 함부르크 오페라에서 지휘자와 행정가로 분주한 삶을 살고 있었지만, 여름 휴가철에는 모든 일을 완전히 내려놓고 오로지 자연만을 벗 삼으며 몇 편의 가곡과 두 편의 위대한 교향곡을 세상에 내놓았다.

낯설고도 설레는 기분으로 부랴부랴 근방의 사진을 찍은 후, 드디어 가스트하우스에서 말러가 지내던 오두막의 열쇠를 건네받았다. 오두막으로 가기 위해서는 우선 가스트하우스의 뒷문을 통해 호수 쪽으로 걸어가야 했다. '작곡 오두막Komponierhäuschen'이라고 씌어 있는 이정표를 따라 걷다 보니 곧 오두막과 아터제가 한눈에 들어왔다. 말러의 진짜 삶에 마침내 발을 들인 것 같은 특별한 감동이 밀려들었다.

두근거리는 심장을 느끼며 그쪽으로 조심스레 발걸음을 떼는데, 갑자기 내 앞에 애꾸눈 고양이 한 마리가 나타나 길을 가로막았다. 생명체라곤 고양이와 나 둘뿐인 것 같은 고요한 적막을 깨고 고양이가 오두막 쪽으로 자신 있게 나를 인도했다. 목적지에 다다르자 고양이는 칭찬이라도 받고 싶은 듯 내 다리에 머리를 묻으며 비벼댔다. 처음 보는 사람에게 이렇게 살가운 고양이가 있다니, 나는 도무지 이 상황이 믿기지 않았다.

이 고양이는 방문객에게 늘 이렇게 반가움을 표시하는 걸까. 얼이 빠져 고양이를 바라보다가 퍼뜩 말러가 매일 아침 큰 호주머니에 고양이를 넣고 오두막으로 데려갔다는 글을 읽은 기억이 났다. 설마, 그 고양이의 환생은 아니겠지? 알 수 없는 오묘한 감정에 사로잡혀 홀린 듯이 오두막으로 들어갔다.

이 오두막은 말러 일행이 이곳을 방문한 두 번째 해인 1894년에 건축가 요한 뢰시Johann Lösch가 건축했다. 이후 말러는 3년 동안 이 오두막을 사용했다고 한다. 피아노 하나 겨우 들어갈 만한 작은 오두막이지만, 벽

말러의 작곡 오두막.

작곡 오두막의 내부.

마다 창문이 뚫려 있어서 호수가 그대로 눈에 들어온다. 그 안에 가만히 서 있으니, 호수와 산 가운데에 푹 파묻힌 느낌이 든다.

실내에는 이곳에서 탄생한 말러의 교향곡 3번이 흐르고, 피아노 위에는 교향곡 2번의 악보가 놓여 있다. 벽에는 말러의 연표와 사진, 당시 이 지역의 모습, 그리고 여기서 작곡한 작품에 대한 설명 등이 빼곡히 붙어 있다. 잠시 창밖의 풍경을 바라보며 교향곡 3번을 들었다. 그의 교향곡 중에서 가장 자연을 닮은 이 곡이 어떻게 탄생했는지 그냥 이해할 수 있을 것 같았다.

이 시기에 말러는 『소년의 마술뿔피리Des Knaben Wunderhorn』라는, 아힘 폰 아르님Achim von Arnim과 클레멘스 브렌타노Clemens Brentano가 1806년에 편찬한 민요시집에 푹 빠져 있었다. 시인이기도 한 두 편찬자는 수집한 시들을 당대의 기준에 맞추면서도 자기들만의 취향을 살려 편집했다. 수록된 시는 사랑, 군인, 방랑, 어린이 등 다양한 주제를 포괄하는데, 당시 주류를 이룬 민족주의 사조에 부응하며 수많은 예술가들에게 큰 영감을 주었다.

특히 말러는 누구보다도 이 시집에 애착을 보이며 자신의 작품으로 연결시킨 작곡가였다. 1887년부터 1890년까지 이 시집에서 발췌한 아홉 편의 시에 곡을 붙였고, 이를 1892년에 출판한 가곡집에 포함시켰다. 그런 다음, 같은 해에 새롭게 이 시들에 곡을 붙이는 작업을 이어갔다. 그래서 말러의 이 시기를 '뿔피리 시기'라고 부르기도 한다.

1893년부터 1894년의 여름을 이곳에서 보낼 때도 그 작업은 계속되었다. '뿔피리 시기'에 쓴 가곡들은 당시에 작곡한 교향곡에도 삽입되거나 인용되면서, 두 장르는 뗄 수 없는 관계로 발전한다. 이렇게 된 데에는 함부르크 오페라의 상임 지휘자로 크게 활약하며 오케스트라와 친숙했던 말러의 상황과도 무관하지 않을 것이다. '태초의 빛'은 2번 교향곡의 4악장에, '세 천사가 노래했네'는 소년 합창과 여성 합창 및 알토 독창 버전으로 3번 교향곡에 삽입되었다. 그밖에 노래를 기악곡으로 편곡해 교향곡에 차용한 사례도 있었다. '물고기에게 설교하는 파두아의 성 안토니오'는 2번 교향곡의 3악장에서 경쾌한 삼박자의 스케르초를 위한 기초 선율이 되었고, 이전에 쓴 가곡 '여름의 끝'은 3번 교향곡에서 음악적인 재료로 활용되었다.

두 번째 교향곡 〈부활〉의 탄생

슈타인바흐에서 탄생한 말러의 2번 교향곡 〈부활〉은 여러 면에서 베토벤의 〈합창 교향곡〉을 잇는 명작으로 평가된다. 총 5악장으로 구성되어 있는데, 노래가 들어가고 합창으로 마무리되며 음악으로 인류에게 희망의 메시지를 준다는 점에서 충분히 두 작품은 비교될 만하다. 말러역시 자신의 작업이 존경하는 선배와 비교될 것을 예상하고 부담스러워했지만, 자신이 추구하는 방식을 그대로 밀고 나갔다.

첫 악장에는 말러가 1888년에 완성한 교향시 〈장례식〉을 그대로 사용했다. 단악장인 작품이 이곳 슈타인바흐에서 교향곡으로 발전한 것이다. 〈장례식〉이라는 작품이 탄생한 배경을 이해하기 위해서는 말러의 생을 잠시 돌아보아야 한다.

아버지가 운영하는 선술집의 위층에 살던 어린 시절, 말러는 여섯 명

말러의 교향곡 2번이 탄생한 슈타인바흐의 아터제.

의 동생을 차례로 하늘나라로 보내야 하는 뼈아픈 경험을 했다. 당시에 어린아이들이 유아기에 사망하는 일은 비일비재했고, 누구나 한두 명의 형제를 잃은 기억이 있을 정도였다. 하지만 두 살 아래 동생인 에른스트가 오랜 투병 끝에 사망하자 섬세하고 성숙한 내면을 가진 열다섯 살의 사춘기 소년 말러는 깊은 상실감에 빠진다. 이때의 경험은 그의 음악에 큰 영향을 미치게 되고, '죽음'의 의미를 음악 안에서 계속 질문하게 되는 계기가 되었다.

이미 1번 교향곡 〈거인〉에서부터 이러한 생각을 드러내기 시작한 말러는, 〈부활〉 교향곡의 1악장이 된 〈장례식〉에서는 거인의 죽음을 다루며 두 교향곡을 연결한다. 이 1악장에서는 격렬한 선율로 죽음 이후의 삶이 존재하는지를 질문하는데, 몇 년이 지나 슈타인바흐에 머물던 첫해에도 이 질문을 이어가며 자신만의 음악으로 완성해나간다. 매일 아침 아터제에서 수영을 하고 오전 내내 작업에 몰두하면서 물결치듯 작품을 위한 아이디어가 생겨났다. 먼저 이미 작곡한 가곡 〈태초의 빛〉을 2번 교향곡에 그대로 삽입하기로 결정한다.

오, 붉은 장미여,
인간은 가장 큰 위기에 직면했소.
인간은 가장 큰 고통에 직면했소.
난 차라리 천국에 있고 싶소.
그곳의 더 넓은 길 위로 왔더니
한 천사가 다가와 나를 돌려보내려 했소.
아, 안 돼. 난 돌아가길 거부했소.
나는 신으로부터 왔고, 신으로 돌아갈 것이오.
주님이 내게 빛을 주실 것이고
그 빛은 영원한 축복의 생으로 나아가는 길을 비출 것이오.

의미 없는 삶으로부터 해방되고자 하는 마음을 차분한 어조로 부르는 알토 독창의 이 노래는 고통 속에서도 한줄기 빛으로 나아가려는 의지를 표현한다. 이 감동적인 노래는 최종적으로 피날레 직전의 4악장에 배치된다. 2악장은 찬란한 빛을 받아 반짝이는 아름다운 호수의 모습을 닮은 음악으로, 망자의 삶에서 행복했던 시간을 추억하는 내용이다. 3악장은 이곳에서 바로 직전에 작곡한 가곡 〈물고기에게 설교하는 파두아의 성 안토니오〉를 차용하는데, 여기에는 삶을 바라보는 허무주의적 시각이 녹아 있다.

슈타인바흐에서 보낸 첫해에는 이렇듯 〈부활〉의 마지막 피날레 악장 직전에서 작곡을 멈춘 채 여름이 다 가버렸다. 그는 이 작품을 반드시 합창으로 완결하고 싶었으나, 가사로 쓸 만한 마땅한 텍스트를 찾지 못했던 것이다. 그러던 중 다음 해 2월, 말러가 일하는 함부르크 오케스트라단의 정기 콘서트 지휘자로 와 있던 한스 폰 뷜로Hans von Bülow가 사망했다는 소식이 들려온다.

한스 폰 뷜로는 당대 최고의 지휘자이자 피아노 연주의 거장이었다. 한때 말러는 뷜로를 보좌하는 상임 지휘자직에 자원하기도 했을 만큼 그를 존경했고 함부르크에서도 그의 든든한 지원을 받고 있던 터였다. 뷜로의 장례식에서 말러는 시인 프리드리히 클롭슈톡Friedrich Gottlieb Klopstock의 시 「부활」에 곡을 붙인 성가를 듣고 큰 감동을 받는다. 그리고 그 가사를 2번 교향곡의 피날레에 사용하기로 결정한다. 말러는 이 시에서 첫 두 개의 절을 먼저 사용하고, 이후의 가사는 부활을 더욱 직접적으로 묘사하는 자신의 언어로 바꾸어 곡을 붙인다.

믿으라, 내 마음. 그대 어떤 것도 잃지 않으리! 그대 갈망한 것은 그대의 것, 그대 사랑한 것, 그대 싸워온 것도 그대의 것! 믿으라, 그대 헛되이 태어나지 않았음을……. 내 마음아, 어서 일어나라! 그대 고통스러워하는 그것이 신계로 그대를 데려가리라!

서슬 퍼런 칼처럼 시린 겨울에도 한없이 부드러운 윤슬로 반짝이는 호수를 바라보며 그의 2번 교향곡을 듣는다. 그의 음악은 세상에 대해 인간이 품을 수 있는 온갖 감정과 생각의 소용돌이를 포효하듯 쏟아낸다. 한없이 투명한 호수와 거칠게 휘감기는 음악, 그 역설적인 충돌마저 물속으로 잔잔하게 가라앉는 듯하다. 오두막을 지키는 고양이만 하염없이 생각에 잠긴 나를 무심히 바라볼 뿐이다. 우리의 지난 모든 시간은 고통조차 헛된 것이 없었고, 우리 모두는 부활을 향해 나아가는 과정에 있다. 이토록 깊고 간절하게 부활을 염원하는 말러의 음악은 살아남은 우리 모두의 어깨를 가만히 감싸 안는다.

국립오페라극장의 전성기를 이끌다 빈 국립오페라극장

이제 빈에서 활약한 말러의 생애와 만나기 위해 제일 먼저 국립오페라극장을 찾았다. 말러는 빈으로 오기 전에도 여러 보수적인 대도시에서 지휘자로 활동했지만, 아직 오스트리아 황실에 속해 있는 이 오페라단은 유독 더 보수적이었다. 이곳에서 지휘하려면 반드시 가톨릭 신자여야 했고, 유대인인 말러는 이로 인해 제약을 받을 수밖에 없었다. 말러는 오랫동안 오스트리아 최고의 오페라단인 이곳에서 일하고 싶어 했고, 마침 음악감독 자리가 비었을 때 이 기회를 반드시 붙잡아야 했다. 1897년 1월, 당시 활동하고 있던 함부르크를 떠나기로 결심한 말러는 다음 달 바로 가톨릭으로 개종한다. 이후 6월에 그는 수많은 반대를 무릅쓰고 궁정오페라극장과 계약을 체결했고, 10월에는 총감독의 지위에 오르게 된다.

지하철을 타고 카를스플라츠 역에 내려 국립오페라극장 방면으로 나오니, 화려한 분수대 뒤로 아름다운 건물이 얼굴을 내민다. 빈에 오면 가장 자주 들르거나 지나쳐 가는 극장이기에 너무나 익숙했지만, 슈타인바흐를 방문하고 온 뒤에 만난 이곳은 조금 색달라 보였다.

빈 국립오페라극장은 1869년 5월 25일, 모차르트의 〈돈 조반니〉로 화려하게 첫 막을 올린 이래로 여러 지휘자들을 거치며 탄탄하게 성장했고, 현재까지도 매년 세계적인 아티스트들이 최고의 오페라를 올리는 세계적인 오페라 극장이다. 그러나 이 극장이 처음 전성기를 맞이한 때는 누가 뭐래도 말러가 음악감독으로 있던 시기라는 데 이견을 다는 사람은 없을 것이다.

말러는 바그너의 〈로엔그린〉으로 시작해 베토벤의 〈피델리오〉로 활동을 마무리할 때까지, 이전 해보다 조금씩 더 수준 있는 작품을 레퍼토리의 선정 기준으로 삼아 십 년 동안 총 109편의 오페라를 소개했다. 그는 깐깐하게 리허설을 운용해서 오케스트라의 기량을 크게 향상시켰을 뿐만 아니라 공연의 정확도와 타이밍에도 주의를 기울였다. 또한 무대 세트에도 직접 개입해, 무대 디자인과 설치를 위해 빈 분리파의 일원인 알프레드 롤러Alfred Roller 같은 아티스트와 협업하는 등 혁신을 거듭했다. 특히 롤러가 말러의 무대를 위해 처음으로 디자인한〈트리스탄과 이졸데〉는 격찬을 받았다. 이후 롤러는 말러와 함께 〈피델리오〉, 〈아울리데의 이피제니〉, 〈피가로의 결혼〉 등 스무 개 이상의 오페라 무대를 탄생시킨다.

말러는 당대의 공연 관람 문화에도 지대한 영향을 미쳤다. 오페라의 막이 오르면 휴식 시간 전까지 공연장에 입장할 수 없게 하는 매너를 정착시키고, 오케스트라의 서주나 간주 시간에도 객석의 불을 꺼서 오케스트라 쪽으로 시선을 집중할 수 있도록 조치했다. 그의 단호한 결정

빈 국립오페라극장 오케스트라.

한스 슐리스만, 〈국립오페라극장의 지휘자 말러의 지휘
스타일〉, 1901년.

은 관람 예절과 공연의 질을 높이는 데 크게 공헌한다.

　이러한 공을 인정받아 1898년 9월에는 한스 리히터의 후계자로 빈 필
하모닉 오케스트라에도 취임하게 된다. 그러나 그의 빈 시절은 순조롭
게 흘러가지 않았다. 반유대주의 세력은 언론 플레이까지 해가며 그를
공격했고, 함부르크 시절부터 악명 높았던 완벽주의에 가까운 리허설
방식은 오케스트라 단원들의 원성을 샀다. 결정적으로 1900년 2월 베
토벤의 〈합창 교향곡〉을 연주할 때 기존의 관례를 깨고 관악기 편성을
확장하고 지시어를 다양하게 늘려 오케스트라의 음색을 변화시킨 것

에 오케스트라단이 크게 반발하면서, 결국 1901년 봄에 오케스트라 지휘자직을 사임하게 된다.

그러나 궁정오페라극장에서는 1907년까지 자리를 지키며 소임을 다했다. 그의 노력이 결국 결실을 맺은 것인지, 빈 국립오페라극장은 지금까지도 최고 수준의 공연을 유지하고 있다. 나는 빈에 올 때마다 국립오페라극장의 공연을 반드시 관람하는데, 그때마다 경탄해 마지않는 것은 오케스트라의 하모니다. '이 무대에서 노래할 수 있는 가수들은 얼마나 행복한 사람들인가!' 하고 속으로 몇 번이나 부러움의 탄식을 삼키곤 했다.

모차르트나 리하르트 슈트라우스, 바그너 등 오페라단과 오랜 역사를 함께한 작곡가들의 주요 작품들은 따로 리허설이 필요 없을 정도로 그들의 특별한 장기가 되었다. 아마도 말러가 초석을 다진 꼼꼼한 연주

왼쪽 둘째 딸 안나 유스티네 말러가 제작한 말러의 두상.
오른쪽 말러가 극장 안에서 사용했던 이동식 피아노. 유리장 안에 보관되어 있다.

전통이 바탕이 되었으리라.

이런 말러의 업적을 기리기 위해 국립오페라극장은 2층 로비의 한쪽 방을 '말러 홀'로 지정하고, 그가 사용한 작은 이동식 피아노와 그의 두상 조각을 함께 전시하고 있다. 특히 이 두상은 조각가인 둘째 딸 안나 유스티네가 직접 제작한 것이어서 더 의미가 깊다. 어찌 보면 이 극장은 말러에게 희열과 절망을 동시에 안겨준 곳이라고 할 수 있다. 하지만 이제 그는 모든 반대와 분노를 잠재우고 영원히 위대한 작곡가로 이곳에 남았다. 아마도 방문객들은 그의 피아노와 두상을 보며 이 극장의 공기에 스며 있는 말러를 떠올릴 것이다.

말러의 숨결이 깃들어 있는 국립오페라극장을 나서서 동쪽으로 몸을 틀면, 1919년에 '말러슈트라세'로 명명한 길을 만날 수 있다. 이곳에서 출발해 말러가 살았던 집이 있는 '아우엔브루거가세'까지 그의 퇴근

왼쪽 말러가 살았던 아우엔브루거가세 집.
오른쪽 정문 옆에 붙어 있는 말러의 현판.

길을 걸어보기로 했다. 말러는 이 집에서 십 년 동안 거주했다. 벨베데레 궁전 방향으로 약 1킬로미터를 걸어가는 산책 구간을 지나니 제법 큰 5층짜리 연미색 건물이 나왔다.

이 집은 우체국저축은행과 카를스플라츠 역 등 오스트리아의 근대를 상징하는 유명한 건물들을 설계한 당대 최고의 건축가 오토 바그너 Otto Wagner가 지은 것이다. 우아하면서도 모던한 미학이 빛을 발하는 이 집은 실은 전쟁 후에 복원한 것으로, 현재는 말러가 쓰던 욕조만이 그대로 남아 있다고 한다. 지금 이 집은 다른 이들이 살고 있기 때문에 방문할 수 없다. 이 집의 정문 오른쪽 벽에 독특한 필체로 "구스타프 말러가 1898년부터 1909년까지 살면서 작곡했다"라고 쓰인 현판만이 그가 이곳에 살았다는 것을 증명할 뿐이다.

말러는 본격적으로 빈에서 일하게 되면서부터 이 집에 살기 시작해 궁정오페라극장에서 사임하고 미국 메트로폴리탄 오페라극장으로 넘어간 후에도 약 2년 동안 자기 집으로 유지했다. 결혼 전에는 여동생 유스티네와, 결혼 후에는 부인 알마와 두 딸과 함께 살았다. 그의 가까운 동료들 중에는 리하르트 슈트라우스 부부와 아르놀트 쇤베르크, 그리고 알렉산더 폰 쳄린스키 등이 이곳을 방문했다.

황금홀에 울려 퍼진 〈천상의 삶〉

말러는 오페라 지휘자로서 큰 역할을 했지만, 정작 그가 쓴 작품 중에는 오페라가 없다. 대신 그는 오케스트라 반주의 가곡이나 교향곡을

'음악의 집'에서 발견한 마이어니히의 작곡 오두막. 교향곡 4번이 완성된 곳이다.

주로 작곡했다. 빈에서 감상한 음악회 중에서 말러와 관련해 가장 기억에 남는 연주는 2014년에 독일의 소프라노 율리아네 반제[Juliane Banse]와 협연한 4번 교향곡 〈천상의 삶〉이다. 무지크페라인에서 열린 빈 필하모닉 오케스트라의 정기연주회 레퍼토리였다.

예전에도 다른 지역에서 빈 필하모닉 오케스트라의 연주를 감상한 적이 있었지만, 홈그라운드에서는 처음 듣는 것이라 더욱 기대가 컸다. 마치 하나인 것처럼 일치된 소리를 이끌어내는 현악 파트, 작품 속에 녹아들어 가면서도 각각의 묘사적인 특징이 섬세하게 드러나는 관악 파트, 그리고 이 곡의 동화적인 분위기를 이끌어주는 타악기까지, 이 작품은 이렇게 연주해야 한다는 정석을 보여주는 듯 감동적인 연주였다. 특히 자신들의 본거지인 '황금홀'과 합치된 음향은 그야말로 환상적이었다. 빈 필하모닉의 연주는 이곳에서 들어야 진가를 알 수 있다는 사실을 확인한 시간이었다.

4번 교향곡 〈천상의 삶〉은 '뿔피리 시'에 곡을 붙인 동명의 노래를 이 작품의 하이라이트로 삼기 위해 피날레인 제4악장에 배치해 완성한 작품이다. 원래의 가곡은 천국의 전형적인 모습이 아니라 아이들만이 떠올릴 수 있을 것 같은 유쾌함과 생명력이 넘치는 다채로운 묘사로 가 득하다. 이런 특성이 관현악으로 재탄생하면서 다양한 악기 소리의 성 대한 향연이 펼쳐진다. 이 노래는 말러가 슈타인바흐에서 여름을 보내 기 시작한 바로 전해인 1892년에 쓴 것인데, 이를 기반으로 천국으로 다 가가는 여러 과정이 담긴 1, 2, 3악장들도 이어서 작업해 1900년에 완성 했다.

앞의 세 악장에서 천국으로 나아가는 과정도 그저 순탄하게만 흘러 가지 않는다. 순수함과 고뇌, 유쾌함과 괴기스런 공포, 평온한 아름다 움과 탄식 등 대조적인 분위기가 다소 복잡하고 때로는 과감한 사운드 를 사용해 표현된다. 그래서 피날레인 제4악장에 이르면 기쁘고 안정 된 마음으로 천상에 안착한 것 같은 평온함이 더욱 크게 다가온다. 다 만 천상의 삶에서 다루는 내용조차도 '어린 양과 황소의 살육' 등 동화 적인 잔혹함이 표현되기도 한다.

이 작품의 마지막 악장은 청아한 목소리를 가진 소프라노가 주로 담 당해 순수한 소년의 감정으로 텍스트를 노래한다. 게다가 악장의 맨 마 지막 부분은 이게 끝인가 싶을 정도로 고요하게 잦아들며 마무리되기 때문에 독창, 합창, 관현악으로 끌어낼 수 있는 절정의 웅장함으로 마 무리되는 2번 교향곡과는 여러모로 대조된다. 그러나 두 곡은 모두 '뿔 피리 시기'에 썼다는 공통점이 있고, 1번 교향곡에서 이어지는 삶과 죽음과 부활, 그리고 천국에 다다르는 과정을 하나의 시리즈로 묶을 수 있다는 점에서 마치 연작처럼 느껴지기도 한다.

〈천상의 삶〉은 빈과 슈타인바흐에서 말러의 삶을 좀 더 가깝게 느끼고 있던 시기에 감상한 터라 나에겐 더욱 특별했다. 오랜 고뇌의 과정을 함께 통과하며 삶의 한 장이 마무리되는 것을 곁에서 지켜본 느낌이랄까. 이제 다음 여정으로 떠날 차례다.

알마 말러와 〈뤼케르트 가곡집〉   카를 성당

구스타프 말러를 이야기할 때 빼놓을 수 없는 사람이 있다. 바로 그의 부인 알마 말러Alma Mahler다. 두 사람은 1901년 11월 빈 사교계의 중심지인 베르타 추커칸들Berta Zuckerkandl의 살롱에서 처음 만났다.

알마는 풍경 화가인 에밀 쉰들러Emil Jakob Schindler의 딸로, 아버지가 사망한 후에 어머니가 '빈 분리파'의 일원인 카를 몰Carl Moll과 재혼하면서 그의 의붓딸이 되었다. 이런 배경 때문인지 알마는 이십 대 초반의 나이임에도 그림과 음악에 두루 식견이 높았다. 당시 그녀는 빈에서 활발하게 활동하던 작곡가 쳄린스키에게 작곡을 배우고 있던 참이었다.

말러와 알마는 첫 만남부터 불꽃이 튀었고, 이듬해 3월 9일 빈의 카를 성당에서 결혼식을 올렸다. 브람스가 세상과 마지막 작별을 고한 곳에서 결혼 서약을 하고 부부로서 세상에 첫발을 뗀 것이다.

맨 처음 빈을 방문했을 때는 카를 성당을 몇 번이나 지나치면서도 이곳이 어떤 음악가들의 이야기를 간직하고 있는지 모른 채 성 베드로 성

알마 말러, 1902년경.

카를 성당의 내부.

당을 닮은 돔과 그리스 신전 같은 앞모습에 그저 감탄했을 뿐이었다. 그러나 이 모든 이야기를 알고 난 뒤에는 카를 성당을 바라보는 마음이 예전과는 완전히 달라졌다. 이곳은 바로 수많은 음악인들의 삶과 죽음이 함께 깃들어 있는 성소였다.

무지크페라인에서 말러의 4번 교향곡을 듣고 벅찬 감동을 주체하지 못한 채 어디로 가야 할지 잠시 방향 감각을 상실하고 말았다. 내 발걸음은 부지불식간에 카를 광장으로 향했다. 카를 성당이 바로 눈앞에 있었다. 나는 그 안에 들어가 보기로 했다. 이곳이라면 말러의 여운을 좀 더 오래 느낄 수 있을 듯했다. 카를 성당의 둥근 천장에는 화려한 바로크식 프레스코로 천상의 모습이 그려져 있어 더욱 거룩하고 경건한 분위기를 풍겼다. 성당 안은 하얀 대리석과 핑크빛 돌림띠에 군데군데 금색 장식이 더해져 전체가 우아하게 빛났다. 잠시 모든 것을 내려놓고 기도하는 동안, 내가 존경하는 작곡가들이 하나둘 머릿속에 떠올랐다. 마음 한편이 따뜻해지면서도 어쩐지 쓸쓸하기도 했다. 이제 그들은 모두 저 천장화 속의 신과 천사들 가운데에 있을 터였다.

성당을 나서기 전, 말러 부부가 결혼식을 올리는 장면을 상상해보았다. 그 순간만큼은 이들도 충만하게 행복했을 터이다. 안타까운 불행은 아직 그들의 미래가 아니었다.

결혼 초반에 말러는 어느 때보다도 안정감을 느꼈다. 여름이면 알마

토블라흐에서 여름휴가를 즐기는 말러와 알마, 1909년경.

와 함께 오스트리아 남부의 뵈르터제라는 호수를 끼고 있는 마이어니히 숲속으로 들어가 생활하며, 이전 시기와는 또 다른 아름다운 작품들을 쏟아냈다. 알마와 만나기 전부터 말러는 시인 프리드리히 뤼케르트 Friedrich Rückert의 시에 푹 빠져서 곡을 쓰고 있었다. 특히 결혼한 해 여름에 곡을 붙인 '아름다움 때문에 사랑할 거면'은 가곡에 오케스트라 반주를 붙이는 당시의 관례와는 달리 피아노 반주로만 작곡했다. 뤼케르트 시에 곡을 붙인 다른 가곡들은 1905년 빈에서 자신의 지휘로 초연했으나 이 작품만은 그때 바로 선보이지 않고 남겨두었다. 아마도 가장 개인적인 사랑의 의미가 담겨 있기 때문이리라.

아름다움 때문에 사랑할 거면
오, 나를 사랑하지 마세요!
태양을 사랑하세요.
그는 금빛 머리칼을 지니고 있으니.

젊음 때문에 사랑할 거면
오, 나를 사랑하지 마세요!
봄을 사랑하세요.
그는 매년 새로이 젊게 태어나니.

부유함 때문에 사랑할 거면
오, 나를 사랑하지 마세요!
인어공주를 사랑하세요.

그녀는 빛나는 진주를 많이 지니고 있으니.

사랑 때문에 사랑할 거면
오, 그래요. 나를 사랑해주세요!
나를 영원히 사랑해주세요.
나도 당신을 영원히 사랑할 테니.

딸의 죽음과 〈죽은 아이를 그리는 노래〉 　　　　　그린칭 묘지

　말러와 알마 사이에는 두 딸이 있었다. 첫째 딸 마리아 안나는 결혼한 해인 1902년에, 둘째인 안나 유스티네는 2년 후인 1904년에 태어났다. 말러에게는 아이들이 태어난 이 시기가 삶에서 가장 큰 행복을 느낀 때라고 해도 과언이 아니었다.

　나는 따로 시간을 내서 이들 가족에게 가장 의미 있는 장소 중 하나인 그린칭 묘지Grinzinger Friedhof를 찾았다. '빈 숲'과 가까운 곳에 위치한 이 묘지는 말러의 큰딸 마리아 안나가 다섯 살에 사망하고 묻힌 자리다. 말러는 사후에 빈 중앙묘지에 마련된 음악가 묘역에 묻히기를 원하지 않았는데, 자신의 큰딸과 함께 이곳에 합장되기를 바랐기 때문이다.

　말러의 대표적인 연가곡 중에는 〈죽은 아이를 그리는 노래〉라는 작품이 있다. 만약 앞의 이야기를 듣고 이런 작품이 있다는 걸 알게 되었다면, 아마도 말러가 딸을 추모하며 작곡한 것으로 추측할 수도 있다. 그러나 이 곡은 사실 알마를 만나기 직전인 1901년 여름부터 쓰기 시작

알마 말러, 그리고 두 딸 마리아와 안나, 1906년경.

한 곡이다.

이 작품은 시인 뤼케르트가 사랑하는 두 자녀를 성홍열로 잃고 비탄에 빠져 썼던 동명의 시집에서 말러가 다섯 개의 시를 선택해 곡을 붙인 연가곡이다. 시기적으로 보았을 때 말러는 자녀를 잃은 아버지의 마음에 공감했다기보다 어렸을 때 형제들을 잃은 경험을 떠올리며 이 시에 몰입했을 것이다. 결혼한 직후에는 한동안 이 작품을 제쳐두었으나, 1904년 여름에 둘째가 태어나고 난 뒤 다시 이 작품으로 돌아가 마침내 곡을 완성했다. 그리고 이듬해에 다른 뤼케르트의 시를 기반으로 한 가

말러와 알마, 그리고 두 딸 마리아와 안나, 1906년경.

곡들과 이 작품을 함께 엮어서 궁정오페라극장의 대표적인 바리톤인 프리드리히 비더만Friedrich Wiedermann의 독창과 빈 필하모닉 오케스트라의 반주, 그리고 자신의 지휘로 초연했다.

〈죽은 아이를 그리는 노래〉는 말러의 가장 아름다운 작품 중 하나로 평가받는다. 그러나 1907년 7월 5일, 큰딸 마리아가 뤼케르트의 자녀와 같은 성홍열로 세상을 떠나면서 이 작품은 가족 모두에게 쓰라린 상처로 남게 되었다. 친구이자 음악학자인 귀도 아들러Guido Adler에게 보낸 편지에서 말러는 이렇게 말했다. "만약 진짜로 내 아이가 죽은 상황이었다면 이런 작품은 쓸 수 없었을 것이네."

사실 뤼케르트도 그랬거니와 예술가들이 가까운 사람을 잃고 난 후에 작품을 창작하며 그 슬픔을 승화시키는 일은 수없이 많다. 이 또한 음악가들의 애도 과정이라 할 수 있을 텐데, 이를 통해 그들은 스스로 위안을 얻고 마음의 평정을 되찾은 듯하다. 〈죽은 아이를 그리는 노래〉에는 자식이 죽은 고통에서 벗어나려는 아버지의 마음, 죽은 아이를 그리워하며 느끼는 슬픔, 아직도 함께 있는 것만 같은 애처로운 상상, 천국에서 아이는 평안히 지낼 것이고 자신도 언젠가 그 길을 따라갈 것이라는 낙관적인 감상이 담담하게 묘사되어 있다. 그럼에도 이 작품이 죽음을 노래하는 그 어떤 곡보다 슬프게 다가오는 것은, 정작 말러가 이같은 일이 자신에게도 똑같이 일어나리라는 것을 전혀 모른 채 곡을 썼기 때문이다. 아마도 말러는 아이를 떠나보낸 후로는 이 곡을 편히 들을 수 없었을 것이다.

딸의 죽음을 시작으로 말러에게 불행이 한꺼번에 몰려왔다. 원래 약했던 심장이 더욱 악화되었고, 앞서 이야기한 말러에 대한 비판 여론과 반유대주의 세력, 그리고 오페라 단원들과의 마찰 등으로 궁정오페라극장의 감독직도 그만둔 것이다. 한편 딸을 잃은 후 알마는 남편과 소원해지면서 장차 바우하우스의 교장이 될 젊은 건축가 발터 그로피우스와 밀애에 빠진다. 이후 둘의 불륜 관계는 말러에게 씻을 수 없는 상처를 준다. 말러는 결국 큰딸이 죽은 지 만 4년만인 1911년에 심장내막염 진단을 받은 후 아이의 길을 따라가게 된다.

시내 근방에서 30번 전차를 타고 20분 정도 이동하면 포도밭으로 둘러싸인 조용한 마을 그린칭이 나온다. 그린칭 묘지는 입구도 빈 중앙묘지와 달리 소박하기만 한데, 말러는 여기 6구역에 묻혀 있다. 그쪽으로

그린칭 묘지 6구역에 있는 말러의 무덤. 첫째 딸 마리아와 함께 묻혀 있다.
알마 말러의 무덤. 둘째 남편에게서 얻은 딸 마농과 함께 묻혀 있다.

천천히 걸음을 옮기니 그의 비석이 금방 눈에 들어온다. 말러와 그의
어린 딸이 이곳에 함께 잠들어 있다. 빈 분리파의 건축가 요제프 호프
만이 만든 묘비는 여느 유명인의 비석과는 달리 단순하고 또렷한 서체
로 망자의 이름만 각인되어 있다. 비석 자체는 위와 아래, 옆 등 모든 면
이 사각형으로 이루어져 마치 모던한 신전처럼 보인다. 이름 외에 별다
른 묘비명이 없는 것은 생전에 남긴 그의 유언에 따른 것이다.

"나를 보러 오는 사람들은 내가 누군지 잘 알 것이고, 나머지는 알 필
요가 없다."

비석 위에는 사람들이 애도의 마음을 담아 올려놓은 조약돌이 얹혀
있고, 그 앞에는 시들지 않은 화환이 정성스레 놓여 있다. 한적하고 구
석진 곳에 자리한 묘지이지만, 그를 추모하는 이들의 발걸음은 끊이지

않는 듯하다.

6구역에는 말러의 부인 알마도 묻혀 있다. 그러나 말러 부녀 바로 곁에 있는 것이 아니라 약간의 거리를 두고 등을 진 채 누워 있다. 알마는 말러가 세상을 떠난 후 다시 사교계의 꽃이 되어 여러 예술가들의 뮤즈로 살았다. 그녀에게 광적으로 집착한 화가 오스카어 코코슈카와도 염문을 뿌렸지만 결국 그로피우스에게로 돌아가 그와 재혼했다. 그러나 그로피우스가 제1차 세계대전에 참전하면서 멀리 떠나가자 알마는 프라하 태생의 시인이자 소설가인 프란츠 베르펠Franz Werfel과 사귀면서 공개적인 동거를 시작한다. 결국 그로피우스와도 이혼하고 1929년에 베르펠과 세 번째로 결혼해 평생 함께 살았다. 그래서 알마의 비석에는 그녀의 마지막 이름인 알마 말러 베르펠Alma Mahler Werfel이 새겨져 있다. 알마는 사후에 더욱 위상이 높아진 첫 남편 말러의 이름을 영원히 버리지 않았던 것이다. 그녀는 뉴욕에서 사망했지만, 시신은 이곳에서 그로피우스에게서 낳은 딸 마농과 함께 묻혀 있다. 마농은 열여덟 살에 소아마비로 세상을 떠났다.

단란했던 말러의 가족이 사후에 이처럼 뿔뿔이 흩어져 있는 모습을 보니 마음이 착잡해진다. 알마는 그로피우스와 바람을 피웠지만, 결국 두 남자 사이에서 말러를 선택했고 말러 역시 알마를 잃을지도 모른다는 불안감 속에서 부부 관계를 회복하려고 진지하게 노력했다. 말러가 세상을 떠날 때 여전히 알마와 함께였다는 사실이 그나마 위안이랄까. 하지만 나는 이미 그가 떠난 뒤의 스토리를 알고 있기에 묘지를 떠나는 내내 씁쓸한 여운이 길게 남는 것을 어찌할 수 없었다.

마지막 모습을 그리며

빈으로 다시 돌아와 그가 죽기 전에 며칠을 보낸 '마리안넨가세 20번지'의 뢰브 요양소Sanatorium Löw가 있었던 곳을 찾아보았다. 역시나 건물 앞에는 그를 기리는 현판이 붙어 있었다. 이 현판에는 특이하게도 네 마디의 악보가 그의 필체 그대로 새겨져 있는데, 자세히 보니 미완성으로 남은 그의 〈교향곡 10번〉의 첫 부분, 현이 단선율로 연주하며 시작하는 그 아련한 부분이었다. 이 현판을 보자, 지금까지 한 번도 자세히 들여다보지 않았던 또 하나의 현판이 있는 곳이 퍼뜩 떠올랐다. 바로 오늘의 마지막 행선지인 콘체르트하우스였다.

콘체르트하우스에 도착해 말러의 얼굴이 새겨진 현판부터 다시 살펴보았다. 그를 좋아하는 사람이라면 바로 알아볼 수 있도록 얼굴의 잔주름까지 상세히 묘사되어 있다. 얼굴 밑에 이런 문장이 적혀 있다.

1945년 6월 3일, 위대한 음악가의 예술이 오스트리아의 문화생활에 다시 나타났다.

말러가 사망한 뒤 나치 치하의 유럽 땅에서 유대인인 말러의 작품은 당연히 출간도 연주도 금지되었다. 그러다가 제2차 세계대전이 끝난 직후에 다시 말러의 위상을 이 도시에 새롭게 새기게 된 것이다.

1945년 6월 3일, 콘체르트하우스의 대극장에서는 빈 필하모닉의 연주로 말러의 교향곡 제1번이, 슈베르트 홀에서는 소프라노 로제 피히팅어Rose Fichtinger의 노래로 말러의 가곡 〈누가 이 노래를 만들었나?〉와

〈라인의 전설〉이 당당하게 울려 퍼졌다.

"오스트리아에 가면 보헤미아 사람으로, 독일에 가면 오스트리아 사
람으로, 또 세계에서는 유대인으로 살았기에 삼중으로 고향이 없다"고
말했던 말러는, 결국 그의 음악 안에서 영원한 안식의 뿌리를 내렸다.
그는 이제 우리에게 보헤미아 사람도 오스트리아 사람도 유대인도 아
닌, 한 사람의 위대한 음악인으로 기억되고 있을 뿐이다.

콘체르트하우스 외벽에 설치된 말러의 현판.

연가곡 〈대지의 노래〉 중
'청춘에 대하여'

James King(테너)
로열 콘세르트헤바우 오케스트라
Bernard Haitink(지휘)

〈교향곡 제4번 '천상의 삶'〉
제4악장

Sabine Devieilhe(소프라노)
레 시에클 오케스트라
François-Xavier Roth(지휘)

〈뤼케르트 가곡집〉 중
'나는 이 세상에서 잊히고'

Dietrich Fischer-Dieskau(바리톤)
베를린 필하모닉 오케스트라
Karl Böhm(지휘)

〈뤼케르트 가곡집〉 중
'아름다움 때문에 사랑할 거면'

Christiane Karg(소프라노)
Malcolm Martineau(피아노)

〈교향곡 제3번〉 제5악장
'세 천사가 노래했네'

필하모니아 오케스트라
Esa-Pekka Salonen(지휘)

연가곡 〈죽은 아이를 그리는
노래〉 중 No.3
'네 엄마가 방문을 열고 들어설
때면'

Christa Ludwig(메조소프라노)
베를린 필하모닉 오케스트라
Herbert von Karajan(지휘)

〈교향곡 제2번 '부활'〉 제4악장
'태초의 빛'

Nadja Michael(소프라노)
빈 필하모닉 오케스트라
Gilbert Kaplan(지휘)

가곡집 〈소년의 마술 뿔피리〉 중
'라인의 전설'

Anne Sofie von Otter(메조소프라노)
베를린 필하모닉 오케스트라
Claudio Abbado(지휘)

〈교향곡 제2번 '부활'〉 제5악장
피날레

Barbara Hendricks(소프라노)
Christa Ludwig(알토)
뉴욕 필하모닉 오케스트라
Leonard Bernstein(지휘)
웨스트민스터 합창단
Joseph Flummerfelt(합창지휘)

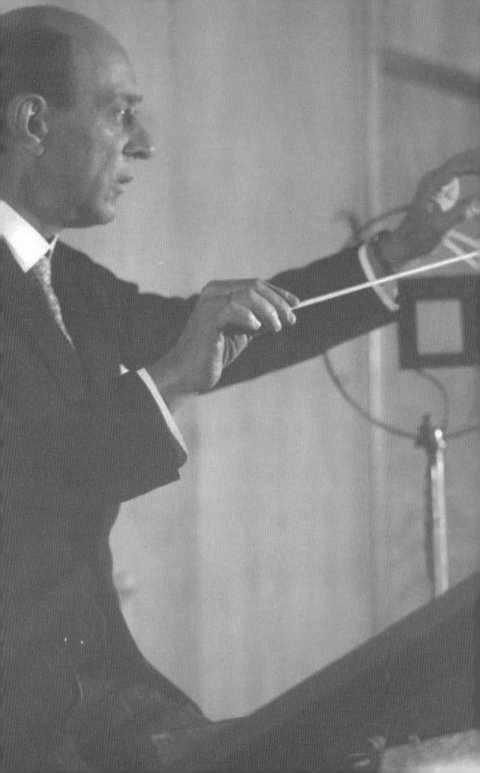

Arnold Schönberg & Second Viennese School

쉰베르크와 제2빈악파

음악의 새로운 길을 노래하다.

제2빈악파를 찾아서

아르놀트 쉰베르크와 알반 베르크Alban Berg, 그리고 안톤 베베른Anton Webern은 이미 현대음악의 고전이 된 이들이지만, 음악을 전공한 나조차 거리감을 느낄 때가 많다. 작곡가는 결국 음악으로 관객과 만날 수밖에 없는데, 무조음악의 창시자인 이들의 작품은 편하게 듣거나 노래하기가 힘든 만큼 이들과 소통하려면 좀 더 시간이 필요하다. 이를테면 쉽게 주제를 알 수 있는 인상파의 그림을 보다가 갑자기 칸딘스키의 추상화를 보는 느낌이랄까. 단박에 추상화를 좋아하는 사람도 있겠지만, 보통은 어떻게 감상해야 할지를 먼저 생각하기 때문에 어렵게 느낀다. 이들의 음악도 이와 비슷하지 않을까.

제2빈악파를 다룬 뉴 그로브의 책표지. 쉰베르크를 중심으로, 왼쪽이 베르크, 오른쪽이 베베른이다.

이번 빈 여행에서는 '제2빈악파'를 대표하는 이들의 흔적을 따라다니기로 했다. 나도 그들에게 알게 모르게 선입견을 갖고 있었다면 이 기회에 완전히 떨쳐버리고 싶었다. 결과적으로 이 여행을 통해 나는 빈에서 만난 어떤 작곡가들보다 더 이들과 가깝게 느끼게 되었다. 아니, 어쩌면 그 이상이라고 할 수 있다. 너무나 끈끈했던 그들의 우정과 협업으로 잉태한 음악의 산물이 너무나 눈부시고 감동적이었기 때문이다.

독학으로 음악을 공부한 쇤베르크 　　　오베레 도나우슈트라세

우선 제2빈악파의 스승이자 리더인 쇤베르크를 만나보기로 했다. 쇤베르크는 1874년에 빈 2구의 '오베레 도나우슈트라세'에서 태어났다. 아마도 그가 태어날 당시 그 지역은 유대인들의 거주 지역(게토)이었을 것이다. 그의 생가를 찾아간 날은 마침 보슬비가 내리고 있었다. 카를스플라츠 역에서 4호선을 타고 네 개의 정거장을 지나 목적지인 로사우어 렌데^{RoßauerLände} 역에 도착했다.

비 내리는 오후여서 창밖으로 보이는 풍경은 내내 회색빛이었다. 거기서 5분 정도 걸으면 중심가와 그리 멀지 않으면서도 어딘가 외떨어진 분위기를 풍기는 주택가가 나오는데 4층짜리 건물이 줄지어 늘어선 거리였다. 쇤베르크의 집은 그중에서도 연한 회색빛에 갈색 나무 창틀이 인상적인 차분한 느낌의 집이었다. 음악사에서 그가 차지하는 이름의 무게에 비하면, 참으로 평범한 집에서 태어났구나 싶었다.

쇤베르크는 헝가리 세체니 출신의 아버지와 체코 프라하 출신의 어

쇤베르크의 생가가 있는 회색빛 건물.

머니 사이에서 삼남매 중 장남으로 태어났다. 아버지는 신발 가게를 운영했고, 어머니는 피아노 교사였다. 덕분에 그는 어려운 가정 형편에도 음악을 사랑하는 분위기에서 성장했다. 쇤베르크는 '음악 엘리트 코스'를 밟은 게 아니라 주변 친구들에게 배우거나 스스로 터득하면서 거의 독학으로 음악을 공부한 것으로 유명하다. 그는 자신의 음악 이론에서 초기 발전 단계를 진술한 「나의 진화」라는 연설문[*]을 통해 초창기에 음악적 발판이 되어준 세 명의 친구를 다음과 같이 언급하고 있다.

첫 번째 친구는 오스카어 아들러Oskar Adler로, 과학만큼이나 음악가로서도 재능이 뛰어났다. 그를 통해 나는 음악 이론이라는 것이 있다는 것을 알게 되었고, 그 세계로 첫발을 내딛게 되었다. (……) 두 번째 친구는 다비트 바흐David Bach였다. 그는 언어학자이자 철학자, 문학 평론가, 수학자, 그리고 음악가였다. (……) 세 번째 친구는 내가 음악적

● 1949년 11월 UCLA 웨스트우드 캠퍼스의 로이스홀에서 한 연설.

테크닉에 대한 지식과 작곡법을 배우는 데 가장 큰 빚을 진 알렉산더 폰 쳄린스키였다.

위에서 언급한 것처럼 아들러와 바흐, 쳄린스키는 쇤베르크의 친구이자 최초의 음악 선생이나 마찬가지였다. 그중 작곡가 쳄린스키는 쇤베르크의 삶과 음악에 가장 큰 영향을 미쳤다. 쇤베르크는 첼리스트로 1895년에 입단한 아마추어 체임버 오케스트라 '폴리힘니아Polyhymnia'에서 쳄린스키를 처음 만났다. 당시 쇤베르크는 아버지를 일찍 여의고(1889년 사망) 가족을 부양하기 위해 은행에서 수습 직원으로 일하고 있었다. 그러면서도 바그너의 오페라를 보기 위해 얼마 안 되는 급여를 쓸 정도로 음악에 대한 열정은 식을 줄 몰랐고, 혼자 첼로까지 배웠던 것이다. 이 오케스트라를 조직한 쳄린스키는 쇤베르크보다 두 살 많았을 뿐이지만, 빈 음악원 출신으로 당시 두각을 나타낸 젊은 음악가였다. 두 사람은 허물없이 지내며 음악을 토론하고 함께 연구했는데, 쇤베르크는 이때 쳄린스키의 조언을 받으면서 여러 습작을 남겼다. 아마도 그와 나눈 음악적 교류는 쇤베르크가 직업 음악인으로 살아가기로 결심하는 데 중요한 역할을 했을 것이다.

쇤베르크가 작품번호를 붙이기 시작하고 내리 출판한 첫 세 작품인 〈두 개의 노래, Op.1〉(1898년), 〈네 개의 노래, Op.2〉(1899년), 〈여섯 개의 노래, Op.3〉(1899~1903년)는 공교롭게도 전부 노래다. 이 전후로도 수십 개의 노래를 작곡한 것을 보면, 초창기에는 노래에 대한 관심이 굉장히 컸던 것으로 보인다. 이 초기작들만 해도 아직까지 낭만주의의 영향이 크게 남아 있는데도, 보수적인 빈 사람들은 이 작품들을 초연할 때격한 반발을 보였다고 한다. 쇤베르크는 자신의 음악을 펼치기 위해 더 큰 용기가 필요한 상황에 직면한다.

삼인방의 뜨거운 만남

제2빈악파의 대표자인 쇤베르크와 베르크, 베베른은 처음에 어떻게 만났을까? 1904년 10월, 한 교육기관에서 음악 이론을 가르치고 있던 쇤베르크는 신문에 개인적인 작곡 클래스 모집 공고를 낸다. 이때 빈 대학에서 음악학을 공부하고 있던 안톤 베베른과 모집 공고를 보고 개인적으로 찾아온 알반 베르크가 합류하면서 세 사람의 운명적인 만남이 시작된다. 쇤베르크의 나이는 서른이었고, 베베른은 스물하나, 베르크는 열아홉으로, 스승과 제자들은 거의 열 살 차이였다. 하지만 세 사람은 음악적으로 존경하는 스승과 제자이자 인생에서는 서로를 지지하는 동반자였으며, 인간적으로는 평생의 친구로 남았다.

빈에는 베베른과 베르크의 생가가 모두 남아 있다.

베베른은 빈 3구의 '뢰벤가세Löwengasse'에서 1883년 12월 3일, 광산 기술자인 아버지와 음악 애호가인 어머니 사이에서 태어났다. 일곱 살 때부터는 아버지의 직장이 그라츠와 클라겐푸르트로 차례로 옮겨가면서 그곳에서 학창 시절을 보냈다. 어머니의 영향으로 어린 시절부터 피아노, 첼로 등 다양한 악기들을 배웠고, 누이들과 트리오로 연주하는 등 집 안에는 음악적인 분위기가 흘러넘쳤다. 1902년에는 다시 빈으로 돌아와 빈 대학에 입학해 철학과 음악학을 공부했고 2년 후에 쇤베르크의 작곡 문하생이 되었다.

삼인방의 막내인 알반 베르크는 1885년 2월 9일 빈 1구의 '투흐라우벤Tuchlauben'에서 서점 주인인 아버지의 셋째 아들로 태어났다. 그러나 열다섯 살에 아버지가 세상을 떠나면서 가정 형편이 급격히 기우는데, 쇤베르크 역시 같은 나이에 아버지를 잃은 경험이 있었기 때문에 베르크가 더욱 그를 의지했던 것으로 보인다. 베르크는 아버지의 영향으로 다양한 문학에 심취했고, 글을 쓰는 데에도 뛰어난 재능을 보였으며, 피아노도 즐겨 연주했다. 작곡을 배우기 시작한 것은 아버지의 사망 직후인 1900년부터인데, 초기에 이미 많은 가곡을 습작으로 남겼지만 본격적으로 작곡에 몰입해 출판할 만한 작품을 쓰게 된 것은 쇤베르크의 문하생으로 들어간 이후의 일이다.

쇤베르크와 베베른, 그리고 베르크는 이후 지속적으로 깊은 유대관계를 이어갔다. 쇤베르크는 제자들과 함께 시너지를 일으키며, 후기 낭만주의를 넘어 인간의 내면세계를 극대화하는 표현주의, 그리고 서양음악의 중요한 음악적 구조로 자리 잡은 조성을 파괴해 무조음악으로 나아가는 길을 모색했다.

또한 쇤베르크는 제자들 각자의 개성을 존중했기 때문에 베르크와 베베른 역시 자기만의 스타일을 확립하며 성장해 나갔다. 당시 쇤베르크는 성악, 특히 표현주의 극음악에 치중했는데, 베르크 역시 이후 그 분야에서 탁월한 작품을 남기게 된다. 베베른은 본격적으로 음악학을 공부했기 때문에 이론적으로 탄탄한 기반을 가지고 있었고, 처음 음악가로서 커리어를 시작할 때는 스승을 따라 지휘자로 주로 활동했다. 또한 작곡가로서 음악의 완벽한 형식을 중요시했기 때문에 무조음악이면서도 고전시대 이전의 형식을 차용한 음렬주의로 나아가는 과정에서 쇤베르크와 큰 연결고리를 갖게 된다.

두 제자 중에 작곡가로 먼저 두각을 나타낸 것은 베르크였다. 쇤베르크의 지도하에 쓴 작품 중 현재 가장 많이 불리는 작품은 〈7개의 초기 가곡〉이다. 시에 대한 예민한 감각과 음악적으로 높은 완성도를 보이는 이 작품은 1905년부터 1908년 사이에 작곡했다. 이 곡들은 언제 썼는지에 따라 각기 다른 음악적 양상을 보이는 것이 흥미롭다. '꾀꼬리'와 '방 안에서'는 제일 먼저 완성된 곡으로 낭만주의적 영향이 돋보이지만, 이후에 작곡한 가곡들은 박자가 자주 변하고 점점 조성이 모호해지는 특성이 이미 나타난다.

쇤베르크와 게르스틀의 만남

제2빈악파의 대표자인 쇤베르크는 작곡가로 널리 알려져 있지만, 나는 그를 다만 '예술가'라고 정의하고 싶다. 그는 무엇이든 만드는 것을 좋아했고, 특히 꽤 많은 그림을 남긴 화가이기도 했다. 화가로서 쇤베르크는 자신의 감정을 그림으로 밀도 있게 표현했고, 이는 당대 화단의 아방가르드한 작가들인 바실리 칸딘스키나 오스카어 코코슈카 등 많은 화가들의 찬사를 받으면서 그들과 깊이 있는 우정을 나누게 된다. 쇤베르크는 수많은 자화상과 지인들의 인물화 및 풍경화를 그렸고, 자신의 음악극인 〈행운의 손〉과 〈기대〉의 무대 디자인 초안을 직접 그리기도 했다.

왼쪽 위 아르놀트 쇤베르크, 〈쳄린스키의 초상〉, 1910년.

왼쪽 아래 아르놀트 쇤베르크, 〈자화상〉, 1910년.

오른쪽 아르놀트 쇤베르크, 〈베르크의 초상〉, 1910년.

리히텐탈 성당 근처에서 발견한 쇤베르크와 게르스틀 관련 현판.

내가 빈에서 화가 쇤베르크의 흔적을 처음 발견한 것은 길을 지나다가 우연히 마주친 어느 건물의 외벽이었다. 슈베르트가 세례를 받은 리히텐탈 성당 근처였는데, 아주 작게 붙어 있는 현판이 갑자기 눈에 쏙 들어왔다.

유대인 작곡가이자 음악 이론가, 12음기법의 창시자인 아르놀트 쇤베르크는 1903년부터 1910년까지 이 집에서 화가 리하르트 게르스틀과 함께 작업했다.

쇤베르크의 삶에서 빼놓을 수 없는 또 한 명의 예술적 동지이자 화가인 리하르트 게르스틀Richard Gerstl의 이름을 생각지도 못한 곳에서, 그것도 쇤베르크의 이름과 나란히 있는 것을 보게 되자 마음 한쪽이 쿵 하고 내려앉았다. 그는 오스트리아 표현주의 미술의 선구자로, 쇤베르크와 같은 건물에 살면서 자주 교류했다. 당시 미술계와 교류가 거의 단절되어 있던 게르스틀은 오히려 음악인들에게 더 큰 매력을 느꼈고 쇤베르크를 존경하게 된다. 두 사람의 우정은 1906년부터 시작되는데, 게르스틀은 쇤베르크의 가족이나 음악가 친구들과도 자유롭게 어울리며 행복한 나날을 이어갔다. 그는 종종 이들의 초상화를 그렸는데, 쇤베르크가 1907년부터 그림을 그리기 시작한 것도 그의 도움이 결정적이었을 것이다.

그러던 중 안타까운 비극이 시작된다. 게르스틀이 쇤베르크의 부인이자 쳄린스키의 여동생인 마틸데와 사랑에 빠지게 된 것이다. 1908년 여름, 그문덴에서 쇤베르크 가족이 게르스틀과 친구들을 초대해서 휴가를 즐기던 중에 이 사실이 밝혀지면서, 결국 마틸데는 남편과 두 아이를 버리고 게르스틀을 따라 빈으로 도망가고 만다. 그녀는 얼마 지나지 않아 가정으로 돌아왔지만, 이 사건은 당사자들은 물론 주변 사람 모두에게 큰 충격을 주었다.

이후 마틸데를 향한 그리움과 주변 사람들의 냉혹한 시선을 견디지 못한 게르스틀은 그해 11월 4일, 자신과 관련한 편지와 문서들을 모두 불태워버리고 스스로 목숨을 끊는다. 그의 나이 고작 스물다섯이었다.

그러나 다행히도 게르스틀의 중요한 그림들은 살아남아 지금까지 우리에게 전해지고 있다. 그의 그림들은 1930년대에 재발견되어 상당한 반향을 일으킨다. 그리고 전쟁이 끝난 1945년 이후부터 게르스틀이라는 이름은 오스트리아 미술계의 핵심 작가로 자리매김하게 된다. 그의 그림은 전후 세대 예술가들에게 많은 영감을 주었으며, 1960년대의 빈 행동주의Viennese Actionism에서도 그의 영향을 확인할 수 있다. 살아남은 예순여 점의 그림은 대부분 빈의 레오폴트 미술관Leopold Museum과 벨베데레 궁전 미술관Österreichische Galerie Belvedere에 소장되어 있다.

빈 현대미술의 집결지인 무제움스크바르티어MQ에 자리 잡은 레오폴트 미술관.

　게르스틀의 그림을 만나기 위해 레오폴트 미술관을 찾았다. 1층 맨 왼쪽의 첫 번째 전시실이 게르스틀의 방이다. 세기말 빈의 예술품들을 주로 전시하고 있는 이 박물관에서 게르스틀이 방 하나를 온전히 차지하고 있다는 것은 예술가로서 그의 위상이 얼마나 대단한지를 잘 보여준다고 할 수 있다. 생전에 누리지 못한 영예가 사후에야 비로소 그에게 찾아온 것이다.

　이곳에는 나의 마음을 후벼 파는 게르스틀의 자화상 두 개가 걸려 있다. 1900년도 초반에 그린 작품은 벌거벗은 상반신을 드러낸 채 푸른 색을 바탕으로 외로이 서 있는 그림이다. 그가 그린 인물 초상화는 인간 심리에 대한 뛰어난 통찰을 보여준다고 평가받는데, 스무살 즈음에 그린 이 자화상에서도 세상에 대한 당찬 자의식이 엿보인다.

또 하나는 세상을 떠나기 직전에 그린 자화상이다. 마틸데와 헤어진 직후 안절부절못하는 심리적 붕괴 상태가 왼쪽 하단의 소용돌이 같은 표현이나 적나라한 성기 노출로 드러나 있다. 당시에 성기를 드러낸 나체는 절대적으로 금기시되었기에 이토록 거칠고 급진적인 그림은 상당히 충격적이었을 듯하다. 지금은 표현주의의 걸작으로 평가받는다.

이 자화상 옆에는 1908년 문제의 시골 휴양지에서 마틸데를 그린 작품도 함께 있다. 여백이 거의 없이 인물로만 촘촘히 채워진 이 그림에서는 이미 그의 마음속에 자리 잡은 마틸데의 존재감이 확연히 드러난다. 얼굴 표정은 몇 개의 붓 터치로만 표현되어서 구체적으로 짐작하긴 어렵지만 언뜻 미소를 짓고 있는 듯하다. 들뜬 붓 터치와 온통 노란색 꽃밭으로 둘러싸인 생동하는 배경에서는 그녀를 향한 복잡한 심경이 느껴진다. 이 그림을 그린 당시의 게르스틀을 생각하면 가슴이 찌르르 저려온다.

당시의 회화가 사물에 대한 정확한 묘사보다 내면의 표현에 집중한 것처럼, 음악에서도 가장 큰 근간이 된 음악적 조성을 흔들고 파괴함으로써 작곡가의 심리적 표현을 극대화하는 양상이 나타난다. 아마도 제2빈악파를 이해하기 위해서는 같은 시기 오스트리아 표현주의 화가들의 작품을 보는 것도 도움이 될 듯하다.

쇤베르크는 아내 마틸데가 게르스틀과 불륜의 사랑에 빠져 떠난 동안, 독일의 상징주의 시인 슈테판 게오르게Stefan Geroge의 시에 빠져든다. 그의 시는 당시 쇤베르크가 느낀 비참한 고통을 온전히 대변하고 있었다. 쇤베르크는 게오르게의 연작시 「7번째 반지」 중 두 편을 선택해 〈현악사중주 2번〉의 3, 4악장에 각각 사용했다. 현악사중주라는 전통적인

위 　리하르트 게르스틀, 〈반 나체의 자화상〉, 1904~1905년.

아래 　리하르트 게르스틀, 〈나체의 자화상〉, 1908년.

리하르트 게르스틀, 〈정원에 있는 마틸데〉, 1908년.

기악 장르에 성악을 삽입하는 파격을 감행한 것이다.

3악장에서 선택한 시는 "깊은 슬픔이 침울하게 나를 덮치네"로 시작하는 '한탄Litanei'으로, 당시의 고통을 음악적으로 표현하는 과정에서 조성이 점점 모호해진다. 이후 이어지는 4악장의 시 '환희Entrückung'는 "나는 다른 혹성의 공기를 느낀다"라는 구절로 새롭게 국면이 승화되며 음악적으로는 완연한 무조성, 즉 특정한 조성이나 중심음이 없이 마무리된다. 이 같은 작곡 방식은 아름다움을 추구한 기존의 음악 작법을 벗어나 내면의 불안, 공포 등을 표현하기에 적합했다. 쇤베르크는 이러한 시도를 통해 음악에서 '표현주의'의 중요한 흐름을 이끈 주역으로 남았다. 이 곡은 그에게 다시 돌아온 부인 마틸데에게 헌정되었다.

〈현악사중주 2번〉이 조성으로 시작해 무조성으로 끝난 최초의 무조 작품이라면, 직후에 작업한 연가곡 〈공중정원의 책〉은 전체 작품을 무조성으로 작곡한 최초의 작품이다. 15곡으로 이루어진 이 작품 역시 게오르게의 연작시를 사용했다. 정원에서 이루어진 두 남녀의 사랑은 여자가 떠나면서 실패로 끝나고, 정원은 붕괴된다는 내용이다. 이 연작시는 당시 쇤베르크의 상황을 떠올리게 하지만, 정원이 무너진다는 것은 전통적인 형식과 권위의 붕괴를 상징하기도 하기에 이 모든 것이 조성을 파괴하려는 시도에서 중요한 은유적 표현으로 작용한다.

게르스틀과 쇤베르크의 비극적인 서사를 머릿속으로 되새기며, 또다른 게르스틀의 그림들이 걸려 있는 벨베데레 궁전 미술관으로 발걸음을 옮겼다. 호프부르크 궁전 앞에서 D번 전차를 타고 몇 정거장을 이동하니 금방 도착했다. 벨베데레 궁전 미술관은 구스타프 클림트의 〈키스)를 비롯해 그의 대표작을 가장 많이 소장하고 있는 곳으로 유명해서 평일에도 관광객의 발길이 끊이지 않는 곳이다. 그러나 내가 찾은 날은 날씨가 갑자기 어두워지며 눈발이 날려서 그런지 다른 때와 달리 유난히 고요했다.

구스타프 클림트, 에곤 실레 등 유명한 세기말의 작품들이 빼곡한 사이로 크게 웃는 모습이 인상적인 게르스틀의 〈웃는 자화상〉이 보인다. 이 그림은 자살 직전에 그린 것으로 알려졌는데 그래서인지 그의 웃음에서는 행복한 활기를 느끼기 어렵다. 불행한 연애, 인정받지 못한 작품. 물기를 머금은 듯 반짝이는 왼쪽 눈이 완전히 고립된 자아의 서글픈 종말을 예고하는 듯하다. 스물다섯 살의 짧은 생애는 이처럼 광기 어린 웃

리하르트 게르스틀, 〈웃는 자화상〉, 1908년.

벨베데레 궁전 정원의 눈 쌓인 모습. 벨베데레는 말 그대로 '전망이 좋다'는 뜻으로, 정원 너머로 저 멀리 슈테판 대성당이 내려다보인다.

음과 함께 끝났다.

시선을 돌려 창문 밖으로 아름다운 프랑스식 정원의 눈 쌓인 정경을 바라보았다. 이미 옛 주인은 사라진 지 오래인 벨베데레 궁전의 화려했던 시절이 무상하게 느껴진다. 초록의 녹음을 잃은 스산한 겨울의 정원을 바라보며 쇤베르크의 〈공중정원의 책〉을 떠올렸다. 쇤베르크가 겪은 개인적인 고통이 무조음악의 탄생을 이끈 도화선이 된 것은 분명하나, 급변하는 시대의 흐름을 거스를 수는 없었다. 구시대를 상징하는 정원은 이미 붕괴되기 직전이었고, 위태롭게 버텨 나가던 주인공들은 결국 자신이 가진 모든 것을 불쏘시개 삼아 처참하게 무너졌다. 옛것이 무너진 자리에는 반드시 새로운 탄생이 시작되니, 우연인 듯 필연이 다가오는 운명, 이것이야말로 역사의 진실이 아닐까.

12음기법의 발상지

뫼들링^{Mödling}은 빈에서 남쪽으로 약 14킬로미터 떨어진 근교 지역으로, 예전부터 꼭 한 번 들러보고 싶은 곳이었다. 쇤베르크와 베베른이 합창 지휘자로서 활동한 무대인 데다 제1차 세계대전 이후 제2빈악파의 수많은 젊은이들이 모여 새로운 음악의 혁신을 이룬 곳이기 때문이다. 이번 여행에서는 특히 쇤베르크와 제2빈악파를 중심으로 살펴보기로 작정한 터라 시간을 내서 둘러보기로 했다. 게다가 베토벤도 이곳에서 몇 해의 여름을 보내며 휴양도 하고 작곡도 한 것으로 알려져 있어 더욱 기대되기도 했다.

그날은 눈발이 날리진 않았지만 꽤 추웠다. 오스트리아는 우리나라와 마찬가지로 여름엔 덥고 겨울엔 춥다. 차가운 바람에 싸락눈이 섞이면 스산하고 차가운 기운이 뼛속까지 스며든다. 눈바람이 불지 않는 것

뫼들링 거리의 한산한 모습.

만도 다행이라 생각하며 빈에서 기차를 타고 삼십여 분을 달려 뫼들링에 도착했다. 역에서 쇤베르크가 살았던 집이 있는 '베른하르트가세'까지는 약 1.4킬로미터의 거리다. 도중에는 많은 음악 순례자들이 거쳐 가는 베토벤 기념관도 있기에 천천히 산책하듯 걸어갔다.

역에서 나와 오른쪽 대로를 걷다가 삼거리에서 왼쪽으로 꺾어지자 베토벤의 작은 흉상이 보였고, 그 뒤에 베토벤 기념관이 있었다. 잠시 베토벤의 흉상을 들여다보다가 오늘의 목적지를 향해 계속 직진했다. 오늘만큼은 베토벤이 아니라 쇤베르크가 주인공이기 때문에 아쉽지만 더 이상 지체하기 어려웠다. 우리 동네처럼 친근하게 느껴지는 골목길을 몇 블록 더 지나니 쇤베르크 하우스가 보였다.

원뿔형의 뾰족한 첨탑이 솟아 있어서 멀리서도 쉽게 알아볼 수 있는 이 집은 마치 동화에 나오는 작은 성 같았다. 이 아름다운 집은 쇤베르크가 1918년부터 1925년까지 살면서 그 유명한 12음기법을 탄생시킨

쇤베르크 하우스.

306

곳이다. 수백 년간 작곡을 위한 기본 틀은 '조성'이었다. 그런데 그 체계를 무너뜨리고 음계라는 틀이 사라지자 새로운 작곡의 기틀을 마련할 필요가 생겼다. 그래서 개발된 시스템이 12음기법이다.

12음기법을 간단히 살펴보면 다음과 같은 특징이 있다. 어떤 음악을 작곡하기 위해서는 우선 곡의 첫 부분에서 옥타브 안의 12음(도도#레레#미파파#솔솔#라라#시)을 모두 사용한다. 이때 조성을 느낄 만한 음을 인접시키거나 중복해서 사용하지 않고 동일한 횟수로 사용해 선율(음렬의 순서)을 만드는데, 이 선율에 순서를 매긴 첫 12음이 곡을 이루는 기본 음계가 되는 방식이다. 한 음을 중복 사용하거나 여러 번 사용하면 그 음을 중심으로 조성을 느낄 수 있으므로, 위와 같은 엄격한 금칙을 부여하게 된 것이다. 그래서 이 음들의 순서에 대위법의 옷을 입히면 기존 무조성 음악의 자유로운 표현보다 더 이성적이고 수학적인 결과물이 탄생하는데, 이를 '음렬음악'이라고 한다. 이처럼 음렬음악의 범주에 들어가는 음악은 새로운 음계의 규제를 받게 되므로, 더 이상 '표현주의 음악'으로 지칭하지 않는다는 것에 유의해야 한다.

대개 음렬음악은 무질서하고 자유롭게 연주하는 음악이라고 생각하기 쉽지만, 이처럼 알고 보면 오히려 굉장히 규칙적인 음악이라고 할 수 있다. 음렬의 순서를 뒤집거나 음높이의 위아래를 바꾸거나 해서 무한한 진행을 만들어낼 수 있지만 음렬의 순서는 바뀌지 않기 때문이다. 기존의 익숙한 조성에 길들여져 있던 당시의 청중들에게 이 음악이 얼마나 혁명적이었을지 충분히 상상이 될 것이다.

그렇지만 결코 편안하게 들을 수 없다는 점에서 처음부터 이 음악의 진가를 알아보고 열광하는 청중은 그리 많지 않았을 것이다. 어쩌면 그런 이유로 한 사람의 작곡가가 아니라 이에 공감하는 여러 명의 음악인들이 모여 새로운 사상을 펼치듯 일종의 음악 운동이 전개되었던 것일지도 모른다. 그리고 그 시작점이 바로 이곳 뫼들링이었다.

우선 쇤베르크는 이곳에서 1918년 가을에 사립음악연주협회Verein für musikalische Privataufführungen를 창단했다. 단체의 목표는 '말러 이후의 당대 음악'을 연주하는 것으로, 쇤베르크를 대표로 해 19명의 제자들과 친구들로 구성됐다. 이들은 빈의 주요 연주장을 순회하며 당시의 새로운 음악을 알리는 데 결정적인 역할을 한다.

이 단체에서 베베른과 베르크는 쇤베르크를 도와 특별히 중요한 역할을 도맡았다. 특히 베베른은 첼로 주자이자 연주회 감독 및 편곡을 맡으며 주도적으로 활약했다. 쇤베르크의 12음기법의 가장 중요한 전수자이자 완성자도 베베른이다. 완벽한 음악적 형식을 추구한 그에게 무조음악의 발전 과정에서 나타난 이 기법은 그의 작곡 방식에 날개를 달아주었다. 그는 시인 힐데가르트 요네Hildegard Jone의 가사를 사용해 중요한 가곡들을 작곡하게 되는데, 완벽한 12음기법을 추구했기에 곡의 길이는 매우 짧아도 구조가 탄탄한 특징을 보인다.

베르크 역시 사립음악연주협회의 총책임자로, 쇤베르크의 방대한 작품들을 분석해 다수의 저술을 남기며 제2빈악파의 음악을 알리는 데 중요한 역할을 한다. 그러는 동안 이미 전쟁 시기부터 구상하고 있던 그의 첫 오페라 〈보체크Wozzeck〉를 쓰기 시작했다. 이 오페라는 게오르크 뷔히너Georg Büchner의 연극을 원작으로 한 작품으로, 실존 인물인 보이체크Johann Christian Woyzeck가 자신의 정부를 죽이고 사형을 선고받은 사건을 바탕으로 한 문제작이다. 뷔히너는 주인공을 이발사 출신의 병사, 즉 낮은 계급의 인물로 설정해 불륜을 저지른 부인을 살해했다는 사실보다 살인을 할 수밖에 없었던 상황과 이로 인해 받은 정신적 압박에 더 무게중심을 두고 있다.

베르크는 이 원작을 제1차 세계대전 직전에 처음 접하고는 오페라로 작곡할 것을 결심했지만, 전쟁 중에는 작곡을 이어나갈 수 없었다. 하지만 전쟁이라는 참혹한 상황을 겪으며 오히려 극의 내용에 더욱 몰입하게 되고 종국에는 주인공의 심정에 자신의 경험을 대입하며 상당히 표현주의적인 작품이 탄생한다. 오페라 〈보체크〉는 이후 1922년에 완성되었고, 무조성을 기초로 한 표현주의 작품의 좋은 예로서 높이 평가받는다. 특히 이 오페라에서는 쇤베르크의 극음악 〈행운의 손〉과 〈달에 홀린 피에로〉 등에 새롭게 나타난 '슈프레히슈팀메Sprechstimme', 즉 선율이나 리듬은 없으나 음을 가지고 대사를 치는 기법을 효과적으로 사용했다.

사실 쇤베르크의 삶을 들여다보면서 가장 부러운 점 중 하나는, 늘 '동료와 함께' 고민했다는 것이다. 빈에서 작곡 세미나를 열 때도 그랬고, 뫼들링에서도 일방적인 가르침을 주는 것이 아니라 학생들과 토론하면서 음악이 나아가야 할 방향을 함께 개척해 나갔다. 베베른과 베르크뿐만 아니라 한스 아이슬러Hans Eisler나 루돌프 콜리시Rudolf Kolisch, 빅토르 울만Viktor Ullmann 등 빈에 거주하는 많은 제자들은 전쟁 직후라 대중교통도 원활하지 않았던 탓에 빈에서 15킬로미터 이상을 걸어와야 하는 수고도 마다하지 않고 이곳에 모여 열띤 토론을 벌였다. 또한 당대 프랑스 작곡가인 다리우스 미요Darius Milhaud나 프란시스 풀랑크

Francis Poulenc도 방문했을 정도로 뫼들링의 쇤베르크 하우스가 갖는 의미는 특별했다.

이 집은 1970년대에 들어 철거당할 위기에 놓이기도 했지만, 이곳이 12음기법의 산실이라는 것을 잘 아는 후세 사람들이 구입해 지금까지 이 자리에 있을 수 있었다. 현재는 국제 쇤베르크 협회에 속한 박물관으로 운영되고 있어서 참으로 다행스럽다.

쇤베르크 하우스 안으로 들어가 보았다. 작곡가는 1층과 2층 사이의 메자닌 층에 살면서 여러 방을 사용했다. 그중 서재로 쓰던 방에서 그의 삶과 음악에 관련된 상설 전시가 열리고 있다. 여기서 강의도 하고

집 앞에서 포즈를 취한 쇤베르크.

쇤베르크 하우스의 내부.

작곡도 하고 연주도 했다고 한다. 중앙에는 그가 사용한 이바흐 피아노가 놓여 있고, 바로 옆의 유리 진열장에는 바이올린, 비올라, 첼로 등 다섯 대의 현악기, 그리고 빈으로 연주 여행을 떠날 때 자주 들고 다닌 하모니움(3옥타브를 연주할 수 있는 작은 풍금)도 볼 수 있어서 당시의 시끌벅적했을 모습을 상상해보게 한다. 피아노 주변으로 홍안紅顔의 청년 작곡가들이 눈을 반짝이며 둘러앉아, 각자의 악기를 들고 한 음 한 음에 귀 기울이며 진지하게 합주하고, 열정적인 토론을 벌이지 않았을까. 악기 외에도 쇤베르크의 자화상과 편지들, 직접 만든 이젤도 그대로 전시되어 있어서 당시의 분위기를 더욱 풍부하게 느낄 수 있다.

다리우스 미요는 1922년 6월에 이곳을 방문하고는 다음과 같은 기록을 남기기도 했다.

그의 아파트 벽에는 직접 그린 그림으로 가득 차 있었다. 얼굴과 눈, 도처에 눈이 있었다!

그러나 1923년 10월 22일, 이 집에서 부인 마틸데가 세상을 뜨는 아픔을 겪자 쇤베르크는 뫼들링을 떠나기로 결심한다. 그럼에도 뫼들링의 집은 지금까지 쇤베르크와 그의 친구들을 기억하는 연주회와 행사로 북적이고 있다. 그들의 혁명적인 음악 정신은 여전히 이곳에서 뜨겁게 살아 숨 쉬고 있는 것이다.

빈에서 만나는 쇤베르크의 일생 　　　　　　쇤베르크 센터

빈을 여행하는 일정이 짧아서 뫼들링까지 가기 어렵다면, 란트슈트라세(빈 3구)에 위치한 쇤베르크 센터를 방문해보기를 추천하고 싶다. 1998년부터 운영되기 시작한 이곳은 쇤베르크의 자손들이 보유하고 있던 쇤베르크 및 제2빈악파와 관련한 자료를 수집해 관리하고 있는 중요한 곳이다. 2만 페이지가 넘는 오리지널 악보와 쇤베르크가 남긴 글의 원본, 당대를 기록한 사진, 개인적인 문건과 일기, 그리고 연주 프로그램 등 다양한 자료를 구비해서 공개하고 있다. 또한 계속적인 연구와 세미나를 바탕으로 계간지도 발행한다.

빈을 방문하기 전에 이런 공간이 있다는 것을 알게 되었기에 운영 시간에 맞춰 방문했다. 나치의 박해를 피해 미국으로 이주해 살았던 쇤베르크의 로스앤젤레스 작업실을 그대로 옮겨 복원한 곳도 있다고 해서

위 빈에 있는 쇤베르크 센터.

가운데 쇤베르크 센터의 내부 모습.

아래 쇤베르크 센터에 있는 도서관.

기대감이 컸다. 지금까지 쇤베르크의 음악을 친근하게 듣고 즐겨온 것은 아니지만, '예술가 쇤베르크'를 존경하기에 꼭 가봐야 할 장소였다.

현재 쇤베르크 센터는 백만장자 사업가인 다비트 판토^{David Fanto}가 1917~1918년에 지은 신고주의 양식의 건물로, 팔레 판토^{Palais Fanto}로 불린다. 현관이 있는 둥근 모퉁이 부분은 위에 거대한 이오니아식 기둥과 낮은 돔으로 장식되어 웅장하고 고풍스럽다.

생각보다 화려한 건물에 놀라서 가슴을 두근거리며 쇤베르크 센터의 벨을 눌렀다. 이곳에는 쇤베르크 센터 외에도 여러 기관이 입주해 있기 때문에 입장하려면 해당 기관의 벨을 눌러야 했다. 잠시 후 육중한 철문이 열렸다. 공간이 꽤 넓은데도 방문객은 나뿐이라 조금 당혹스러웠다. 내가 빈에 살고 있다면 꾸준히 들렀을 텐데…….

입장료를 내고 내부를 둘러보니, 한편에는 쇤베르크와 관련한 자료들이 가득한 도서관이 크게 자리하고, 반대편에는 특별 전시가 열리고 있다. 센터에서는 제2빈악파와 관련한 소장 자료를 일반인들에게 공개하기 위해 매년 다른 주제의 전시회를 열고 있는데, 내가 방문한 해에는 쇤베르크의 생애 전반에 걸친 사진을 전시하고 있었다. 다른 곳에서는 보기 힘든 사진들이어서 행운의 신이 함께하는 기분이었다.

전시장 벽에는 상설 전시물로 쇤베르크의 타임라인과 함께 그가 직접 그린 그림들과 명언들, 그리고 중요한 인물들과의 관계를 알기 쉽게 비치해놓았다. 또 중앙의 테이블에는 이번 전시의 주제인 그의 사진들이 다채롭게 진열되어 있었다. 우선 그의 독사진을 비롯해 가족사진들이 눈에 띈다. 첫 번째 부인인 마틸데와 그 사이에서 낳은 두 명의 자녀, 두 번째 부인이 된 게르트루트 콜리시^{Gertrud Kolisch}(쇤베르크의 제자이자

미국에서 세 자녀와 함께 있는 모습, 1942년경.

바이올리니스트인 루돌프 콜리시의 여동생)와의 사이에서 태어난 세 자녀의 모습이 담긴 흑백 사진들이다. 그리고 그의 삶에 큰 영향을 끼친 음악계의 직속 선배 구스타프 말러와 리하르트 슈트라우스뿐 아니라 음악으로 우정을 나누었던 수많은 친구들과 제자들의 얼굴도 보인다.

이 사진들을 죽 살펴보다 보니 지금까지 쇤베르크를 추적하면서 알게 된 그의 삶과 음악이 한꺼번에 현실로 되살아나는 듯했다. 그제야 나는 문득 깨달았다. 예술을 통해 시대를 읽고 또 자신의 예술적 신념을 꿋꿋하게 밀고 나간 빈의 예술가들이 오늘 나를 이곳으로 초대했다는 것을……

또 다른 한쪽에는 쇤베르크의 작품 연주 실황을 영상으로 감상할 수 있는 장소가 있다. 오페라 〈모세와 아론〉, 대규모 합창곡 〈구레의 노래〉, 관현악 작품 〈펠레아스와 멜리장드〉 같은 대작들과 함께 〈모음곡, Op.29〉, 그리고 브람스의 〈피아노 5중주, Op.25〉를 쇤베르크가 관현악곡으로 편곡한 작품까지 감상할 수 있다.

쇤베르크 사진 특별전과 영상 자료.

　전시를 다 보고 나서 감상하는 쇤베르크의 음향은 색다르게 다가왔
고, 가끔은 버겁다고 생각했던 그의 음악과 훨씬 가까워진 느낌이 들었
다. 제2빈악파도 관객이 겪을 곤란과 어려움을 이미 알았을 것이다. 그
들이 펼친 다채로운 활동은 관객들에게 자신들의 음악을 이해시키기
위한 최대한의 노력이었다. 연주와 감상과 교육이 함께 가는 길. 무려
백 년 전에 그들은 이렇게 앞서 걸었던 것이다.

전시실을 나오니 또 다른 특별한 공간이 유리창 너머로 눈에 들어온다. 이곳에 오기 전부터 기대에 부풀었던 로스앤젤레스 작업실을 복원한 공간이다. 쇤베르크는 1933년 베를린에서 유대인이라는 이유로 직장을 잃고 미국으로 망명한 이후 다시는 고향 땅에 돌아가지 못했다. 그의 작업실에는 쇤베르크가 직접 만든 연필, 접착테이프 롤러 통, 자, 뮤직 스탠드, 심지어 제본 기구까지 그대로 비치되어 있다. 생활용품이나 문구까지 직접 만들 만큼 쇤베르크는 손재주가 뛰어나기로 유명했다. 하지만 다시 생각해보면 그가 사소한 물품까지 손수 만들었다는 것은 재주가 뛰어나서가 아니라 곁에 두는 모든 것에 그만큼 애정을 쏟았다는 뜻이 아닐까. 그러니 사랑하는 이들과 작품들을 이 지상에 남겨두고

쇤베르크의 로스앤젤레스 작업실을 복원한 공간.

어떻게 저 혼자 세상을 떠났을지…….

베르크, 베베른, 그리고 쇤베르크의 마지막 순간

세상에 오는 순서와 떠나는 순서는 전혀 상관이 없다고 했던가. 친형제처럼 가까웠던 삼인방 중에서 가장 젊지만 가장 몸이 약했던 알반 베르크가 1935년 성탄절 이브에 패혈증으로 제일 먼저 세상을 떠났다. 그는 빈의 13구 히칭 근처의 공동묘지에 묻혔다. 베르크가 살았던 집이 있는 쇤브룬 궁 근처의 고즈넉한 트라우트만스도르프가세 Trauttmansdorffgasse를 잠깐 들르니 건물 왼쪽 벽에 '오페라 〈보체크〉를 작곡한 집'이라는 작은 현판이 붙어 있어 반가웠다.

그의 집에서 쇤브룬 궁과 맞닿아 있는 히칭 공동묘지까지는 1킬로미터 남짓이라 걸어서 가기에 적당했다. 단출하고 아름답게 단장한 묘지에는 마침 화가 클림트의 묘도 있어서 반가운 마음으로 먼저 참배한 후 베르크의 묘를 찾았다. 클림트의 묘비는 단순하지만 그의 유명한 서명이 큼직하게 새겨져 있어 즉시 눈에 띄었다. 하지만 베르크의 묘비는 소박한 나무 십자가 아래쪽에 금박으로 작게 Helene Berg와 Alban Berg라는 부부의 이름만 단출하게 새겨져 있었다. 유명인사의 무덤이라 하기엔 다소 평범했다. 그래서 더욱 많은 것을 생각하게 했다. 베르크는 우리에게 현대음악이라는 난해한 숙제를 남겼지만, 세상엔 또 다른 아름다운 소리의 세계가 있다는 것을 알려주었다. 묘비가 단출하다 한들 어찌 그 소중함을 잊을 수 있을까.

히칭 공동묘지에 있는 클림트의 묘와 베르크의 묘.

안톤 베베른 광장에 설치된 〈무지카〉, 2012년.

안톤 베베른의 죽음은 허망하기 그지없었다. 내막은 이러했다.

1930년대부터 현대음악을 퇴폐 음악으로 몰아붙여 탄압한 나치의 정책으로 인해 베베른은 교수직도 잃고 활동을 제약당한 채 작곡 개인 교사로 겨우 생계를 유지하는 처지가 된다. 그러다가 제2차 세계대전이 끝나갈 무렵 러시아의 붉은 군대가 진격해 오자, 잘츠부르크 근교의 미터질Mittersill까지 걸어서 피란을 떠난다. 그 후 그곳에서 딸 아말리에 부부도 함께 살았는데, 그녀는 "너무나 작은 공간에 열일곱 명이 빽빽하게 함께 살았다"고 당시의 상황을 기록해두었다.

마침내 전쟁이 끝나고 연합군이 오스트리아를 통치하게 된 1945년 9월 15일, 베베른은 담배를 피러 잠시 집 앞에 나왔다가 미군이 쏜 총에 맞아 세상을 떠나고 만다. 군수품을 암거래하며 가족의 생계를 보태던 그의 사위를 붙잡으려고 잠복한 미군이 주머니에서 꺼낸 담배를 권총으로 오인해 그를 쏴버린 것이다. 참으로 어이없는 죽음이었다.

사후 베베른은 아내와 함께 미터질에 묻혔고, 빈 국립음대 앞에는 그의 이름을 딴 광장이 조성되어 오래도록 그를 기리고 있다. 광장의 중심에는 '음악'을 상징하는 현대적인 조형물이 세워져 있다. 마치 새로운 음악에 대한 열망이 후배 음악인들에게도 이어지길 바라는 베베른의 마음이 전해지는 것 같아 뭉클했다. 베베른은 살아생전보다 사후에 점점 더 높이 평가되며 이후 작곡가들의 존경을 받았다. 제2빈악파의 중심인물이자 20세기 현대음악의 중요한 작곡가 중 한 사람으로서, 그를 기념하는 광장이 빈을 대표하는 음대 앞에 있다는 사실이 새삼 다행스럽다. 세상에 자신의 음악을 알리기 위해 악전고투한 그의 생애는 결코 헛되지 않았다.

쇤베르크는 나치의 탄압으로 1933년 사랑하는 동료들을 뒤로한 채 미국으로 망명한 후 다시는 유럽 땅을 밟지 못했다. 미국에서 UCLA의 교수로 임용되고 다양한 작품 활동을 이어가며 신음악의 바람을 일으켰다. 그러나 여전히 그의 음악은 찬반의 기로에 설 때가 많았다. 함께 새로운 음악을 위해 고민하던 이들과의 시간이 얼마나 그리웠을까.

쇤베르크는 베르크와 베베른의 스승으로 가장 나이가 많았지만, 가장 늦게까지 살아남았다. 하지만 아끼는 제자들을 먼저 떠나보내야 했고, 오스트리아와는 한참 먼 미국에 있었으니 그들의 마지막 길에도 함께할 수 없었다. 그의 슬픔을 어찌 짐작이나 할 수 있을까. 살아남은 자의 슬픔이라는 말은, 그에게 가장 어울리는 말일 듯싶다. 쇤베르크는

왼쪽 1938년 4월 16일에 작성한 쇤베르크의 마지막 유서. 자신의 모든 권리와 유산을 부인 게르트루트에게 상속한다는 내용이 적혀 있다.

오른쪽 쇤베르크와 생전에 친분이 두터웠던 말러의 둘째 딸 안나 말러가 제작한 쇤베르크의 데스마스크.

미국에서 1951년에 세상을 떠났고, 탄생 백 주년인 1974년에 그의 유해 가 고향으로 돌아와 빈 중앙묘지에 안장되었다.

현대음악의 삼인방은 음악이라는 끈으로 뜨겁게 만나 열정적으로 삶을 불태웠으나, 마지막까지 함께하진 못했다. 그럼에도 세 사람의 음 악은 제2빈악파라는 하나의 길에서 다시 만나 영원히 우리 가슴속에 함께하고 있다.

아르놀트 쇤베르크, 〈두 개의 노래, Op.2〉 중 No.1 '감사'

Konrad Jarnot(바리톤)
Urs Liska(피아노)

안톤 베베른, 연가곡 〈힐데가르트 요네의 시에 의한 3개의 가곡, Op.25〉 중 No.1 '얼마나 기쁜지'

Christiane Oelze(소프라노)
Eric Schneider(피아노)

알반 베르크, 〈7개의 초기 가곡〉 중 No.3 '꾀꼬리'

Dorothea Röschmann(소프라노)
Mitsuko Uchida(피아노)

알반 베르크, 오페라 〈보체크, Op.7〉

Toni Blankenheim(바리톤, 보체크 역)
Sena Jurinac(소프라노, 마리 역)
Richard Cassilly(테너, 군악대장 역)
Peter Haage(베이스, 안드레스 역)
Gerhard Unger(테너, 대위 역)
Hans Sotin(베이스, 의사 역)
함부르크 필하모닉 오케스트라
함부르크 슈타츠오퍼 합창단
Bruno Maderna(지휘)
Joachim Hess(연출)

아르놀트 쇤베르크, 〈현악사중주 2번, Op.10〉 중 제3악장, '한탄'

아르놀트 쇤베르크, 〈현악사중주 2번, Op.10〉 중 제4악장, '환희'

Margaret Price(소프라노)
라살 4중주단

아르놀트 쇤베르크, 〈달에 홀린 피에로, Op.21〉

Kiera Duffy(소프라노)
Christian Macelaru(지휘)
Mathieu Dufour, J. Lawrie Bloom,
Robert Chen, John Sharp,
Pierre-Laurent Aimard

아르놀트 쇤베르크, 연가곡 〈공중정원의 책, Op.15〉 중 No.15 '우리는 저녁 어둠이 드리워진 정자에서 살았고'

Annette de Rozario(소프라노)
Hajo Sanders(피아노)

아르놀트 쇤베르크, 오페라 〈모세와 아론〉 영상 발췌

Dale Duesing(바리톤, 모세 역)
Andreas Conrad(테너, 아론 역)
보훔 심포니 오케스트라, 루르 합창단
Michael Boder(지휘)
Willy Decker(연출)

빈 중앙묘지

빈 중앙묘지에서

세계의 어느 지역을 여행하더라도 내가 빼놓지 않고 방문하는 장소 중 하나는 공동묘지다. 만약 그 지역에 존경하는 분이 묻혀 있다면 더욱 그렇다. 특히 유럽에서 공동묘지는 쉽게 접근할 수 있는 위치에 있고 산책하기 좋은 공원으로 꾸며놓아서 망자를 친밀하게 느낄 수 있게 해준다. 이런저런 묘비를 바라보노라면, 그 사람이 어떤 사람이었는지 짐작할 수 있도록 단장해놓은 모습에 숙연해질 때도 있다.

유서 깊은 도시이니만큼 빈에는 약 50개의 공동묘지가 있다. 나는 빈으로 떠난 여정에서 하이든이 처음 묻힌 하이든 공원, 모차르트의 가묘가 있는 성 마르크스 묘지, 베토벤과 슈베르트가 처음 묻힌 슈베르트 공원, 말러가 큰딸과 함께 묻혀 있는 그린칭 묘지, 그리고 베르크가 묻혀 있는 히칭 묘지 등을 방문했다.

그러나 빈에서 가장 중요한 묘지는, 유럽에서 두 번째로 큰 '빈 중앙묘지Zentralfriedhof'다. 1863년에 급격히 팽창한 도시의 인구밀도를 감안해 모든 시민을 수용할 수 있는 묘지로 조성되었다. 현재 약 3백만 기의 무덤이 있다고 하니 그 규모를 상상하기 어려울 정도다. 그렇다 보니 이 묘지는 시내에서 다소 떨어진 곳에 위치해 있다. 또한 빈을 대표하는 묘지로 조성되었기에, 다른 곳에 이미 묻힌 빈의 주요 인사들을 이곳으로

음악가 묘역의 정중앙을 지키고 있는 모차르트 기념비와 그 양쪽에 위치한 베토벤과
슈베르트의 묘.

이장한 경우도 많다. 음악인들도 마찬가지다.

　나는 빈을 방문할 때마다 체류 기간의 마지막 날에 이곳에 들르곤 한
다. 떠나기 전에 존경하는 음악가들을 기억하고 그들의 음악적 기운을
듬뿍 받아 집으로 돌아오기 위해서다. 국립오페라극장 앞에서 71번 전
차를 타고 30분 남짓 달리면 중앙묘지의 두 번째 문 입구에 도착한다.
그날따라 운 좋게 따뜻한 햇살이 비치면, 이 여정이 잘 마무리되어가고
있다는 마음이 들어 더욱 감사하게 된다.

　묘지의 입구부터 비석과 무덤이 빼곡히 늘어서 있다. 입구에서 정면
으로 보이는 성당을 향해 직진하면 얼마 지나지 않아 왼편에 음악가 묘
역을 가리키는 표지판이 나온다.

　화살표를 따라 방향을 틀면 바로 정중앙에 보이는 것이 모차르트의
기념비다. 위치만으로도 그의 위상이 또렷이 드러난다. 하지만 안타깝

모차르트의 기념비.　　　　　베토벤의 묘.　　　　　슈베르트의 묘.

게도 모차르트의 유해는 이곳에 존재하지 않는다. 대신 1859년 성 마르크스 묘지에서 그가 묻힌 곳이라고 추정되는 자리에 세웠던 기념비를, 그의 사망 백 주년인 1891년에 이곳으로 옮겨 왔다.

모차르트의 기념비 중앙에는 청동 부조로 된 그의 초상이 새겨져 있고, 위로는 슬픈 표정으로 그를 내려다보는 음악의 뮤즈가 한 손엔 악보와 월계수를, 다른 한 손엔 류트를 들고 수북이 쌓인 책 위에 앉아 있다. 모차르트는 이제 이 세상에 존재하지 않아도 그의 음악은 여전히 어디에든 존재한다고 말하는 것 같다.

모차르트의 기념비 양옆으로는 베토벤의 묘비와 슈베르트의 묘가 배치되어 있다. 일 년 차이를 두고 사망한 이들은 원래 슈베르트의 소망에 따라 빈의 베링 공동묘지에 이웃해 묻혀 있었다. 그곳이 1873년에 문을 닫고 슈베르트 공원으로 바뀌면서 이곳으로 함께 이장하게 되었다. 이들의 유해는 1888년부터 이 자리를 지키고 있다.

브람스의 묘.　　　　　　　요한 슈트라우스 2세의 묘.

　베토벤의 기념비는 모차르트보다 훨씬 단출하지만 힘차고 웅장한 멋이 있다. 디자인은 베링 공동묘지에 있던 원래의 기념비를 그대로 본 뜬 것이다. 반면 슈베르트의 기념비는 조금 더 화려해졌다. 베링에는 그의 흉상 조각만 있었는데, 여기서는 음악의 여신이 그의 머리 위로 월계관을 씌워주는 모습으로 바뀌었다. 그야말로 빈 사람들의 열렬한 슈베르트 사랑을 느끼게 한다.

　위대한 트로이카에게 이렇게 먼저 인사를 드린 후 슈베르트 묘의 뒤쪽으로 이동하면 브람스와 슈트라우스 2세의 비석이 마치 둘의 친분을 과시하듯 나란히 등장한다. 브람스의 흉상은 머리를 쥐어뜯으며 고뇌하는 모습으로 조각되어 있다. 이와 완전히 대조적으로 그의 왼편에 있는 슈트라우스 2세의 비석은 더없이 화려하다. 하프를 뜯는 여신 주변으로 아기 천사들이 춤추고 노래하며 연주하는 모습이 왈츠의 제왕을 한껏 즐겁게 해주고 있는 듯하다.

후고 볼프의 묘.　　　　　　　쇤베르크의 묘.

　근처에는 후고 볼프가 존재감을 드러내며 묻혀 있다. 기념비 정중앙에는 특유의 심각하고 예민한 얼굴 조각이 정면을 향해 있고, 양쪽에는 키스하는 남녀와 먼 곳을 바라보는 고독한 남자가 튀어나올 듯이 조각되어 있다. 이는 그가 생전에 이루지 못한 사랑을 나타내는 걸까, 아니면 작곡가의 두 가지 내면세계를 보여주는 것일까?

　작곡가들의 삶을 절로 떠올리게 하는 기념비들을 돌아보는 동안 한 사람 한 사람의 노래를 조용히 읊조리며 나만의 방식으로 그들을 추모한다. 음악가 묘역이 아닌 곳에도 여러 음악가들의 묘가 있다. 살리에리나 글루크, 쇤베르크의 유해는 이 구역이 아닌 다른 곳에 안치돼 있다.

　쇤베르크를 만나려면 성당 쪽으로 조금 더 이동해야 한다. 사실 처음 그의 비석을 맞닥뜨렸을 때는 적잖이 놀랐다. 그의 무덤 위에는 아무런 표정도 읽을 수 없는 하얀 정육면체의 대리석 덩이가 비스듬히 놓여 있는 게 전부였다. 오스트리아의 조각가 프리츠 보트루바Fritz Wotruba가 조각한 이 기념비는 조성의 지배를 받지 않는 원초적인 음악을 통해 기존의 질서를 깨트리고 자유를 추구한 그를 완벽하게 표현하고 있는 듯하다. 기하학적 추상과 쇤베르크의 무조음악이 썩 잘 어울린다. 음악의 새로운 길을 제시한 쇤베르크이기에 음악가 묘역이 아니라 이곳에 따로 떨어져 있는 게 그다지 이상하지 않다.

내가 오랜 시간 존경해온 노래의 주인공들께 모두 인사드린 후, 마지막으로 이 중앙묘지를 든든히 지키고 있는 카를 보로메오 성당에 들렀다. 나는 매번 이곳에서 기도를 드리며 여정을 마무리한다. 오늘도 어김없이 이 음악의 성소에서 간절한 기도를 드렸다.

십여 년에 걸쳐 빈을 방문하는 동안 나는 2백 년의 시간을 오가며 그들을 만났다. 처음에는 너무나 존경하는 이들이었기에 이 세상 사람들이라고 믿기 어려울 정도로 멀게 느껴졌지만, 여행이 거듭될수록 점점 그들은 오랫동안 알고 지내온 이웃처럼 친근해졌다. 그들이 태어난 곳, 처음 연주회를 열었던 곳, 여름휴가를 떠난 별장, 막 결혼해서 살았던 집, 작곡에 몰두하던 오두막, 그리고 영면에 든 이곳까지……. 그들이 남긴 음악만으로는 알 수 없었던 삶의 열정과 너무나 인간적인 고뇌와 환희를 피부로 느끼면서 내 마음속에는 뜨거운 바람이 불었다. 노래에 대한 열정도 새로워졌다.

나도 나만의 여정을 계속하리라.

소박하지만 진정한 노래의 길을 뚜벅뚜벅 걸어가리라.

카를 보로메오 성당.

소프라노가 사랑한 노래

ⓒ 어은정, 2023

초판 1쇄 발행 2023년 2월 27일

지은이   어은정
펴낸이   김철식
펴낸곳   모요사
출판등록   2009년 3월 11일
            (제410-2008-000077호)
주소   10209 경기도 고양시 일산서구
            가좌3로 45, 203동 1801호
전화   031 915 6777
팩스   031 5171 3011
이메일   mojosa7@gmail.com

ISBN   978-89-97066-79-7 03810

사진 출처   Lisa Rastl ⓒ Wien Museum
            30쪽, 34쪽 위와 가운데, 96쪽, 120쪽 위,
            125쪽 왼편, 139쪽, 150쪽, 199쪽